사라지지 않는 여름

2

사라지지 않는 여름 2

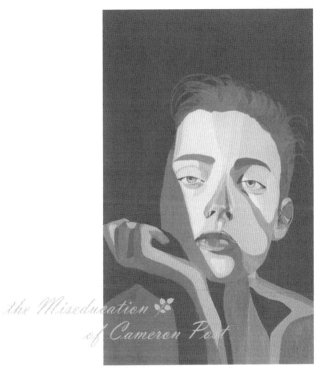

에밀리 M. 댄포스 장편소설 ― 송섬별 옮김

the Miseducation of Cameron Post

다산
책방

우리 집을 책과 이야기로 가득 채워준

부모님 두에인 댄포스, 실비아 댄포스에게

목차

3

1992~1993년 하나님의 약속

13

'하느님의 약속 기독교 학교·치유 센터'에 온 루스 이모와 나를 공식적으로 맞이하고 센터 안을 안내해준 것은 제인 폰다였다. 우리는 여섯 시간을 줄곧 달려 이곳에 도착했다. 루스 이모는 기름을 넣고 *주전부리*를 사고 내가 화장실에 다녀올 수 있게 빅 팀버의 깃 앤 스플릿에 딱 한 번 차를 세운 것 외에는 여섯 시간 내내 달렸다. 심지어 루스 이모는 화장실에도 가지 않았다. 거의 낙타만큼이나 오줌을 잘 참는 사람이었다.

빅 팀버에는 몬태나에 단 하나뿐인 워터파크가 아직도 존재했는데, 주 경계 바로 옆에 있었다. 그 옆을 지나칠 때 나는 목을 쭉 내밀고 들판 위로 지나치게 새파란 물을 채운 야외 시멘트 수영장 위에 높이 솟은, 치약 같은 초록색을 띤 구불구불한 미끄럼틀을 쳐다보았다. 사람이 어마어마하게 많았다.

8월의 마지막 주라서 그런지 잠깐 스쳐지나갈 뿐인 내 눈에도 워터파크를 가득 메운 아이들의 움직임이 긴박하게 느껴졌다. 아이들의 행동은 하나같이 과장되게 들떠 있었다. 여름은 물러가기 직전이라 최고조로 달아올랐다. 아직 성인이 아닌 아이들은 내년 6월에 또다시 이렇게 놀 수 있기만을 바라면서 체리맛 아이스크림을 빨고 수영장의 염소 물에 코가 찡해지는 걸 느끼며 햇볕에 벌겋게 익은 여자아이들을 타월로 후려치는 장난이나 하는 게 고작이었다. 나는 앉은 자리에서 몸을 돌려 초록색 미끄럼틀이 멀어져 희미해질 때까지 쳐다보았다. 미끄럼틀 뒤로 학교 연극의 배경 그림처럼 뻗은, 암회색과 보라색의 크레이지 마운틴즈*까지 어우러지자 SF 영화 속 미래 터널처럼 보였다.

짓 앤 스플릿에서 루스 이모는 스트링 치즈와 초코 우유 작은 팩, 프링글스 한 통을 샀다. 차에 탄 이모는 그 주전부리들을 유향과 몰약이라도 바치듯 조심스레 꺼내놓았다.

"전 사워크림과 양파 맛 프링글스는 싫은데요." 나는 루스 이모에게 발 내리라는 말을 듣기 전까지 두 발이 올라가 있던 대시보드를 향해 내뱉었다.

"하지만 넌 프링글스 좋아하잖니." 그러면서 루스 이모는 프링글스 통을 소리 나게 흔들어 보이기까지 했다.

"저는 사워크림이랑 양파 맛이라면 뭐든지 싫어요. 레즈비언은 원래 그렇다고요." 나는 우유팩에 붙어 나온 조그만 빨대로

---

* 몬태나주 로키산맥 북부에 위치한 산맥.

우유에 자글자글하게 거품을 불며 말했다.

"그런 단어는 사용하지 않았으면 좋겠구나." 이모가 프링글스 뚜껑을 닫았다.

"무슨 단어요? *샤워?* 아니면 *크림?*" 나는 조수석 창에 비친 내 모습을 보며 억지 미소를 지었다.

크로퍼드 목사가 개입하고 난 뒤 한 주간 내 감정은 무감각한 상태에서 루스 이모에 대한 노골적이고 숨김없는 반감으로 바뀌었다. 반면 루스 이모는 점점 더 말이 많아지고 내 *상황*에 대해 긍정적인 태도를 취하게 되었다. 루스 이모는 나를 대신해서 수많은 *일정*을 처리하느라 바빴다. 기숙사에서 쓸 물건을 사고, 헤이즐에게 올여름 수영팀 활동은 일찍 끝내겠다고 말하고, 서류를 작성하고, 필수 신체검사 일정을 잡고, 레이와 함께 내 방에 있던 TV와 VCR을 치웠다. 이런 일정 조정이 먼저였지만, 무엇보다 가장 큰 조정은, 루스 이모가 결혼식을 취소한 것이다. 정확히는 연기한 것이지만 말이다.

"그러지 마세요." 나의 반응이었다. 사실 루스 이모는 결혼식을 미룬 것에 대해 나에게는 입도 벙긋하지 않았다. 플로리스트와 통화하는 내용을 엿들은 내가 부엌에서 이모를 놀라게 했다.

"지금은 좋은 때가 아니야." 루스 이모는 그렇게 말했다. "가장 중요한 건 네가 낫는 거니까."

"진심이에요. 그러지 마세요. 나 때문에 쇼를 멈출 필요는 없잖아요. 내가 안 가면 되는 건데."

"너 때문이 아니야, 캐머런. 나 때문이다. 네가 없는 동안 결혼식을 치르고 싶지 않구나." 그 말을 남기고 루스 이모는 부엌에서 나가버렸다. 하지만 당연히 거짓말이었다. 그건 전적으로 *나 때문*이었다. 전적으로 말이다.

매 순간 누군가가 나를 아기 돌보듯이 감시했다. 나와 같은 상황에 처한 사람은 혼자 있을 수 없다. 하루에 한 번씩, 한 시간에서 두 시간 정도 크로퍼드 목사와 면담을 했지만 나는 거의 아무 말도 하지 않았다. 이 만남은 낸시 헌틀리 선생님과의 상담 시간에 하나님이 추가된 것과 다를 바가 없었다. 루스 이모와 함께 아침을 먹었고, 점심도 루스 이모와, 저녁은 루스 이모와 레이와 함께 먹었다. 나는 창밖을 바라보는 시간이 늘었다. 타이가 트럭을 몰고 우리 집 주변을 몇 번이나 맴도는 모습을 보았던 것 같다. 확실하다. 하지만 길가에 차를 세우지는 않았다. 우리 집 계단을 뛰어 올라와 하나님의 약속에서 내가 곧 배우게 될 교훈을 폭력적인 방식으로 가르치려 하지도 않았다.
집 안에 갇혀 있는 내내 루스 이모는 그저 명랑 쾌활한 루스 이모였다. 평소보다도 더 쾌활했을 뿐. 레이도 언제나와 같은 레이였다. 말이 없고, 나에게 무슨 말을 해야 할지 평소보다도 더 망설이는 것 같았다. 그리고 할머니는 보이지 않았다. 일주일 내내 할머니는 집 안을 유령처럼 돌아다니며 결코 나와 한 공간에 있지 않고 벨에어를 타고 어디론가 갔는데 몇 시간씩이나 누굴 만나러 가는지 알 도리가 없었다. 그러던 어느 날 오후 우리는 부엌에서 마주쳤다. 할머니는 내가 크로퍼드 목사와 면담하러 나간 줄 아셨던 것 같은데, 부엌에서 캔에 든 참치를 마요네즈에 섞던 할머니 앞에 내가 불쑥 나타난 것이다.

나는 자존심을 세우지 않았다. 그저 기회는 단 한 번이라고 생각했을 뿐이다. "할머니, 저 가기 싫어요." 내가 말했다.

"나 쳐다보지 마라, 얘야." 할머니는 참치 샐러드를 만들던 손을 멈추지 않았다. "네가 초래한 사태잖니. 모든 원인을 제공한 건 너야. 루스의 방식이 맞는지는 모르겠지만, 내 생각에도 네가 행실을 바로잡을straighten out 필요는 있는 것 같다."

할머니 스스로 자신의 단어 선택이 조금 우습다고 생각했을지는 모르지만, 그 상황에서는 조금도 우습지 않았다.

"괜찮을 거다." 할머니는 마요네즈를 다시 냉장고 문 안쪽에 집어넣고 너무 달아서 먹으면 안 되는 단맛 렐리시*를 꺼냈다. "하라는 대로 하거라. 성경도 읽고. 괜찮을 거다."

그 말은 나에게 하는 말인 동시에 할머니 스스로에게 하는 말인 것 같기도 했다. 그러나 대화는 그것으로 끝이었다. 그 뒤로 하나님의 약속으로 떠나기 전 할머니를 본 건 딱 한 번뿐이었다. 이모의 차 페투스 모바일에 짐을 싣고 있을 때 할머니가 지하실에서 올라오더니 나를 안아주었는데, 처음에는 느슨하던 포옹이 점점 강해지더니 곧바로 안았던 팔을 풀었다.

"네게 편지를 받을 수 있다는 허락이 떨어지면 편지를 쓸게.

---

* 피클을 다져서 만든 달고 새콤한 맛이 나는 소스.

너도 답장 쓰려무나." 할머니가 말씀하셨다.

"첫 3개월 동안엔 안 된대요." 내가 말했다.

"괜찮을 거다. 시간은 쏜살같이 흘러가니까."

린지가 한 번 전화를 걸었는데 우연이었고, 아마 자기가 보낸 위문품 꾸러미가 어땠는지 물어보려고 한 것 같았다. 하지만 루스 이모가 전화를 받아서 린지에게 내가 올해부터 *멀리서 학교를 다니게 되어서 더는 연락을 이어갈 수 없다*고 말했다. 린지가 분명 또 전화를 걸었겠지만, 루스 이모는 내가 전화를 받지 못하게 했다. 제이미가 들렀을 때는 제이미를 집 안으로 들여보내주기는 했지만, 우리가 대화를 주고받는 내내 옆방에 있었으니 아마 엿들었을 것이다.

"이제 다들 알지?" 내가 물었다. 지금 대화할 가치가 있는 유일한 이야기 외에 다른 말로 시간을 낭비할 이유가 없었다.

"한 가지 버전으로만 알아." 제이미가 말했다. "브렛이 사람들한테 말하고 다니거든. 콜리도 말하고 다니는지는 모르겠어."

"뭐, 어차피 사람들이 믿는 건 그 버전뿐일걸." 내가 말했다.

"그렇겠지."

제이미는 나를 짧게 포옹해준 뒤 교도소장이 허가를 해주면 크리스마스에 면회를 오겠다고 했다. 그 말을 듣고 나는 웃었다.

집을 몰래 빠져나갈 수도 있었을 것이다. 몰래 전화를 걸 수도 있었을 것이다. 지원군의 힘을 빌릴 수도 있었을 것이다. 그랬을

것이다. 그럴 수도 있었을 것이다. 나는 그러지 않았다. 시도조차
하지 않았다.

마일스시티를 빠져나오고 한 시간이 흐른 뒤 루스는 이미 *나*
같은 상황에서 이런 기관에 갈 수 있다는 것이 얼마나 큰 하나님
의 선물인지 설교하기를 포기했다. 본격적으로 길에 오르기도
전에 나에게 그곳에 대한 긍정적인 이미지를 주입하려는 시도
를 포기해버린 것 같았지만, 그럼에도 성경 구절을 인용하면서
마치 대본이라도 미리 짜놓은 것 같은 대사들을 늘어놓았다. 루
스 이모라면, 진짜로 미리 써놓았을 것이다. 매일 쓰는 기도 일기
장 아니면 장보기 목록 뒷면에 말이다. 대사들은 고리타분하기
짝이 없어 한 귀로 흘릴 수밖에 없었다. 나는 창밖을 쳐다보면서
코를 한쪽 어깨에 박고 콜리의 체취를 맡았다. 날이 엄청나게 더
운데도 나는 콜리의 스웨트 셔츠를 입고 있었다. 루스 이모가 내
옷인 줄 알고 남겨놓았다. 그러지 않았더라면 이 옷도 콜리의 물
건들과, 우리가 이름을 붙일 수 없었던 지난 몇 주간의 관계가
아니라 친구 사이였을 때 갖게 된 다른 물건들처럼 이모와 크로
퍼드 목사가 상자에 담아 몰수해버렸을 것이다. 그렇게 빼앗긴
물건 중에는 프롬의 밤에 함께 찍은 사진들, 줄 공책에 써서 50
센트 동전만 하게 접은 쪽지들, 고무줄로 묶어놓은 두꺼운 영화
표들은 물론, 말려놓은 엉겅퀴 두 송이도 포함되어 있었다. 한때
는 크고 뾰족뾰족하고 선명한 보라색이었지만 지금은 말라서 깃
털처럼 변하고 색깔도 유령처럼 희미해져, 너무 꽉 쥐면 그대로

가루가 되어버릴 꽃이었다. 루스 이모의 손에서 그것은 가루가 되어버렸다. 내가 콜리의 목장에서 꺾어 와 책상 앞 벽에 거꾸로 걸어 말린 엉겅퀴였다. 하지만 빨래 통 깊숙이에 깨끗하지만 아직 개지 않은 비치타월과 탱크톱 아래에 들어 있던 이 스웨트 셔츠는 살아남았다. 아직도 콜리가 이 옷을 입었던 날 캠프파이어 옆에서 열린 맥주 파티의 냄새, 그리고 정확히 무엇이라고 할 수 없지만 콜리의 것이 분명한 냄새가 났다.

나는 아주 오랫동안 루스 이모가 혼자 떠들도록 내버려두었다. 루스 이모의 말이 우리 사이에서 엉겅퀴처럼 가루가 되어 좌석과 콘솔 위에 흩뿌려지도록 내버려두었다. 나는 내내 콜리의 체취를 맡고, 콜리를 생각하고, 언제쯤 콜리 테일러를 미워할 수 있을지, 그러기까지 얼마나 오래 걸릴지 생각했다. 아직 도저히 미워지지가 않는데 그래도 미워해야 할 것 같아서였다. 아니면 언젠가 콜리를 미워하게 될 거라는 생각이 들어서였는지도 모른다. 드디어 루스 이모가 말을 멈추고 라디오 다이얼을 돌려 폴 하비*가 진행하는 프로그램을 튼 다음 라디오에서 가벼운 라디오 유머를 처음 듣는 술 취한 사람처럼 웃어댔다.

여섯 시간 내내 우리가 나눈 대화는 프링글스를 놓고 벌인 작은 입씨름 말고는 다음이 전부다.

루스: 창문 올려라. 에어컨 틀었어.

---

* Paul Harvey(1918~2009). 보수주의 성향의 라디오 앵커.

나: 그게 저랑 무슨 상관인데요?

루스: 몸 구부정하게 있지 마라. 어깨가 굽어서 할머니처럼 등이
　　　꼬부라지겠어.

나: 잘됐네요. 요즘 기르고 있는 뿔이랑 잘 어울리겠는데요.

루스: 캐미, 안내서 읽어봤지? 읽는 거 봤다. 하나님의 약속에서
　　　효과를 보려면 가르침을 받아들일 마음가짐이 되어 있어
　　　야 해.

나: 저한테 마음이란 게 없나 보죠.

루스: 도움 받을 생각이 없니? 변할 수 있다는데 왜 변하지 않고
　　　그대로 있으려는 건지 모르겠구나.

나: 그대로가 뭔데요?

루스: 잘 알잖아.

나: 모르겠는데요, 말해보세요.

루스: 죄악된 욕망을 품고 살아가는 것 말이다.

나: 그 욕망 중에 혼전 섹스도 포함되나요?

루스: (긴 침묵 끝에) 무슨 뜻으로 한 말이니?

나: 글쎄요.

　하나님의 약속으로 향하는 분기점에 닿기 몇 킬로미터 전에
퀘이크 호수의 표지판이 나타났다. 표지판은 쓰러져서 마치 세

미 트레일러가 한번 밟고 지나간 뒤에 다시 일으켜 세워놓은 것처럼 우그러지고 철제 기둥 한가운데가 휘어 있었다. 루스 이모도 나와 동시에 그 표지판을 봤는지, 잠시 길에서 눈길을 돌려 나를 쳐다보았다. 하지만 이모는 아무 말도 하지 않았다. 나 역시 아무 말도 하지 않았다. 그렇게 모퉁이를 돌자 백미러에 비치는 것은 나무들과 도로가 전부였고 방금 본 표지판은 지금까지 오는 길에 지나친 수많은 이정표 중 하나에 지나지 않는 것처럼 조금도 대수롭지 않게 여겨졌다. 최소한 그때는 우리 둘 다 그렇게 생각하는 것처럼 굴었다.

하나님의 약속 주차장에서 우리를 맞이한 여자아이는 오렌지색 클립보드와 폴라로이드 카메라를 들고 있었고 오른쪽 다리는 (무릎 아래가) 의족이었다. 내 또래 고등학생으로 보이는 그 애는 클립보드를 흔들면서 놀랄 만큼 빠른 걸음으로 페투스 모바일 쪽으로 다가왔다. 어쩌면 놀랄 일이 아니었는지도 모르겠다. 육상용 반바지 차림이었기 때문이다.

그러더니 그 애는 1초나 될까 싶은 짧은 시간 안에 루스 이모가 탄 운전석 문을 벌컥 열어 이모의 사진을 찍었고, 그 탓에 이모는 그 애에게 "아이구, 이 불쌍한 것"이라고 할 기회를 잃어버렸다.

놀란 루스 이모는 꺅 소리를 내며 숨을 들이쉬더니 고개를 앞뒤로 흔들며 「루니 툰스」 만화 주인공이 벽돌로 된 벽에 쾅 부딪쳤을 때처럼 눈을 끔벅였다.

"놀라셨죠, 죄송해요. 저는 첫 순간을 사진으로 남기는 걸 좋아해서요." 그 애가 목에 걸린 커다란 검은색 카메라를 손에서 놓고 고개를 조금 숙였다. 카메라에서 사진이 혀를 내밀듯 미끄러져 나왔지만 사진을 잡아 빼지는 않았다. "저는 여기 누가 도착할 때마다 사진을 남기거든요. 그것도 첫 순간을요. 그 순간이 최고니까요."

"왜 그때가 최곤데?" 나는 그 애의 다리를 자세히 보고 싶어서 페투스 모바일에서 내려 차를 빙 둘러 그쪽으로 다가가 물었다. 그 애의 진짜 다리는 앙상하고 밀가루 반죽처럼 희었지만 의족은 좀 더 굵고 플라스틱 질감이었다. 해변의 바비 인형처럼 볕에 그을린 색이었다.

"말로 설명할 수 없으니까 사진으로 남기는 거야. 내 생각엔 그때가 가장 순수한 순간이라서. 희석되지 않은 순간 말이야."

그 말을 듣자마자 이모는 피식 웃었다. 이 아이가 우리를 맞이한 걸 불편해하고 있는 게 분명했다.

그 애는 드디어 카메라에서 사진을 꺼내서 나와 그 애만 볼 수 있는 각도로 들어 올렸다. 렌즈에 너무 가까이 있었던 루스 이모의 머리와 기분 나쁘다는 듯 일그러진 입매가 사진의 대부분을 차지했고 나는 이모의 뒤쪽 먼 곳에서 웃음기를 띠고 있었다.

"난 캐머런이야." 내가 말했다. 내가 먼저 입을 열지 않으면 루스 이모가 말을 시작할 텐데, 나는 왠지 모르게 이 애의 마음에 들고 싶었다. 아마도 이곳에서 우리를 맞이하리라 생각했던 그런 사람이 아니어서였을 것이다.

"나도 알아. 네가 온단 이야기에 다들 시끌벅적했거든. 난 제인 폰다야." 그 애는 의족에 의지하고 서서 미소를 지으며 살짝 몸을 흔들었다. 목욕 장난감처럼 뻑뻑 소리가 났다.

"진짜로? 이름이 제인 폰다*라고?" 나도 그 애를 보면서 미소를 지었다.

"난 농담 안 해." 그 애가 말했다. "다른 애들한테 물어봐. 아무튼 문제는 릭이 지금 보즈먼에 있는 샘스 클럽에 장을 보러 갔다는 거야. 내가 이곳을 안내해줄게. 릭도 곧 돌아올 거야." 그러면서 제인은 내 쪽으로 몸을 기울였다. "샘스 클럽이랑 월마트에서는 우리한테 특별 할인을 해주고 가끔 공짜 음식도 주거든. 주로 닭 가슴살이랑 바나나야. 릭은 바비큐 치킨을 잘 만들어. 그런데 화장실 휴지는 항상 싸구려를 사. 거칠어서 두 겹으로 써야 하는 거 있잖아."

"그건 참 안됐구나." 루스 이모가 입을 열었다. "그럼 이제 짐을 들여놔도 되니?"

"여부가 있겠습니까." 제인이 대답했다.

"이름이 진짜 제인 폰다라니, 못 믿겠어." 내가 말했다. "미친 거 같은데."

그러자 제인은 클립보드를 의족에 두 번 탁탁 두드렸는데 내가 어린 시절 드럼 스틱으로 미스터 포테이토 헤드를 두들겼을 때와 비슷한 소리가 났다. "'빙산의 일각'만 하겠어? 이곳에서 우린 미친 짓 속을 헤엄치고 있다고."

---

* Jane Saymour Fonda(1937~). 미국의 유명 영화배우이자 사회운동가.

하나님의 약속은 서부 몬태나의 특색 있는 지형을 그대로 빼다 박은, 몬태나주 관광위원회가 엽서나 가이드북에 반드시 집어넣을 게 틀림없는 지대에 위치해 있었다. 양궁이나 승마를 즐기기 딱 좋은 금빛과 초록빛 들판, 카스텔리아와 충충이부채꽃이 점점이 흩뿌려진, 나무가 울창한 오솔길. 제인의 말에 따르면 *물 반 송어 반*이라는 하천이 둘 있고 본관에서 2킬로미터 정도만 하이킹하면 갈 수 있는 거리에 너무 새파래서 가짜 같은 산호수가 있었다. 캠퍼스(수용소) 양쪽은 문란한 성행위로 가득한 삶에서 우리의 영혼을 구한다는 성스러운 목적에 공감하는 목장 주인들의 소 방목지가 둘러싸고 있었다. 뜨거운 8월 오후였는데도 산 위에서 내려오는 바람이 상쾌했고 바람 속에 달큰한 짚 냄새, 소나무와 삼나무의 기분 좋은 향취가 실려 왔다.

제인 폰다는 삐걱거리는 의족을 깜짝 놀랄 만큼 가볍게 놀려서 길도 없는 들판을 가로질러 우리를 안내했다. 루스 이모는 내 물건으로 꽉 찬 위너스 항공사의 낡아빠진 초록색 슈트케이스 바퀴가 프레리도그* 구멍이나 세이지 덤불에 걸려 요동치는 한이 있어도 불구자와 멀찍이 거리를 유지하며 걸으려 애썼다. 나는 루스 이모의 분홍색 샐리 큐 슈트케이스를 끌고 있었는데, 루스 이모는 위너스 항공사의 슈트케이스는 내가 가져도 되지만 샐리 큐 슈트케이스는 자신이 도로 가져갈 거라고 말했다. 헌것

---

* 북미 대초원 지대에 사는 다람쥣과 동물.

은 버리고 새것만 들고 돌아가겠다는 소리였다.

제인은 가는 길에 닭장(학생들이 당번제로 아침마다 달걀을 꺼낸다고 했다), 텅 빈 마구간(나중에 말도 들일 계획이 있다고 했다), 여름에 캠프 용도로만 쓰인다는 철제 지붕 오두막이 모여 있는 곳, 그리고 릭 목사와 이 학교의 부원장인 리디아 마치가 쓴다는 작은 오두막 두 개를 손짓으로 알려주었다. 하지만 제인은 이 동네에 처음 온 사람을 안내해주는 투어 가이드의 역할을 썩 열심히 하지는 않았다. 제인을 따라 걸어가면서 나는 그 애의 티셔츠 뒷면을 쳐다보았다. 짧은 바지에 탱크톱 차림으로 보아 발리볼 선수 같은 여성이 힘든 시합을 끝낸 뒤 포니테일 머리를 축 늘어뜨리고 눈썹에 땀이 맺힌 채 스트레칭하는 모습이 흑백으로 그려져 있었다. 그림 옆에는 보라색 글씨로 '모든 일에서 하나님을 찾으라'라고 적혀 있었다.

하나님의 약속 본관은 통나무 외장재와 웅장한 입구가 통나무 산장을 연상시켰지만, 막상 안으로 들어가 보니 조금 더 크고 기숙사 방이 여러 개 있는 것 외에는 마일스시티에 있는 찬양의 문 교회와 똑같아 보였다. 하드우드를 어설프게 모방한 공업용 합판이 바닥 전체에 깔려 있었다. 창문의 개수는 너무 적고 온 사방에 형광등이 달려 있었다. 그래도 주실主室은 나름대로 신경을 쓴 것 같았지만—벽난로, 나바호* 족 스타일의 싸구려 편직 러그, 벽난로 위에 걸린 말코손바닥사슴 머리장식—그 방에서도 살충

---

* 미국의 남서부 지역에 거주해온 아메리카 원주민 부족.

제와 바닥세정제 냄새가 풍겼다.

나는 "다른 사람들은 어디 있어?" 하고 물었는데, 말을 내뱉자 마자 동굴 벽에 울리는 것 같은 메아리가 대답처럼 따라붙었다.

"대부분은 릭이랑 같이 보즈먼에 갔어. 리디아는 잉글랜드 어딘가에 있고. 원래 거기 살거든. 리디아는 1년에 두 번 정도 와. 그래도 아마 호숫가에 사도들이 몇 명 있을 거야. 여름 캠프가 지난주에 끝나서 지금은 정규 학기 시작 전의 과도기지. 자유시간이라고나 할까." 제인은 스위치를 올려서 불을 켠 다음에 복도를 걸어가기 시작했다.

"그럼 너희는 이번 주 내내 자유롭게 시간을 보낸다는 거니?" 루스 이모가 제인을 따라잡으려고 잰걸음으로 걷자 슈트케이스의 바퀴가 반들거리는 바닥 위를 구르며 흙과 풀 자국을 남겼다.

"그렇지는 않아요. 그룹 활동이 별로 없는 거지, 성경 공부랑 일대일 면담은 해요." 제인이 닫힌 문 앞에서 걸음을 멈췄는데, 문에는 테이프로 두 가지가 붙어 있었다. 하나는 크리스천 록 밴드인 오디오 아드레날린의 포스터였고, 다른 하나는 '평온을 위한 기도'를 복사한 종이였는데 보라색 잉크가 희미하게 빛바래고 누레진 종이의 가장자리가 말려들어 가는 바람에 마치 오랜 역사를 품은 진품 같은 분위기를 풍겼다.

제인이 손에 든 클립보드로 문을 똑똑 두드렸다. "여기가 네 방이야. 룸메이트는 에린이고. 에린은 릭과 같이 보즈먼에 갔어."

루스 이모는 못마땅하다는 듯 혀를 *쯧쯧* 차며 고개를 갸우뚱했다. 아직도 이곳에서 룸메이트와 한 방을 쓴다는 게 도저히 이해가 안 되는 모양이었다. 그렇다고 누가 이모를 비난할 수 있겠는가? 나도 조금 생경했다. 나는 이번 주 초에 룸메이트의 이름을 미리 전달받았고, 내 새로운 룸메이트가 될 에린이라는 아이를 상상했다. 안경을 끼고 오동통하며 흐트러진 곱슬머리에다 여드름이 난 볼을 수시로 붉히는 아이일 것 같았다. 에린은 다른 사람을 즐겁게 해주는 성격일 것이다. 그냥 감이 왔다. 성실하고 문에 붙은 포스터에 나온 조금 너저분하지만 자기 목 뒤에 소름이 돋고 가슴에 찌릿한 느낌이 들게 만드는 신앙심 깊은 남자를 만나게 해달라고 하나님께 기도하는 아이일 게 분명했다. 자습실과 실험실에서 만난 여자아이를 원했던 것처럼 그 남자를 원하게 해달라고 예수님께 기도할 것이다. 영화에 나오는 액션 히어로 같은 남자 주인공을 두고 *정말 키가 크고 잘생겼다면서* 키득키득 웃겠지. 에린이라는 애는 분명 키득키득 웃는 버릇이 있을 것이다.

우리는 아직도 문밖에 서 있었다. 제인이 고갯짓으로 문손잡이를 가리켰다. "들어가도 돼. 여기서는 문을 잠그지 않아. 심지어 평소에는 문을 다 열어두지만, 오늘은 여기 아무도 없으니까 닫아둬도 될 거야." 제인이 곧바로 "금방 적응할 거야"라고 덧붙인 걸 보니 내 표정을 읽은 게 틀림없었다.

그 말이 믿기지는 않았다.

방 안 에린이 쓰고 있는 절반에는 노란색과 보라색이 많았다. 노란 이불에 보라색 베개, 노란색 갓이 달린 보라색 전등. 테두리가 노란색과 보라색 줄무늬로 된 엄청나게 큰 게시판은 사진과 크리스천 콘서트 티켓과 손 글씨로 적은 성경 구절로 뒤덮여 있었다.

"에린은 미네소타에서 왔는데 바이킹스의 엄청난 팬이야." 제인이 말했다. "또, 에린은 2년 차라서 너한테는 없는 특권들이 있어. 포스터를 붙여도 된다든지 하는 것들 말이야." 제인은 나를 쳐다보더니 어깨를 으쓱했다. "넌 아직 안 돼. 그래도 언젠가는 너도 특권을 얻게 될 거야. 아마도 말이야."

내가 쓸 방의 절반은 휑하고 삭막했는데, 이 공간을 채울 만큼 물건을 가져오지는 않았다. 나는 새것으로 보이는 두 겹짜리 매트리스 위에 가방들을 올려놓았다. 지금 당장 짐을 풀어야 하는지 확신이 서지 않아서 집히는 대로 물건 몇 가지를 꺼내 책상 위 선반에 올려놓았다. 루스가 사 온 새 공책 한 묶음, 펜 한 상자. 크리넥스 갑 티슈, 크리스마스에 찍은 엄마 아빠와 내 사진, 퀘이크 호수가 생기기 전의 어린 엄마 사진, 마고와 엄마가 함께 찍은 사진. 모두 루스가 이상한 표정을 짓기는 했지만 가져와도 된다고 허락해준 물건들이었다. *노력은 해보자.* 나는 그렇게 생각하면서 『10대를 위한 익스트림 성경』도 선반 위에 추가했다.

루스는 커다란 게시판을 꼼꼼히 살펴보고 있었다. '바이킹 에린'에 비해 내 물건들에 색이 없다는 것을 알아차린 것 같았다. 그래서 갑자기 내가 좀 안쓰러워진 듯했다. 이모는 헤어지기 전에 페투스 모바일에 있는 독서등과 알람시계를 챙기는 걸 잊지 말라고 덧붙였다.

"캐미, 네가 여기서 정말 잘 지낼 수 있을 것 같구나. 진심이야." 이모가 내 어깨를 감싸려 팔을 뻗었지만 나는 올 한 해 내내 내다보게 될 창밖 풍경이 갑자기 너무 궁금해서 견딜 수가 없는 척하며 물러서 버렸다. 창밖 풍경은 믿기지 않을 정도로 아름다웠다. 최소한 그건 다행이었다.

고맙게도 제인이 우리를 이 방에서 끄집어내 주었다. "식당으로 가시겠어요? 릭이 샌드위치를 준비해뒀어요."

"그게 좋겠다." 루스 이모는 이미 문밖에 나가 있었다.

제인이 삐걱삐걱 소리를 내며 루스 이모를 지나쳤다. 나는 나가는 길에 게시판 앞에서 발걸음을 멈추었다. 사진마다 계속 등장하는 여자아이가 하나 있었다. 분명 에린이겠지. 여드름만 빼면 상상한 모습 그대로였다. 사진 속 아이의 피부는 노그제마 화장품 광고에 나오는 여자처럼 깨끗했는데, 어쩌면 불을 끄기 전에 이런 기도를 하는지도 몰랐다. *하나님 저에게 티 없는 모공을 주세요. 건강한 혈색을 주세요.*

달걀 샐러드를 다 먹자마자 바깥에 커다란 파란색 승합차가 와서 서더니 하나님의 약속 로고가 은색으로 새겨진 슬라이딩 도어가 열리면서 환우들이 성수처럼 쏟아져 나와 나를 스쳐가고 정화하는 물줄기처럼 에워쌌다.

안녕, 난 헬렌이야. 이곳에 온 걸 정말 환영해. 난 스티브야. 방금 캡 앤드 크런치 시리얼 잔뜩 사왔어. 너도 캡 앤드 크런치 좋아하니? 진짜 맛있는데. 그 뒤에는 마크와 데인이 호수를 구경시켜 주겠다고 했고, 애덤은 내가 달리기를 한다는 이야기를 들었

다며, 자신도 아침마다 달리기를 하는데 뛰다가 엘크와 사슴을 엄청나게 많이 보았고 심지어 말코손바닥사슴도 한두 번 보았다고 했다. *겁나 크더라.* 그러면서 다들 나를 살짝 포옹했고, 내 팔에 손을 대고, 반짝이는 눈으로 나를 바라보고, 마치 우리가 캔디랜드나 하이 호! 체리오 같은 보드 게임에 나오는 플라스틱 말이라도 된 것처럼 나를 보고 웃었다. 그러는 내내 내 머릿속에는 *이렇게 서로 막 만져도 되는 거야?* 하는 생각이 떠나지 않았다.

나는 여전히 목에 카메라를 걸고 나만큼이나 굉장히 어색하게 서 있는 제인을 쳐다보았다. 이렇게 쏟아지는 선의와 빛을 받은 덕에 행여나 제인의 다리가 저절로 치유되어 완벽하고 순수하게 새로 솟아나기라도 하는 게 아닌가 싶어 의족에 눈길을 주었다. 그런 일은 없었다. 다행이었다.

바이킹 에린은 승합차에서 맨 마지막으로 내렸다. 에린은 마치 이 승합차가 호박으로 만든 마차이고, 눈을 반짝이며 호의를 보이는 다른 아이들은 자기의 신하나 가신이며, 나는 새로 온 하녀라도 된다는 듯 차에서 내려섰다. 데님 멜빵바지에 샌들을 신었고, 윤기 나는 곱슬머리가 생기 있어 보이는 당당한 모습이었다. 에린의 모든 것이―심지어 둥글고 부들부들한 체형까지도―건강해 보였다. 어쩌면 나는 에린이라는 아이에 대해 완전히 잘못 생각한 건지도 몰랐다. 에린이 리더 역할인가?

에린은 나를 보자마자 꺅 소리를 질렀다. 그다음에는 내가 예상한 그대로 킥킥 웃었다. 포옹하는 동안 에린은 내가 문에 붙은 기도문과 방 안 게시판을 보고 예상했던 모든 말을 했다. 룸메이트가 생겨서 너무 기쁘고, 이 여정을 함께할 수 있어서 너무 기쁘고, 또 내가 운동선수라서 너무 기쁘다는 것이었다. 자기 역시 운동선수가 되고 싶었다고 했다. 내 상상이 눈앞에 펼쳐진 그때만큼 뿌듯한 순간은 그 뒤로 몇 주간 다시 오지 않았다.

에린은 명랑하고 쾌활하기는 했지만 똑같이 살갑게 구는 다른 아이들에게 있는 무언가가 없었다. 정확히 무엇인지는 알 수 없었다. 나는 에린의 얼굴을 관찰하며 표정을 읽어보려 했다. 마지막으로 나와 포옹한 건 애덤이었다. 그 순간 나를 에워싼 달짝지근한 냄새의 정체가 무엇인지 잠시 머리를 굴렸지만 주변을 둘러싼 사람이 너무 많아서 곧장 알아차릴 수 없었다. 애덤이 포옹을 푸는 순간 그 냄새가 또 한 번 났다. 확실했다. 대마초였다. 이 호모들은 대마초에 흠뻑 취해 있다.

루스 이모는 저쪽에서 주말이라 록 스타처럼 청바지에 티셔츠 차림인 릭 목사와 이야기를 나누고 있었는데, 그는 나와 눈이 마주치자 환하게 웃으면서 손을 흔들어주었다. 찬양의 문에 왔던 때와 하나도 달라지지 않은 모습이었다. 그리고 루스 이모는 대마초 조인트를 건네받더라도 냄새만으로는 그것이 대마초라는 걸 알아차리지 못할 것이다. 심지어 봉*을 받아 들어도 그게 뭔지 모르겠지. 다들 취해 있는 걸까? 그럼 릭 목사도? 제인한테서 힌트를 얻을 수도 없었다. 제인은 캡 시리얼 이야기를 했던 남자아이와 사 온 물건에 대해 말하는 중이었다. 아이들 중 두엇은 벌

---

* 물담배 형태로 대마초를 피우는 기구.

써 자기 방이나 부엌으로 흩어져 갔다. 제인이 *자유시간*이라고 했지. 나라도 야외에서 대마초나 피웠을 것 같다.

그 순간이 무척이나 부자연스럽기는 했지만, 나는 *재미 삼아* 우리 방의 가구 배치를 어떤 식으로 바꿔볼지 차례차례 읊고 있는 에린에게 가까이 다가갔다. 나는 에린의 목소리가 잘 들리지 않는 척하면서 "맞아, 너 바이킹스 좋아한다며?" 하고 묻고는 숨을 크게 들이쉬었다. 에린이 입은 멜빵바지에서는 건조기 시트 냄새 말고는 아무 냄새도 나지 않았다.

"너도 아는구나! 걱정하지 마, 너도 곧 방을 꾸며도 된다는 특권을 얻을 테니까. 어쩌면 그사이에 너도 바이킹스 팬이 될지도 몰라!" 에린은 기나긴 질의응답 순서를 시작했는데, 그날 들어 두 번째로 제인이 내 구세주가 되어주었다.

클립보드를 든 제인은 마치 권위 있는 사람 같았다. "끼어들어서 미안한데, 릭이 너랑 너희 이모랑 이야기하자고 해. 이제 둘러보는 것은 마무리하라네."

이제 열의 없는 투어 가이드 노릇을 하던 제인과의 볼일은 끝난 줄 알았는데, 클립보드를 들고 훌륭한 전도사 분위기를 암묵적으로 풍기는 제인의 말을 듣고 에린은 방으로 들어갔다. 하지만 에린은 떠나면서도 빨리 다시 만나서 수다 떨자는 말을 덧붙였다.

제인은 릭에게 가서 무슨 말인가 했다. 릭은 나를 보고 고개를 주억거렸는데, 언제나처럼 쿨하고도 편안해 보이는 태도였다. 그다음에 제인이 나를 데리고 큰 헛간의 건초 다락으로 갔다. 제인은 낡아서 회색이 된 나무 사다리를 올라가느라 고군분투했지만 특별할 건 없다는 태도였다. 자주 오르락내리락한 게 틀림없어 보였다. 나는 도회지 아이인데도 중요한 것들은 항상 헛간에서 알게 되는 것 같았다.

"자, 동료 죄인들을 만났으니까," 제인은 나에게 다락 가장자리에 앉으라고 손짓했고, 내가 앉자 내 옆에 자리를 잡았다. 기둥을 잡고 의지하면서 앉아야 했지만 몸놀림이 놀랄 만치 민첩했다. 모든 게 놀라웠다. 제인도, 이곳도. "소감이 어때?"

나는 돌직구를 던지기로 했다. 망설일 게 없었다. "왜 다들 취해 있는 거야?" 우리는 다락 모서리에 앉아 허공에 다리를 달랑거리고 있었고 제인의 다리에서는 1.5초에 한 번씩 삐걱이는 소리가 났다.

내 말에 제인은 짧게 웃었다. "대단한데? 모두가 취한 건 아니야. 사실 상습범은 몇 명 없지."

"너도야?"

"맞아. 나도 포함이지. 설마 에린도 포함된다고 생각한 건 아니지?" 제인은 작게 미소 지었는데 나에게가 아니라 그냥 헛간을 바라보며 웃은 거였다.

"아니, 걘 아닌 거 금방 알겠더라." 나는 다락 가장자리에 놓인 건초를 괜히 헤집어서 지푸라기들이 허공에 날리는 모습을 보았다. "릭 목사님은 몰라? 몇 명은 우드스톡*에서 갓 돌아온 것

---

* 1969년에 열린 록 페스티벌로 히피 문화의 상징이라 불린다.

처럼 냄새가 심하게 나던데."

"릭은 냄새를 못 맡아. 아예 못 맡지. 태어날 때부터 그랬대. 나중에 다 듣게 될 거야. 릭은 후각이 없다는 사실에서도 의미를 찾길 좋아하거든." 제인은 떨어지는 지푸라기를 재빨리 사진으로 남겼다. 그 애는 카메라를 꼭 채찍처럼 사용했다.

"다른 애들은?"

"방금 봤잖아. 다른 애들은 애초에 취할 필요가 없어. 그 애들한테는 하나님이 최고의 마약인걸." 방금 한 말 때문에 내 눈길은 제인한테 완전히 사로잡히고 말았다. 하지만 제인은 금세 내가 눈길을 다른 데로 돌리게 만들었다.

"그럼 왜 고자질을 안 하는 거야?"

그러자 제인은 또 혼자 미소를 지었다. "가끔 할 때도 있어."

"그게 무슨 뜻이야?"

"곧 알게 될 거야. 네가 이곳을 어떤 곳이라고 생각하는지 모르겠지만, 뭐라고 생각하건 놀라게 될걸. 정말이야. 여기서 조금만 지내다 보면 알게 될 거야."

"어차피 선택의 여지는 없을 것 같은데." 내가 말했다. "난 여기 갇힌 거잖아. 여기서 지낼 수밖에 없지."

"그럼 너도 끼워줄게."

"뭐에?"

"대마초." 제인은 별로 특별한 일도 아니라는 듯이 말했다.

이렇게 쉬운 일일 줄은 몰랐다. 아니, 쉽지는 않을지 몰라도, 제인이 내게 제안한 것이다. "완전 좋지." 내가 대답했다.

"돈 좀 있어?"

"조금." 우리는 원래 돈을 가져오지 못하게 되어 있다. 안내서에는 그렇게 적혀 있었다. 하지만 나는 수상안전요원 일을 해서 번 돈과 아빠의 서랍에서 꺼낸 돈을 합쳐 총 5백 달러를 챙겨왔는데, 20달러와 50달러짜리를 젓가락만큼 가늘게 여러 덩어리로 말아서 만약 하나가 들키더라도 나머지를 건질 수 있도록 짐여기저기에 숨겨두었다.

제인은 의족에 달린 끈과 버클을 풀어서 잡아당기고 있었다. 보고 있자니 속이 안 좋았다. 다리가 잘려나가고 남은 부분은 버팀대와 패드로 덮여 있었는데 제인이 이쯤에서 풀어헤치기를 멈추지 않는다면 잘린 부위까지 드러나버릴 것 같았다.

제인도 내 시선을 눈치챈 것 같았다. "이 안에 대마초를 조금 숨겨놨거든. 안에 작게 빈 공간이 있어서 말이야. 너도 곧 익숙해질 거야."

"난 아무렇지도 않아." 나는 지푸라기를 무더기로 집어던지면서 그쪽으로부터 눈길을 돌렸다.

"아니, 신경 쓰는 거 알아. 하지만 한두 모금 빨고 나면 아무렇지도 않아지겠지." 제인의 손에는 어느새 대마초가 상당량 담긴 작은 봉지와 동석으로 만든 파이프가 들려 있었다.

인상적이었다. "인상적이네." 내가 말했다.

제인은 수백 번은 해본 듯한 익숙한 손놀림으로 파이프에 대마초를 채운 다음 봉지를 집어넣고 이번에는 빨간색 빅 볼펜을 꺼냈다. "난 준비성이 철저하거든. 사실 난 자급자족형이야. 헛간에서 태어났거든."

딱 이 순간에 촌철살인의 한마디를 던져야 할 것 같았다. "아, 그래. 예수님인 줄."

"바로 그거야." 제인이 연기를 내뿜더니 나에게 파이프를 건넸다.

대마초는 강하면서도 거칠었고, 아마 세다는 표현이 어울릴 것 같았는데, 들이마시기가 편하지는 않았다. 곧바로 눈에 눈물이 고였다.

"금방 적응할 거야." 내가 아픈 고양이처럼 기침을 해대자 제인이 말했다. "잡초나 다름없는 걸로 내가 최선을 다해 제조한 거거든."

나는 눈을 가늘게 뜨고 그 애한테 고개를 끄덕여 보인 뒤 다시 한번, 이번에는 눈을 감고 연기를 들이마신 다음 파이프를 돌려주고 건초 위에 풀썩 드러누웠다. "어디서 사는 거야?"

"나한테서. 내가 여기서 2, 3킬로미터 떨어진 곳에서 딱 겨울을 버틸 만큼만 키우고 있거든. 아껴 피운다면 말이야."

나는 팔꿈치를 눌러 몸을 일으킨 다음 연기를 들이마시는 제인을 쳐다보았다. "농담 아니고? 네가 대마초를 재배한다고?"

제인이 파이프를 다시 내게 건넨 뒤 옆에 드러누웠다. "방금 말했잖아. 난 자급자족형이라니까."

"그런데 어쩌다가 여기 왔어?"

제인은 눈썹을 치켜올렸는데, 알쏭달쏭한 표정을 지으려는 것 같았다. "타블로이드지 때문에." 제인이 한 말은 그게 다였다.

"네 이름 때문에?" 내가 물었다.

"비슷해. 정확하진 않고."

제인은 이 순간을 즐기고 있는 게 분명했다. 제인은 새로운 학생들이 하나님의 약속에 입소했다가 퇴소하는 걸 지켜보았을 만큼 이곳에 오래 있었고, 내가 뭘 궁금해하는지도 정확히 알고 있었다. 그 애의 이야기, 그 애의 과거, 나처럼 그 애가 이곳에 오게 된 일련의 사건. 하나님의 약속에 오고 나니 왠지 그 애의 이야기가 듣고 싶어 안달이 났고 이곳에 있는 모든 아이들의 모든 이야기를, 그 애들의 부모건 이모건 누구건 간에 그 애들을 싣고 도로를 달려와 주차장에 내려주기 직전까지의 이야기를 다 듣고 싶었다. 왜 그렇게 안달이 났는지는 모르겠다. 아직도 모른다. 어쩌면 우리에게 공통된 과거가 있다는 느낌 때문이었는지도 모르겠다. 하나님의 약속에 있는 다른 사람을 이해하면 나 스스로를 알 수 있을 것 같은 느낌. 내가 아는 것은 **우리는 모두** 트레이딩 카드를 교환하듯이 서로의 과거를 모으고 나누었다는 것이다. 그 과거는 가면 갈수록 더 괴상하고 낯설고 말도 안 되는 것들이 되었다. 하지만 그중에서 제인의 이야기를 뛰어넘는 건 없었다.

제인의 이야기는 뜨거운 8월 오후에 건초 다락에서, 강한 대마초가 뿜어내는 짙은 연기 속에서 들었기에, 내가 기억하는 이야기와 제인이 했던 이야기가 똑같지 않을지도 모른다. 그럼에도 중요한 것은 제인이 이 이야기를 해줬을 때 내가 깨달은 사실이었다. 마일스시티의 삶에 비추어보면 내 인생이 '이 주의 영화'급이었지만 사실은 전혀 아닐지도 모르겠다는 것 말이다.

제인은 열한 살까지 아이다호주 처벅 북쪽의 코뮌에서 자랐다. 제인의 말만 들으면 그레이트풀 데드*의 로드매니저와 아미시** 교도의 만남과 비슷했는데 그 결과물이 바로 이 코뮌이었다. 그곳은 코뮌의 창립자 중 한 사람이 할아버지에게서 물려받은 좋은 땅에 있었다. 코뮌 거주민들은 땅에서 석영과 자수정 결정을 발굴해서 연마한 다음 관광객들이 찾는 보석 가게나 예술품 박람회에서 판매했다. 옥수수와 당근, 당연히 아이다호 감자도 키웠고, 사슴과 엘크를 사냥했다. 제인의 어머니는 뉴멕시코 출신의 검은 머리 미인이었고 모두가 사랑하는 코뮌의 공주였다. 그 사랑 덕분에 제인에게는 아빠가 둘이었다.

제인은 친자 확인 검사가 코뮌에서는 무의미하다고 했다. 영혼과 생명의 소유권을 주장할 수 있는 사람이 누가 있나? 그건 다 헛소리였다. 제인의 아버지일 가능성이 있는 한 사람은 눈이 촉촉하고 걸음이 느렸으며 뒷주머니에는 항상 체리 맛 라이프세이버스 캔디 한 롤을 가지고 다니는 코뮌의 기술자 리셀이었다. 또 다른 한 사람은 일종의 교수인 게이브였다. 게이브는 한 학기는 커뮤니티 칼리지에서 문학과 시를 가르치고 다음 학기는 코뮌에서 보냈다. 베스파를 몰고 다니고, 턱수염이 조금 있으며, 셜록 홈스나 쓸 법한 파이프로 담배를 피웠는데 소품에 가까웠다.

---

* 1960년대 중후반 미국 샌프란시스코 지역의 히피 문화를 이끈 록밴드.
** 펜실베이니아 중부에서 현대문명을 멀리하고 공동체를 이루고 살아가는 개신교 재세례파 계통의 종파.

아마 같은 고등학교에서 만났더라면 인적 드문 복도에서도 서로 부딪치지 않게 멀찍이 피했을 두 남자는 코뮌에서 서로를 존중하며 지냈다. 적어도 존중 비슷한 관계를 유지했다. 아기 이름을 짓는 건 아주 작은 장애물이었을 뿐이었다.

리셸은 자기 어머니의 이름을 따 아이의 이름을 제인이라고 짓자고 했다. 리셸의 어머니는 처벅에서 웨딩 케이크를 만드는 제빵사로 일하다가 어느 날 5단 케이크를 완성한 다음 자기 머리를 빵집 오븐에 집어넣은 사람이었다. 게이브가 제인이라는 이름을 원한 이유는, 아마 예상했겠지만, 자기 어머니의 이름을 따오고 싶었기 때문이다. 게이브의 어머니는 새러토가*에서 주차위반 단속 요원으로 일했고 유방암 생존자였다. 그리고 아이의 성에 대해서는 이견의 여지 없이 어머니 성을 따르는 쪽으로 결론이 났는데, 제인 어머니의 성은 폰다였고, 리셸과 게이브 둘다「바바렐라」를 재미있게 보았기에(이유는 서로 달랐다―게이브는 반어적으로, 리셸은 진심으로) 그렇게 아이는 제인 폰다가 된 것이다.

게이브는 이 이름이 포스트모더니즘의 승리라고 했다.

리셸은 이 이름이 단순하고 직설적이라고 했다. 평범하고 좋은 선택이라고 말이다.

제인 폰다는 12월에 코뮌의 헛간에서 은퇴한 응급실 간호사인 팻의 도움을 받아 태어났다. 팻은「로미오와 줄리엣」에서 갓

---

* 미국 캘리포니아주 산타클라라카운티에 있는 도시.

나온 듯 수선스럽고 자신감 넘치며, 숱 많은 회색 머리를 땋아 내리고 손이 햄 조각처럼 분홍색인 사람이었다. 팻은 연인인 퇴직 경찰 캔디스와 함께 연금을 모두를 위한 좋은 일에 쓰려고 코뮌에 들어온 지 얼마 되지 않은 상태였다. 아이다호에 오기 전에 두 사람은 버클리의 거터 다이크* 일원들이 캘리포니아 남부에 만든 레즈비언 분리주의 공동체인 위민스랜즈에서 살았다. 팻과 캔디스는 여성만이 존재하는 낙원에서 행복하게 지내다가 캐나다에서 열리는 포크록 페스티벌에 가던 길에 친구들을 만나러 처벅에 잠시 들렀다가 그대로 머무르게 된 것이었다.

팻과 제인 폰다는 가까운 사이로 지냈다. 그러다가 스노모빌 사고로 팻이 죽고 제인은 한쪽 다리를 잃었다. 그렇게 어느 날 오후 제인은 한쪽 다리의 무릎 아래와 간호사이자 롤 모델이었던 사람을 동시에 잃은 셈이었다. 게이브가 코뮌을 떠나 돌아오지 않은 지도 2년 정도 되었고, 리셸은 《농부의 연감》처럼 말하지 않고는 이런 비극에 대해 뭐라고 말해야 할지 몰랐다.

제인의 어머니가 그날 저녁을 온갖 기독교적 상징과 연관 지은 것은 제인이 태어난 그날 밤이 아니라 한참 뒤였다. 말구유, 12월, 별이 총총하던 밤, 심지어 출산의 배경 음악을 연주하고 모두에게 파이를 나누어준 세 명의 지혜로운 뮤지션까지도. 애초에 어째서 제인이 헛간에서 태어난 것인지 누구도 몰랐다. 코

---

* 거터 다이크와 위민스랜즈는 1970년대 미국에 생겨나기 시작하던 급진 레즈비니 스트들의 대안적 공동체이다.

뮌에는 오두막집도 몇 개 있었고 따뜻한 원뿔형 천막도 많았다.

"하나님의 손길 때문이야." 제인의 어머니가 나중에 내린 결론이었다. 제인의 어머니는 그 생각을 끝까지 고수했다.

스노모빌 사고 얼마 후 제인의 어머니는 슈퍼마켓 계산 줄에 서 있던 도중 그리스도를 영접했다. 그 주에 코뮌에서 치약, 휴지, 생리대처럼 '재배할 수 없는' 물건을 사 오는 특별 임무를 맡은 사람이 제인의 어머니였다. 충격적인 타블로이드지 표지가 그녀의 눈을 사로잡았다. 십자가에 매달린 예수의 상상화가 캔자스의 먼지구름 속에 떠오른 사진이었다. 그럴 수도 있지 않나? 크리스털로 힘을 얻고, 구호를 외쳐서 완전해질 수 있다면, 이것도 가능하지 않을까? 그리고 그 타블로이드지 표지에 실린 또 다른 기사는? 할리우드 배우 제인 폰다가 새로운 운동 비디오 「제인 폰다의 임신, 출산, 회복 운동」을 찍는다는 소식이었다. 한 잡지 표지에 예수님과 제인 폰다가 함께 나와서 계산대 앞줄에 선 그녀를 빤히 바라보고 있었다. 우연의 일치라고 보기 힘들었다.

이제 불구인 딸을 두게 된 제인의 어머니는 코뮌을 떠나 데어리 퀸이 인접한 교외의 복층 집에서 신앙을 이어갈 준비를 시작했다. 그녀는 사고 전에도 팻과 캔디스를 완전히 받아들이지 못했다. 어떤 것들은 다른 것보다도 심각하게 섭리를 거스른다고 생각했다. 그녀는 딸이 불구가 된 게 죽은 팻 탓이라고 생각했다. 그건 어쩌면 맞는 말일지도 모르지만, 팻이 그 밖에도 딸에게 무언가를 전염시켰다고 생각했다. 슈퍼마켓에서 타블로이드지를 발견하기 불과 며칠 전, 그녀는 제인이 갓 코뮌에 들어온 가족의 딸인, 빨간 머리에 이를 드러내고 웃는 습관이 있는 아이와 함께 있는 것을 보았다. 두 아이는 상의를 벗고 아이들 말로는 '척추지압사'(새로 온 여자아이의 아버지의 직업이었다) 놀이를 하는 중이었다. 하지만 두 아이는 병원 놀이를 할 나이가 지난 지 오래였다. 그래서 제인의 어머니는 사태를 해결하기로 했다. 그렇게 두 사람은 코뮌을 떠나게 되었다. 그리고 제인의 어머니는 이번엔 좋은 남자와 결혼했다. 교회에도 나가고 잔디도 깎는, 청소년 테니스팀 코치였다. 그 뒤 몇 년 지나지 않아 제인은 하나님의 약속에 들어오게 되었다.

"그런데 정확히 뭘 했던 거야?" 그날 건초 다락에서 나는 제인에게 물었다. "그러니까 네가 이곳에 들어오게 된 결정적인 행동이 뭐였어?" 제인은 한참 전에 파이프를 의족 안에 다시 집어넣었다. 우리는 거의 한 시간째, 어쩌면 그보다 더 오래 건초 다락의 묵직한 열기와 달큰한 냄새 속에 앉아 있었다. 루스 이모가 한참이나 나를 찾아다녔기를, 나를 이대로 두고 떠나려 했지만 내가 보이지 않아 꼼짝달싹 못 하고 있기를 바랐다.

"내가 안 한 게 뭐가 있겠어?" 제인이 말했다. "그냥 판에 박힌 일들이었어. 좋은 부분은 이미 너한테 다 말했어."

나는 어깨를 으쓱 추켜올렸다. 제인이 빠뜨리고 말하지 않은 일들이 판에 박힌 일일 것 같지 않아서였다.

"왜? 내가 열네 살까지 여자애들이랑 병원 놀이 했던 이야기가 듣고 싶어? 당연히 열네 살에 그걸 병원 놀이라고 생각하는 사람은 없지. 물론 그때 병원이란 가정의학과보다는 산부인과에 가까운 거였어."

나는 웃었다. "또 엄마한테 들켰어?"

제인은 내가 이해력이 너무 낮다고 생각하는 듯 고개를 설레설레 저었다. 제인의 생각이 맞았을 것이다. "들키고 말고 할 것도 없었어. 나는 죄를 만천하에 드러내고 다녔거든. 나는 내가 '레즈비언 국가'의 자랑스러운 일원이라고 선언하고 친구 오빠의 전동 면도기를 빌려서 머리를 박박 밀었어. 그레이하운드 고속버스에 올라타서 동부건 서부건 해안으로 가려고 시도한 것도 여러 번이었어. 숨기질 않는데 어떻게 *들키겠어?*"

나는 피할 수 없는 질문을 했다. 이제 물어볼 건 하나뿐이었다. "그럼 지금은 치유된 거야?"

"보면 모르겠어?" 제인이 자신의 장기인 것 같은 묘한 미소를 지어 보였다. 뜻을 알 수 없는 미소였다.

뭐라 대답할 말을 찾으려 했지만 그때 릭과 루스 이모가 헛간으로 들어왔다. 두 사람은 다락 가장자리에 앉아 있는 우리를 올려다보았다. 릭은 록스타처럼 보조개가 쏙 들어가는 미소를 지었다. 루스 이모는 침착해 보였다. 그러니까 우리가 막 이곳에 도착했을 때에 비해서는 평정심을 찾은 것 같다는 소리다.

"여기 참 좋지?" 루스 이모가 물었다. "공기가 정말 맑아."

"이런 땅을 쓸 수 있다는 게 축복이지요." 릭 목사가 말했다. "이 땅을 아주 잘 쓰고 있답니다. 그렇지, 제인?"

"여부가 있겠습니까." 제인이 말했다.

"너무 아름다운 곳이에요, 정말로요." 루스 이모가 입을 열었다. "그렇지만······" 그러면서 나를 올려다보았다.

나는 제인처럼 표정 없이 이모를 내려다보려고 애썼다. 잠시 동안 아무도 입을 열지 않았다.

그때 릭이 먼저 입을 열었다. "먼 길을 가셔야지요?" 릭은 어떤 어른들처럼 '캐머런, 이모님께서는 먼 길을 가셔야 하잖니' 하고 나를 야단치거나 자기 말을 강조하거나 루스 이모를 편들지 않았다. 그럴 수도 있었을 텐데 그러지 않았다.

"맞아요." 루스 이모가 말했다. "하지만 오늘 밤에는 빌링스까지만 가면 된답니다. 내일 오후에 샐리 큐 파티가 있거든요."

이모가 릭에게 샐리 큐에 대해 설명하는 동안 제인과 나는 자리에서 일어나 몸에 붙은 지푸라기를 털어냈다. 릭은 이모가 설명하는 *여성용 연장*에 흥미가 있는 척 귀를 기울이고 있었다. 아니, 어쩌면 연기가 아니었을지도 모르겠다.

제인이 사다리를 내려오려고 다리를 맨 위 가로대에 올리면서 조용히 속삭였다. "이모한테 못되게 굴면 나중에 후회할걸."

"내가 후회할지 아닐지 어떻게 알아?"

"난 많은 걸 알아." 제인이 말했다. "그래서 네 기분도 알아."

우리의 작별은 이랬다. 바깥에서, 둘이서, 이모의 FM 옆에서, 산 위에서 아직도 향긋하고 차가운 바람이 불어오고, 뜨거운 태양이 이모의 차 후드의 하얀 페인트에 반사되는 가운데, 벌써 눈물을 흘리기 시작한 이모가 나를 꽉 끌어안았고, 나는 주머니에 두 손을 쑤셔 넣은 채 이모를 마주 안지 않았다.

"릭 목사님과 함께 네가 나에게 품고 있는 분노에 대해 이야기했단다." 이모가 내 목에 얼굴을 댄 채로 말했다. "네 안에는 분노가 너무 많아."

나는 아무 대답도 하지 않았다.

"지금 내가 할 수 있는 최악의 일은 그 분노가 나를 향한다는 이유로 널 포기하는 거겠지. 캐미, 나는 그러지 않을 거야. 아직은 모르겠지만, *그건* 정말 끔찍한 일이란다. 널 이곳에 데려오지 않고, 그냥 포기해버리는 것 말이다."

나는 여전히 입을 열지 않았다.

루스 이모는 내 양어깨에 손을 올린 다음 팔 길이만큼 나에게서 물러났다. "나는 널 그렇게 두지는 못해. 네가 아무리 내게 화를 내도 마음을 바꾸지 않을 거야. 네 부모님을 위해서라도 그럴 수는 없어."

나는 몸을 비틀어 이모의 손아귀에서 풀려났다. "부모님 이야긴 하지 마세요." 내가 말했다. "내 부모님이었다면 절대 날 이딴 곳에 안 보냈을걸요."

"캐미, 너는 모르겠지만 나에게는 책임이 있다." 루스 이모는 차분하고 흔들림 없는 목소리로 그렇게 말하더니 더 낮은 목소리로 덧붙였다. "그리고 확실하게 말해주자면, 너는 네 엄마 아빠에 대해서, 두 분이라면 네가 어떻게 자라기를 원했을지 전부 다 알지는 못해. 나는 네 엄마도 아빠도 너보다 훨씬 오랜 시간 알았어. 네 부모님이 이런 상황에서 바로 이렇게 했으리라는 생각은 조금도 안 드니?"

루스 이모의 말이 딱히 심오한 것도 아니었는데, 나는 풋볼 경기에서 태클을 맞닥뜨린 것처럼 충격을 받았다. 이모는 내가 약해지고, 바보 같아지고, 죄책감을 느끼고, 무엇보다도 두려워하는 바로 그 지점을 건드렸다. 이모의 말이 맞았으니까. 나는 부모님이 어떤 사람이었는지 잘 모른다. 거의 모르다시피 했다. 그런데 루스 이모가 마침내 나에게 이 사실을 일깨워주었고, 그래서 나는 이모가 미웠다.

루스 이모는 말을 이었다. "이런 식으로 미움을 품은 채 헤어지고 싶지는 않지만—"

하지만 나는 루스 이모가 말을 마칠 겨를을 주지 않았다. 이모에게 한 발짝 성큼 다가갔다. 그리고 이모를 똑바로 바라보았다. 나는 신중하게 천천히 말을 골랐다. "내가 이렇게 된 게 *당신이* 와서라는 생각은 안 해봤어요? 어쩌면 나한테는 아무 문제도 없는데, 엄마 아빠가 떠난 뒤에 당신이 했던 선택들이 다 틀린 건 아니었고요?"

이모의 표정을 보자 내 말이 얼마나 끔찍했는지 확인할 수 있었다. 당연히 거짓말이었다. 하지만 멈출 수가 없었다. 멈추지 않았다. 나는 더 큰 목소리로 말했다. 말이 의지와는 상관없이 자꾸만 흘러나왔다. "저한테 당신 말고 누가 있어요, 루스? 그런데 이제 당신은 너무 늦기 전에 나를 얼른 고치겠다고 여기로 보냈죠. 나를 얼른, 빨리 고쳐버리려고요, 젠장. 평생을 이렇게 살지 않게 나를 치유하겠다고요!"

이모는 내 뺨을 때리지 않았다. 나는 벌겋게 달아올라 화끈거리는 뺨으로 가짜 산장에 돌아가 버리고 싶었다. 하지만 이모는 나를 때리지 않았다. 지금까지 이모가 나를 위해 흘린 눈물 중 가장 진심 어린 눈물을 흘리며 흐느낄 뿐이었다. 나는 그 눈물이 진짜라는 것을 믿었다. 이모는 FM에 올라타서 떠날 때까지 흐느낌을 멈추지 않았다. 나를 쳐다보지도 못하고, 또는 쳐다보지 않으려고 애쓰면서 눈물을 삼키는 소리가 창밖에서도 들렸는데, 내가 마침내, 기어코, 이런 반응을 불러올 만큼 못된 행동을 했다는 생각이 들었다.

하나님의 약속에서 보낸 첫날 밤, 에린과 한참 동안 우리의 인생이며 꿈이며 새로이 찾아낸 목적—그 애의 말은 진심이었고, 내 말은 눈앞에 있는 에린을 위해 지어낸 것이었다(하나님의 도움을 받아들이고, 치유되고, 남자친구를 찾는 것)—에 대해 이야기를 나눈 뒤, 나는 에린의 숨소리, 침대의 이불이 부스럭거리는 소리를 비롯해 수많은 사람과 함께 새로운 곳에서 보내는 밤이면 들을 수 있는 온갖 소음에 귀를 기울였다. 나는 콜리가 아닌 아이린 클로슨을 생각했다. 저 멀리 기숙학교에서 이런 소리를 들으면서 어쩌면 나를 생각하고 있을지도 모른다. 그런 생각과 잔잔한 소음 속에서 나는 드디어 잠에 빠졌다.

진짜 제인 폰다가 나를 만나러 하나님의 약속에 찾아오는 꿈을 꾸었다. 나는 제인 폰다가 나오는 영화를 여러 편 빌려 보지는 않았지만 어느 날 오후에 「황금 연못」을 본 적이 있었다. 그 영화에는 캐서린 헵번도 나왔는데 그땐 이미 폭삭 늙어 있던 캐서린 헵번은 남편 역을 맡은, 심지어 더 늙은 헨리 폰다에게 "아비새* 좀 봐요, 노먼! 아비새를 보라니까요!" 하고 자꾸만 말했다. 제인 폰다는 반항적인 딸 역할로 나왔는데 아버지는 늙고 괴팍한 데다 치매까지 있어서 갈등은 쉽사리 해결될 줄 몰랐다. 마지막에는 결국 화해했을지도 모른다. 루스 이모가 집에 돌아오는 바람에 이모를 도와서 무언가를 하느라 나머지 부분은 보지 못했다. 나는 심지어 아비새가 무슨 의미였는지도 모른다.

하지만 내 꿈에 나온 제인 폰다는 태닝한 깡마른 몸매였고 바람이 불지 않는데도 금발이 휘날렸다. 나는 그녀에게 하나님의 약속을 안내해주었다. 우리는 모든 건물에 들어갔는데 식당으로 이어지는 문을 열자마자 갑자기 공룡 화석 발굴이 한창인 아이린 클로슨네 목장으로 순간이동했다. 그런데 그곳은 아이린의 목장인 동시에 아니기도 했다. 꿈에서 늘 그렇듯 말이다. 햇빛 속 목장으로 발걸음을 내딛을 때 파헤쳐진 흙냄새가 훅 끼쳤고 나는 이곳이 하나님의 약속이라는 생각이 들었다. 그 냄새와 빛이 내리쬐는 방식 때문에 어쩐지 그런 생각이 들었다.

나는 제인 폰다에게 이에 관해 물어보려고 했지만 그녀는 이제 내 옆에 서 있지 않았다. 회색 양복을 입은 키 큰 남자와 함께 멀찍이 떨어진 헛간 옆에 서 있었다. 두 사람이 서 있는 곳까지 걸어가는데 꼭 카니발에 등장하는 공기를 채워 부풀린 집들을 밟고 걸어가는 것처럼 오랜 시간이 걸렸고 땅이 위아래로 움

---

* 북미산 큰 새로, 물고기를 잡아먹고 사람 웃음소리 같은 소리를 낸다.

직였으며 지면은 불룩하게 부풀어 있었다. 가까이 다가가서야 제인과 대화를 나누고 있는 사람이 캐서린 헵번이라는 것을 깨달았다. 그런데 남자 양복에 넥타이를 매고 굽이치는 적갈색 머리를 한 젊은 시절의 모습이었다. 그때 캐서린 헵번이 여전히 땅이라기보다는 풍선에 가까운 땅을 껑충껑충 건너 나에게 다가와서는 이렇게 말했다. "너는 하나님에 대해 아무것도 몰라. 너는 심지어 영화에 대해서도 아무것도 몰라." 그러더니 캐서린 헵번이 진짜라기에는 너무 두껍고 커다란 빨간 입술로 나에게 키스했다. 입을 뗐을 땐 그 입술이 내 이에 물려 있었는데 밀랍으로 만든 것이었다. 내 이는 핼러윈에 쓰는 밀랍으로 만든 커다란 입술 속 잇몸에 닿을 때까지 깊이 파묻히더니 그대로 굳고 말았다. 무슨 말을 하려고 했지만 내 이에 그 입술이 달라붙어 있는 통에 입이 제대로 움직이지 않아 할 수가 없었다. 그때 저 먼 곳 어디선가 제인 폰다가 웃었다―물론 이 부분도 꿈이었는지 아닌지 확신할 수가 없다.

14

첫 번째 일대일 면담 시간에 우리는 내 몫의 빙산을 그렸다. 그 면담은 따지자면 이대일이었는데 릭 외에도 처음 보는 여자가 따라 들어왔기 때문이다. 하나님의 약속 부소장이자 심리학자인 리디아 마치가 나를 '지원'하기 위해 그곳에 함께 와 있었다. 하나님의 약속에서는 '상담'이 아니라 '지원'이라는 말을 썼다. *지원 세션, 지원 워크숍, 일대일 지원* 등. 나중에서야 나만 특별한 게 아니라 하나님의 약속에 입소한 아이들은 전부 자기만의 빙산을 그린다는 사실을 알게 되었다. 빙산이란 릭이 그린 그림을 흑백으로 복사한 것이었다. 릭이 처음 이 빙산 그림을 테이블 위에 놓았을 때, 그림은 이렇게 생겼었다.

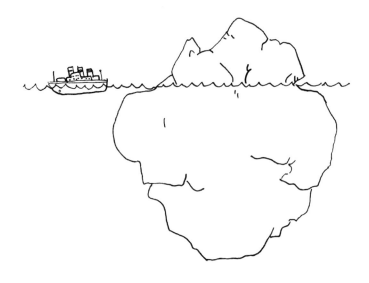

"빙산에 대해 알고 있니?" 릭이 물었다.

나는 빙산 그림을 들여다보며 도대체 릭이 이걸로 뭘 하려는 걸까 생각했다. 지난 30분간 우리는 내가 잘 적응하고 있는지와 내가 듣는 수업, 이곳의 규칙에 따라서 해야 하는 행동에 대해 이야기를 나누었다. 아직 이곳에서 나를 어떻게 치료하겠다는 이야기까지는 나오지 않았기 때문에 나는 이 그림이 어떻게 치료에 도움이 된다는 것인지 알 수 없었다. 그 점을 이해하지 못한 탓에 신경이 쓰였다. 릭의 수수께끼에 넘어가 중요한 사실을 털어놓고 싶지 않았다. 그래서 입을 다물고 있었다.

릭이 미소를 지었다. "그럼 이렇게 물어볼까? 빙산에 대해 알고 있는 사실이 있니? 무엇이라도 좋다."

목적이 불분명한 이상 나는 최대한 도움이 안 되는 대답을 하기로 했다. "타이타닉을 침몰시켰다는 걸 알아요."

"맞아." 릭이 특유의 미소를 지으며 머리카락을 쓸어 넘겼다. "그랬지. 그 밖에는?"

나는 다시 그림을 내려다보았다. 자꾸만 그림을 쳐다보았다. 이상했다.

"빙산에 대해 알고 있는 사실이 그 외에도 있을 텐데." 리디아가 말했다. "바다 위를 섬처럼 떠다니는 거대한 얼음 덩어리잖니." 리디아는 영국식 억양을 썼는데, 내가 다양한 영국식 억양에 정통하지는 않지만 그녀가 변신 전 꽃 장수였던 일라이자 둘리틀*의 억양보다는 변신 후 일라이자 둘리틀의 억양에 가까운 세련된 억양을 쓴다는 것은 확실히 알 수 있었다. "*빙산의 일각*이라는 표현을 떠올려보렴." 리디아의 말이었다.

나는 리디아를 쳐다보았다. 그녀는 웃고 있지 않았다. 비열한 표정이라고 할 것까진 없었지만 심각하고 완벽하게 사무적인 표정이었다. 리디아의 얼굴에는 뾰족한 각이 너무 많았다. 코도, 광대뼈도, 각진 아치형 눈썹도. 머리는 로버트 파머의 뮤직비디오에서 기타 치는 흉내만 내는 여자 백업 기타리스트처럼 아플 만큼 바짝 잡아당겨 뒤로 묶어서 이마가 한도 끝도 없이 넓어 보였다. 그래도 머리색은 아주 예뻤다. *유니콘의 꼬리나 산타의 수염*

---

* 조지 버나드 쇼의 희곡 「피그말리온」의 내용. 극 중 인물인 헨리 히긴스 교수가 하층 계급의 여인인 일라이자 둘리틀을 정해진 기간 안에 교육시켜 우아하고 세련된 귀부인으로 만들어놓을 수 있나 없나 내기를 하고, 일라이자 둘리틀은 변신에 성공한다.

처럼 완벽하게 새하얀색이었고 그 하얀 금발을 포니테일로 묶고 있으니 「스타워즈」의 엔터프라이즈호에서 막 내린 미래의 인간 같기도 했다.

"빙산의 일각." 리디아가 되풀이해 말했다.

최근에 그 표현을 들은 적 있었는데 어디서 들었는지 잘 기억이 나지 않았고 두 사람이 기대에 찬 얼굴로 나를 쳐다보는 바람에 기억을 되짚을 시간이 없었다. "빙산은 물속에 숨겨진 부분이 더 크다는 거요?"

"바로 그거야." 릭의 미소가 더 환해졌다. "잘했어. 우리가 눈으로 볼 수 있는 건 빙산의 8분의 1에 불과해. 그래서 때때로 배가 빙산에 부딪쳐 침몰하는 거란다. 선원들이 수면 아래에 그토록 커다란 빙산이 있다는 걸 알지 못하고 수면 위로 작게 드러난 부분만 보고 충분히 피해 갈 수 있다고 생각하기 때문이지."

릭이 손을 뻗어 테이블 위 빙산 그림을 다시 끌어오더니 그림 위에 뭐라고 적어서 다시 나에게 내밀었다. 수면 위로 뾰족하게 솟아오른 끝부분 옆에는 이렇게 적혀 있었다. '*캐머런의 동성매력장애.*' 그리고 배 위에는 '*가족, 친구, 사회*'라고 적혀 있었다.

이제야 릭의 의도를 이해할 것 같았다.

"이 그림 속 수면 위로 솟아오른 빙산의 끝부분이 배에 탄 사람들에게는 두려움의 대상으로 보일까?" 그가 물었다.

"그럴걸요." 나는 내 앞에 놓인 그림에서 눈을 떼지 않은 채로 말했다.

"'*그럴걸요*'라니 무슨 뜻이니?" 리디아가 물었다. "질문에는 생각을 하고 대답해야지. 네가 아무 노력도 하지 않으면 우리도 널 지원하기 어려워."

"그럼 그렇다고 대답할게요." 나는 리디아를 쳐다보면서 찬찬히 대답했다. "이 그림을 보면 빙산의 끝부분에는 날카로운 모서리와 뾰족 튀어나온 부분이 많고 배 앞에 위태롭게 솟아올라 있어요."

"그래." 리디아가 대답했다. "맞아. 그렇게 어려운 질문은 아니었지. 빙산의 끝부분이 아주 크고 또 무섭게 생겼기 때문에 배에 탄 사람들은 이렇게 눈에 보이는 부분에 집중해. 하지만 그건 진짜 문제가 아니지, 그렇지?"

"그림 얘기인 거죠?" 내가 물었다.

"그림이든, 아니든 상관없어." 리디아가 말했다. "배에 탄 사람들이 정말로 조심해야 하는 건……" 리디아는 말을 멈추더니 그림 속 *가족*, *친구*, *사회*라고 적힌 부분을 손가락으로 탁탁 두드린 다음, 바로 그 손가락으로 내 얼굴을 가리키며 자기 얼굴을 보라는 시늉을 하고는 말을 이었다. "*진짜* 문제는 물속에 숨어 이 무시무시한 끝부분을 떠받치고 있는 거대한 얼음 덩어리란다. 배가 수면 위의 얼음을 피해 가려다가 그 아래 숨은 더 큰 문제에 곧바로 부딪칠 수가 있거든. 너의 문제를 해결하고자 하는, 너를 사랑하는 사람들도 마찬가지야. 동성애 욕망과 행위라는 죄가 너무나도 무시무시한 데다가 눈길을 끄는 문제이기 때문에 사람들은 겁에 질리고 압도당해서 오직 이 문제에만 매달리다가 수면 아래 도사리고 있는 우리가 정말로 해결해야 할 진짜 큰 문제를 잊고 말아."

"그럼 제 빙산을 녹여버릴 생각이세요?"

그 말에 릭은 웃음을 터뜨렸다. 리디아는 웃지 않았다. "비슷해." 릭이 말했다. "하지만 *우리*가 아니라, 네가 하는 거란다. 너의 지난날을 잘 생각해보고 자연의 섭리를 거스르는 동성매력장애로 고통받게 된 원인을 떠올려보려무나. 지금 당장은 동성에 대한 끌림 자체에 집중하지 않아도 된다. 더 중요한 것은 네가 그런 감정을 깨닫기 전에 일어난 일들이니까."

나는 내가 아이린에게 키스하고 싶다고 처음 느꼈을 때가 언제였는지 생각해보았다. 아홉 살 때였다. 여덟 살이었나? 그전에는 유치원 선생님인 필딩 부인에게 반했다. 도대체 여섯 살의 나이에 나를 '동성매력장애로 고통 받게' 만들 일이 뭐가 있을까?

"무슨 생각을 하고 있니?" 릭이 물었다.

"몰라요." 내가 대답했다.

그러자 리디아가 크게 한숨을 쉬었다. "말을 제대로 하렴, 어린아이처럼 굴지 말고."

나는 내가 리디아를 싫어하는 게 틀림없다고 결론 내렸다. "그러니까 이런 식으로 생각해보니까 흥미로워요. 사실 전에는 이런 식으로 생각해본 적 없거든요."

"뭘 말이냐?" 리디아가 물었다.

"동성애요." 내가 대답했다.

"세상에 동성애라는 건 존재하지 않아." 리디아가 말했다. "동성애라는 것은 일명 동성애자 권리 운동가들이 주입한 신화야."

리디아는 다음 말을 한 단어 한 단어 분명히 또박또박 발음했다. "세상에 동성애자라는 정체성은 없어. 그런 건 존재하지 않는다. 존재하는 것은 부정한 욕망과 행동으로 인한 고통뿐이고, 하나님의 자녀인 우리는 그 고통에 맞서 싸워야만 한다."

나는 리디아를 바라보았고 리디아 역시 나를 바라보았지만, 할 말이 없었던 나는 시선을 내리깔고 빙산 그림만 쳐다보았다.

리디아는 말을 이었고 목소리가 점점 커졌다. "살인죄를 지은 사람들이 어떤 공통된 정체성을 갖고 있다고 말하지는 않잖니? 살인자들이 퍼레이드를 하고, 살인자 클럽에서 만나 술을 마시고 밤새도록 춤을 추다가 같이 나가서 함께 살인을 저지르지는 않잖니? 그런 걸 정체성이라고 부르지는 않잖니?"

릭이 헛기침하며 목을 골랐다. 나는 빙산만 빤히 내려다보았다.

"죄는 죄다." 리디아는 그렇게 말해놓고 스스로 마음에 들었는지 한 번 더 되풀이했다. "죄는 죄일 뿐이야. 네가 받는 고통이 동성매력장애라는 죄로 나타났을 뿐이다."

머릿속에서 린지가 *말이 돼요? 동성애가 살인죄랑 같은 거라면, 동성애자들이 저지른 죄 때문에 누가 죽기라도 한다는 소리예요?* 하는 소리가 들리는 것 같았다. 하지만 린지는 이곳에 나와 함께 있지 않았다. 게다가 린지는 나처럼 최소 1년간 하나님의 약속으로 추방된 신세도 아니었다. 그래서 나는 내 안의 린지를 잠재우는 수밖에 없었다.

"자, 기분이 어때?" 릭이 물었다. "지금까지 한 이야기들이 받아들이기에 좀 버겁지?"

"괜찮아요." 생각도 하지 않고 너무 빨리 대답해버렸다. 그래서 나는 다시 덧붙였다. "음, 괜찮은 것 같아요." 하지만 머리가 아팠다. 이곳 릭의 사무실 옆 조그만 회의실은 우리가 앉은 테이블 하나와 의자 세 개로 꽉 찼고 묵직하고 달달한 꽃향기로 숨이 막혔다. 창문 밑 선반에 놓인 치자꽃 화분 때문이었는데 잎에서 윤이 나고 대여섯 개의 꽃봉오리 중 몇 개는 이미 갈색이 되어서 줄기에 붙은 채 썩어가고 있었다. 그곳에 있자니 차라리 낸시 선생님의 상담실이 나았다는 생각이 들었다. 소파, 10대 유명인 포스터, 교직원들이 가져다준 간식이 있고 내 존재만으로 죄가 되지 않는 곳.

"그럼 뭘 어떻게 하면 돼요?" 나는 빙산을 들어 올리며 물었다.

릭이 두 손바닥으로 자기 앞 테이블 위를 지그시 눌렀다. "수면 아래 공간을 채울 수 있을 때까지 몇 번이 되든 계속 일대일 면담을 이어갈 거야."

정확히 무슨 뜻인지 알 수 없었지만 나는 고개를 끄덕였다.

"힘들 거야." 리디아가 말했다. "직면하고 싶지 않은 일들을 직면하게 될 거다. 가장 중요한 첫 단계는, 스스로를 이제부터 동성애자라고 생각하지 않아야 한다는 거다. 세상에 그런 건 없으니까. 네 죄를 특별한 것으로 취급해서는 안 된다."

머릿속의 린지가 다시 입을 열었다. *웃기네요. 심지어 이 문제를 해결하려고 치료 센터까지 지을 정도면 제 죄는 엄청나게 특별한 거 아닌가요?* 하지만 내가 막상 입을 열어 한 말은 그게 아니었다. "저는 스스로를 동성애자라고 생각지 않아요. 저는 제가 그저 저라고 생각할 뿐인걸요."

"거기서부터 시작이란다." 리디아가 말했다. "그리고 우리가 해야 할 과제는 '내'가 누구인지, 그리고 왜 그런 경향을 가졌는 지를 밝혀내는 거고."

"잘할 수 있을 거야." 릭도 특유의 미소를 지으며 덧붙였다. "우리가 그 과정 내내 너를 지원하고 이끌어줄 거다." 릭이 곧바로 "네가 지금 겪는 이 일을 나도 겪었다는 걸 기억해주렴"이라고 말한 걸 보니 내가 여전히 미심쩍은 표정을 지었던 것 같다.

나는 아직도 빙산 그림을 손에 쥐고 있었다. 나는 종이를 앞뒤로 빠르게 흔들어 돛이 펄럭이는 것처럼 듣기 좋은 파닥파닥 소리를 냈다. "그럼 이건 제가 가져가나요?"

"방 안에 걸어두렴." 릭이 말했다. "앞으로 일대일 면담마다 채워나갈 거다."

첫 3개월간 내가 벽에 걸어도 된다고 허락받은 장식은 이 빙산 그림이 전부였다. 나는 이 그림을 내 침대 쪽 아무것도 없는 벽 한가운데에 붙였다. 이제 빙산이 무슨 의미인지 알게 된 나는 다른 아이들의 빙산을 눈여겨보기 시작했다. 때로 프로그램에 들어온 지 오래된 사도(우리는 서로를 사도라고 불렀는데, 스스로를 인생을 말아먹은 학생이 아니라 하나님의 사도라고 생각하라는 뜻에서였다)들의 빙산은 평범한 10대의 벽을 장식하는 전형적인 물건들 속에 파묻혀 있기도 했다. 물론 하나님의 약속 아이들이 가진 포스터와 전단지, 사진은 헐벗은 카우보이나 미녀 수상 안전요원이 아니라 기독교 활동이나 밴드에 관련된 것이었지만 말이다. 그래도 청소년들이 만드는 벽 콜라주는 거기서 거기였기에 그 안에서 빙산 그림을 찾아내는 건 그리 어렵지 않았다.

다른 아이들의 그림 속 수면 아래 얼음 덩어리에 적힌 글씨들의 의미를 알게 된 건, 면담을 진행하면서 나 역시 비슷한 내용들을 내 그림 속에 적어 넣기 시작한 뒤부터였다.

다른 아이들의 *수면 아래* 문제들을 꼬박꼬박 읽은 나머지 아직도 그중 어떤 것은 글자 그대로 기억난다.

바이킹 에린(내 룸메이트):

미네소타 바이킹스 풋볼팀 때문에 아버지와 지나친 남성적 유대감이 생김.

제니퍼의 미모＝여성으로서 (따라잡을 수 없기에) 부족함을 느낌. 그 결과 나의 (여성으로서의) 가치를 부적절한 방법으로 증명하고자 걸 스카우트에 지나치게 헌신함.

학년 댄스파티 때 분수대 옆에서 오렌 버스톡이 가슴을 움켜쥐었을 때의 (성적) 트라우마가 해소되지 않음.

제니퍼는 에린의 언니였고, 에린의 게시판에는 제니퍼의 사진도 몇 장 붙어 있었다. 그 사진을 보니 에린이 스스로 부족하다고 느낀 게 이해가 갔다. 제니퍼는 엄청난 미녀였다. 나는 에린에게 미네소타 바이킹스 팀이 네 문제의 원인인데 어째서 하느님의 약속 측에서 바이킹스 팀의 상징색과 기념물로 벽을 꾸미도록 허락해주었는지 물어보았다.

에린의 대답은 명쾌했다. 리디아가 수도 없이 했음직한 말을 그대로 줄줄 읊는 걸 보니 아마 오랜 시간을 들여 준비한 대답 같았다. "나는 축구를 건강한 방식으로 즐기는 법을 배워야만 해. 여자가 축구를 좋아하는 게 잘못된 건 아니니까. 다만 축구팀에 대한 유대감을 나의 자아를 인정받기 위한 수단으로 아버지와 연관시키지는 않으려고 노력 중인데, 우리의 유대감을 형성하는 축구라는 활동이 지나치게 남성적이라 내 성별 정체성을 혼란시키기 때문이야."

제인 폰다:

무신론적이고 이교도적인 코뮌이라는 극단적이고 비건강한 생활환경.
청소년기까지 성장과정에서 (안정적이고 단일한) 남성 롤 모델 부재.
팻과 캔디스라는 잘못된 성별 모형과 '용인된' 부정한 관계.
마약과 알코올에 대한 때 이른 노출.

애덤 레드 이글:

아버지의 극단적인 조심성과 신체적 애정표현의 부재로 인해 죄악된 방법으로 다른 남성에게 육체적 애정을 구하고자 함.
어머니와 지나치게 가까움—잘못된 성별 모형.
성경에 어긋나는 양크턴*족 신앙 (윙테).
와해된 가정생활.

---

* 아메리카 원주민 부족인 라크타족의 한 부족.

애덤은 내가 태어나서 본 남자애 중에 가장 아름다웠다. 피부색은 구리를 입힌 황마 같았고 속눈썹은 패션 잡지의 마스카라 광고에 나올 것 같았다. 물론 윤기 나는 검은 머리카락 때문에 미처 속눈썹에까지 눈길이 가지 않을 때가 많았지만 말이다. 애덤은 머리카락을 얼굴 앞에 덥수룩하게 늘어뜨리고 있어서 결국은 리디아 마치가 고무 밴드를 가져와서 엄지와 검지에 끼우고 늘린 뒤 "자, 뒤로 묶자꾸나, 애덤. 하나님의 눈앞에서 얼굴을 가려서는 안 되지" 하곤 했다.

애덤은 키가 크고 근육이 늘씬하게 발달되어 있었으며 걷는 자세는 조프리 발레단의 수석 발레리노처럼 우아하고 세련되며 힘이 넘쳤다. 눈이 내리기 전까지 나와 애덤은 함께 달리기를 했는데 그 애가 놀랄 만큼 빠른 속도로 나를 앞서가기도 했다. 애덤을 하나님의 약속에 보낸 것은 애덤의 말에 따르면 '정치적 이유로' 최근에 기독교로 개종한 아버지였다. 어머니가 격렬히 반대했지만, 두 분은 이혼한 상태였고 어머니는 노스다코타에 사셨으며 아버지가 양육권을 가지고 있기 때문에 그렇게 된 거라고 했다. 애덤의 아버지는 아시니보인강의 카누 행상인 출신으로, '포트펙부족위원회'의 일원인 데다가 시장 선거에 출마할 야망을 품은, 울프 포인트*의 존경받는 부동산 개발자였기에 호모 *아들*의 존재가 그 야망을 가로막을까 두려워했다고 한다.

---

* 미국 몬태나주 루즈벨트카운티에 있는 도시.

헬렌 쇼월터:

육상선수로서의 모습에 매달림: 소프트볼에 대한 (부정적인) 집착으로 인해 남성성 강화.

토미 삼촌.

(부정적) 신체 이미지.

아버지 부재.

마크 터너:

어머니와 지나치게 가까움 – 성가대 활동을 하며 생긴 어머니와 부적절한 유대관계.

성자의 빛 여름캠프에서 선배 (남성) 인솔자에게 미혹됨.

아버지로부터의 '적절한' 신체 접촉 (포옹, 스킨십) 부재.

나약한 성격.

릭이 나에게서 찾으려는 것이 무엇인지 뻔했기에 그가 원하는 말들을 해주는 건 어렵지 않았다. 일대일 면담이 시작되면 릭은 자기 사무실의 문을 닫은 다음에 한 주가 어땠는지, 수업은 어땠는지 물었고, 그다음에는 지난번 이야기가 끝났던 곳에서 다시금 이야기를 시작했는데, 나는 내가 아이린과 경쟁했던 이야기, 또래 여자애들보다는 제이미 같은 남자애들과 더 많이 어울려 다녔던 이야기, 또 린지에게서 영향을 받았다는 이야기 같은 똑같은 이야기들을 되풀이했다. 우리는 린지 이야기를 많이 했다. 대도시의 문화에 내가 영향을 받았다든지, 독특한 것에 이끌렸다든지 하는 이야기 말이다.

릭에게 거짓말을 한 것은 아니었다. 내가 한 말은 전부 진실이었으니까. 문제는 릭이 자신이 하는 일, 우리가 하는 일이 효과가 있다고 믿었다는 사실이다. 그러나 나는 아니었다. 루스 이모의 말대로였다. 나는 가르침을 '받아들일 마음가짐'이 되어 있지 않았고, 내 마음을 어떻게 다르게 바꿔야 하는지도 잘 몰랐다.

나는 릭이 좋았다. 릭은 친절하고 차분했으며, 내가 남성적 행동이나 노력을 통해 보상받거나 응원받은 경험이 있다고 이야기할 때면 정말 우리의 면담에 효과가 있다고, 이 '작업'이 내게 도움이 된다고, 그리고 언젠가 내가 *여성스러운 여성으로서의 내 가치*를 받아들이고 이를 통해 *하나님의 축복을 받는 이성애적 관계*에 마음을 열 거라고 믿는다는 걸 알 수 있었다.

반면 리디아는 좀 무서워서, 당분간 일대일 면담을 릭과 진행하게 되어 다행이라는 생각이 들었다. '고지식하고 얌전한' 사람이라는 표현을 예전에도 들은 적이 있지만 그 표현이 말 그대로 어울리는 사람을 실제로 본 건 리디아가 처음이었다. 성경 공부를 지도할 때나, 식당(사실 너무나 좁아서 식당이라는 거창한 표현조차도 어울리지 않지만)에서 마주칠 때면 그 순간 나는 마치 살아 있는 것만으로도, 숨 쉬는 것만으로도 죄를 짓는 것 같았고, 내 존재 자체가 죄의 현현이며 내게서 그 죄를 거두어 가는 것이 리디아의 임무인 것 같은 기분이 들었다.

추수감사절 즈음에 내 빙산은 이렇게 변했다.

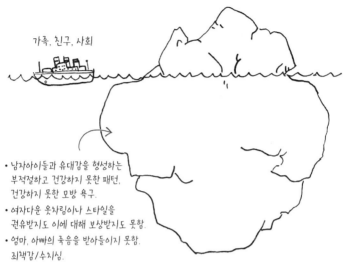

캐머런의 동성매력장애

가족, 친구, 사회

- 남자아이들과 유대감을 형성하는 부적절하고 건강하지 못한 패턴, 건강하지 못한 모방 욕구.
- 여자다운 옷차림이나 스타일을 권유받지도 이에 대해 보상받지도 못함.
- 엄마, 아빠의 죽음을 받아들이지 못함. 죄책감/수치심.
- 현실 도피를 위한 물건 훔치기
- 동성과의 적절한 관계 형성 능력 부족 (경쟁, 위협…… (아이린))
- 운동 능력을 지나치게 강조(수영/육상)
- 비밀스러운 영화 보기 의식(숭어서)
- 부모님을 '대체'하는 루스에 대한 분노=여성에 대한 저항감
- 영화에 대한 건강하지 못한 집착
- 린지의 영향력

　그해 가을 하나님의 약속에는 모두 열아홉 명의 사도가 입소했는데 지난해보다 인원이 여섯 명이나 늘었다(사도 중 열 명은 퇴소했다가 돌아왔다). 남자 열두 명, 여자 일곱 명, 거기다가 릭, 리디아 마치, 교대로 기숙사를 감시하고 워크숍을 운영하는 인

원이 네다섯 명, 그리고 베서니 킴블스-에릭슨이 있었다. 그녀
는 얼마 전 남편을 잃은 20대 교사로, 월요일부터 금요일까지 웨
스트 옐로스톤에서 털털거리는 밤색 셰비 픽업트럭을 타고 와서
우리의 공부를 봐주었다(또, 릭과 사귀는 사이였다. 물론 아주 순결
하게 말이다). 총 열아홉 명 중 적어도 열 명은 동성애적 욕망이라
는 죄악을 이겨내고 영원한 구원을 받으리라는 희망을 품고 빙
산의 봉우리를 녹이는 이 프로그램에 전심전력을 다해 참여하고
있었다. 나머지는 나처럼 적당히 따라가고 있었다. 일대일 면담
에서 성과를 보이는 척하고 직원들과 잘 지내고, 서로 은밀하게
맺는 부정하면서도 금기시된 관계를 통해 기력을 회복했다는 소
리다.

처음에는 스케줄과 엄격한 규칙에 따르는 일이 가장 힘들었
다. 제이미를 비롯한 친구들과 아무렇게나 어울리며 살았던 터
라 방문을 잠글 수도, 자전거를 탈 수도, 비디오를 세 번 연속으
로 볼 수도 없는 게 가장 가혹한 처벌로 느껴졌다. 일주일에 한
번 릭을 만나서 대화를 나누는 것보다 더.

예배당에 갈 때 말고는 교실에서 시간을 보냈다. 교실은 두 개
였는데 안에 작은 테이블과 플라스틱 의자들이 놓여 있고 맨 앞
에는 커다란 화이트보드와 어느 교실에나 있는 째깍거리는 시
계, 커다란 두루마리 지도가 있는 보통의 교실이었다. 하지만 창
밖을 바라보면 여전히 엽서에나 실릴 것 같은 푸른색과 보라색
산맥 풍경이 보였고 땅과 하늘이 하염없이 멀리까지 뻗어 있었
으며 바깥을 한참 쳐다보다 보면 내가 사라지는 것만 같았다. 그

래서 나는 매번 창밖을 아주 오래 바라보았다.

베서니 킴블스-에릭슨은 과제를 고쳐주거나 아주 가끔 누군가가 책을 읽거나 혼자 공부하다가 손을 들고 질문하면 뭔가를 조금 더 자세히 설명해주는 것 말고는 딱히 뭔가를 가르친다고 보기 힘들었다. 교실이 너무 조용해서 꼭 수도원이 연상되었다. 가끔은 교실 안의 고요한 분위기가 부담스럽게 느껴져서 일부러 의자를 세게 밀어 바닥을 긁거나, 연필을 깎으려고 일어나거나, 아니면 필요하지도 않은 책을 가지러 가기도 했다. 우리가 같은 학년도 아니었고 다들 다른 주에 있는 다른 학교에서 와서 교과서도 다른 이상, 한 사람이 교실 앞에 서서 열 개의 과목을 가르치는 것이 불가능했으니 수업은 이렇게 진행될 수밖에 없었다. 교과목은 몬태나주 그리고 우리를 후원하는 학교인 보즈먼의 생명의 문 기독교 학교에서 지정한 바를 따랐고, 11월과 5월에 생명의 문 기독교 학교에 가서 기말고사를 치렀다. 학업 계획이나 학습 목표는 각자가 세우는 것이라 모든 과목이 자율학습으로 이루어지는 것이나 다름없었다. 난 별로 개의치 않았다. 많은 것을 '각자의 속도로 공부'해야 했는데 나는 그쪽이 마음에 들었다. 하지만 어떤 학생들은 힘들어했고 베서니는 그런 학생들의 옆자리에 앉거나 옆에 서서 내려다보면서 도와주었다. 때로는 다른 책상으로 데려가기도 했는데 거기서 일대일 수업이 이루어지는 것 같았다.

매주 월요일이면 베서니는 우리에게 복사물로 된 과제들과 몬태나주에서 규정한 학년별 필독도서를 나누어주었다. 과제를 하려면 프로미스 도서관에 있는 교과서를 써야 했다. 이 도서관이라는 것은 여섯 칸짜리 책장 네 개로 이루어진 것으로 구판 교과서와 백과사전 한 질, 그 밖의 참고도서 몇 권, 그리고 '고전 문학' 한 칸, 기독교 서적 두세 칸, 《크리스천 투데이》와 《가이드포스트》 최신 호와 과월 호를 보유하고 있었다. 무엇을 기대했는지는 모르겠지만, 교과서들은 커스터고등학교에서 보던 것들과 별로 다르지 않았다. 아마 정치/경제 교과서는 커스터고등학교 수업에서 쓰던 것과 똑같은 책이었던 것 같다. 이곳에는 화석이 성서에 등장하지 않는 역사를 증명할 수 없다고 부정하고, 진화론을 헛소리라고 일축하는 내용의 과학책이 몇 권 있었다. 하지만 로버트 슈나이더를 비롯해 선교에 힘썼던 기독교인 과학자들이 쓴, 하나님이 세상과 그 안의 모든 것을 창조했다는 신학적 믿음을 부정하지 않으면서도 진화론을 믿을 수 있다는 내용의 에세이가 담긴 책도 있었다. 책장에서 그 책을 발견하는 순간 나는 정말 놀라 자빠질 뻔했다. 도대체 누가 이 책을 여기 갖다놓은 것인지 알 수 없었다.

교실에 있지 않을 때면 요리나 청소, 또는 복음특무를 했다. 앞의 두 가지는 새로울 것도 없었고 나는 20인분이 넘는 캐서롤을 꽤 잘 만들 수 있었다. 캔에 든 수프, 테이터 토츠*, 양파, 햄버거로 몇 가지 다양한 캐서롤을 만들었고, 수프, 쌀, 닭고기, 완두콩으로 만들기도 했다. 오븐에서 갓 완성된 캐서롤은 표면에 보

---

* 한입에 쏙 들어가는 작고 바삭바삭한 감자튀김.

글보글 거품이 이는 갈색이었다. 점보 사이즈 오븐 용기는 무거워서 두 사람이 양손에 오븐 장갑을 끼고 힘을 합쳐야 조리대 위로 옮길 수 있었다. 또 디저트는 인스턴트 푸딩일 때가 많았는데 그럴 때면 할머니가 생각났다.

복음특무란 요리나 청소만큼 뻔한 것은 아니었다. 두세 명이 함께 본관에서 하느님의 약속 소식지를 복사한 다음에 후원자들에게 발송할 준비를 했고, 또 전국의 기독교인 명부를 보면서 후원을 요청하는 카드를 보내기 위해 준비하기도 했다. 엑소더스 인터내셔널*에서 이런 명부와 비디오, 워크시트, 워크북을 보내주었다. 엑소더스 인터내셔널은 '동성애 문제에 대해 전 세계에서 가장 많은 정보 및 참고자료를 가진 기관'이었다. 때로 복음특무를 하다가 후원자들과 통화하며 우리가 얼마나 발전하고 있는지 직접 말해야 할 때도 있었는데 첫 몇 달 동안 나에게는 일어나지 않은 일이었다.

복음특무를 하지 않을 때는 워크숍이나 일대일 면담, 적합한 성역할 활동을 했다. 즉, 남자아이들은 팀 스포츠, 낚시, 하이킹을 하고, 또 직원들과 함께 이웃 목장을 몇 시간 도우면서 카우보이의 일을 했다. 나를 포함한 여자아이들에게 적합한 성역할 활동이란 보즈먼으로 가서 우리의 특별한 미적 필요를 동정심을 가지고 살펴봐주는, 머리를 전형적으로 크게 부풀린 미용사

---

* 동성애자를 이성애자로 전환시키려는 목적으로 설립된 미국의 기독교 협회. 2013년, 설립된 지 37년 만에 협회 스스로 과오를 사죄하고 해산했다.

가 운영하는 미용실에 가고, 제빵 수업을 받고, 가끔 메리케이*나 에이번레이디스**에서 나온 사람을 만나는 것이었다. 한번은 보 즈먼 디컨니스병원 산부인과 사람이 내가 인명구조 훈련을 받을 때 사용한 레스큐 애니 아기 인형과 비슷하게 생긴 인형을 가지 고 와서 임신과 신생아 돌보기에 대해 교육했는데 헤이즐이 생 각났다. 모나도. 스캘런 호수도. 하지만 이 교육의 주제였을 엄마 되기의 기쁨에 대해서는 별로 와닿는 바가 없었다.

일대일 면담이나 복음특무나 적합한 성역할 활동을 하지 않을 때는 공부 시간, 일기/반성 시간, 기도/예배 시간을 가졌다. 2주 에 한 번 일요일이면 하나님의 약속 승합차 두 대에 나누어 타고 보즈먼에 있는 생명의 말이라는 초대형 교회에 예배를 드리러 갔다. 우리에게 배정된 신도석이 따로 있었고, 그곳에서 우리는 꽤나 유명인사였다. 그러나 생명의 문에 가지 않는 일요일에는 하느님의 약속에 있는 예배당에서 릭이 설교를 했고 동네 다른 목장 주인들과 그 가족이 우리와 함께 설교를 듣기도 했다. 평 소에 나는 가급적 센터 바깥으로 나가고 싶어 했지만 일요일에 는 예배를 보는 신도가 거의 우리밖에 없는 하나님의 약속에 남 아 있는 게 더 좋았다. 생명의 말 교회에 가면 내가 꼭 크고 번들 거리고 별나게 생긴 금붕어가 된 기분이었다. 그 금붕어가 동성 애적 성향을 가지고 있는 건 누구나 알았으니, 동성애자 금붕어

---

* 미국의 화장품 회사.
** 미국의 화장품 회사.

가 되어 다른 열여덟 마리의 같은 동성애자 금붕어들과 함께 수조에 든 채로 날라져 와 신도석에 두 시간 동안 놓여서 구경거리가 되는 기분이었다. 예배 내내 모두가 우리를 쳐다보는 것만 같았고 사람들은 미소를 짓기도 하고 시선을 피하기도 했으며, 때로는 인사를 나누는 자리에서 내 손을 꽉 잡기도 하면서 이렇게 생각하는 것 같았다. *이번 예배를 통해서 이 아이가 변화하는 걸까? 아니면 이미 동성애적 기질이 많이 줄어든 것일까? 이 예배를 통해 이 아이의 저울이 하나님 쪽으로 무게가 실릴까? 그 모든 일이 우리의 눈앞에서 일어나는 걸까?*

그러나 이렇게 꽉 짜인 일정 속에서도 규칙을 깰 수 있는 방법은 늘 있었다. 우리에게는 주말 자유시간이 있었고, 때로는 공부 시간을 조금 조절할 수도 있었으며, 복음특무를 누구와 하는가에 따라 그 시간 역시 자유롭게 쓸 수 있었다.

대마초를 상습적으로 피우는 애들을 꼽자면 제인 폰다, 애덤 레드 이글, 그리고 나였다. 스티브 크롬프스 역시 대마초를 피웠지만 늘 함께하지는 않았다. 애덤의 룸메이트인 마크 터너가 얼마 전 호수로 가는 길에 대마초를 피우고 있는 제인을 보았지만 고자질하지 않겠다고 했는데, (제인은 이렇게 설명했다. "걘 원래 그런 거 안 해") 그렇다고 우리에게 끼지도 않았다. 마크는 네브라스카의 어느 유명한 목사 아들이라고 했다. 신도를 2천 명 넘게 거느리고, 주간 고속도로변에 얼굴 사진이 있는 커다란 광고판이 늘어선 그런 유명 목사 말이다. 마크가 아버지에 대해 자랑하지도, 심지어 입 밖에 내지조차 않았음에도 내가 이 사실을 금세 알게 된 것은 마크가 성경 전문가였고, 그 주제에 대해서는 영재여서, 일요일 예배 때 성경 구절을 암송하는 역할을 종종 했기 때문이다. 마크가 항상 진지하다는 게 눈에 띄었다. 하지만 제인은 마크가 겉으로 보기와는 다르다고 했다. '조심해야 하는 애'라고 했다. 그 말만으로는 무슨 뜻인지 알 수 없었지만 제인의 관찰력을 내가 이해할 수 없는 일은 원래 잦았다.

9월 하순 애덤과 나는 제인을 도와 마지막 대마를 수확했다. 서리가 일찍 내리는 바람에 대마가 벌써 많이 죽어버리고 말았다고, 남은 걸 제때 다 딸 수가 없을 것 같다고 제인이 불평했던 것이다. 내가 도와주겠다고 하자 제인은 또 특유의 알 수 없는 표정을 지으면서도 "그러지 뭐" 했다.

제인이 가져오라고 한 비치타월을 들고, 만나기로 한 시간에 헛간 앞에 나갔더니 애덤이 제인과 함께 와서 지난번 월마트에 가서 산 카프리선 팩에 달린 작은 분홍색 빨대를 씹으며 서 있었다. 애덤은 거의 언제나 무언가를 씹고 있었기에 리디아에게 '구강기 고착을 고치기 위해' 더 노력하라는 지적을 듣곤 했다.

"애덤도 같이 갈 거야." 제인이 애덤과 나를 폴라로이드 사진에 담으며 말했다.

"치즈 안 해도 돼?" 내가 물었다. 제인은 사진을 수백 장 찍었으면서 다른 사람에게 보여준 적은 별로 없었다. 내 사진만 해도 열 장이 넘게 찍었는데 나에겐 세 장 정도만 보여주었을 뿐이다.

"포즈를 취하면 사진을 찍는 의미가 없잖아." 제인이 카메라에서 폴라로이드를 꺼내 카키색 바지 뒷주머니에 넣으며 그렇게 말하더니 숲을 향해 걸어갔다. 나와 애덤도 제인의 뒤를 따랐다.

"예술에는 개입해선 안 되는 거야." 오솔길을 몇 미터 걸어간 뒤에 애덤이 나에게 말했다. 나는 아직 애덤을 그리 잘 알지는 못했기에 그 애의 말이 어디까지가 농담인지, 어쩌면 애초에 농담이 아닌 건지 알 수 없었다.

"제인이 예술가라고 생각해?" 내가 물었다.

"내가 뭐라고 생각하는가는 상관없어." 애덤은 빨대를 문 채 슬쩍 웃어 보였다. "제인이 스스로를 예술가라고 생각하니까."

제인이 발걸음을 멈추더니 뒤를 돌아보았다. "무슨 소리 하는 거야, 난 예술가라고. 그리고 놀랍게도 너희 둘이 하는 말이 여섯 발자국 떨어진 나한테도 다 들려."

"예술가는 무척 예민합니다." 애덤이 야생동물 다큐멘터리 해설자처럼 목소리를 낮추었다. "신중하게, 때로는 조심스럽게 다뤄야 하지요."

"그렇습니다." 나도 그 목소리를 흉내 냈다. "지금 저 예술가는 예민함이 부족한 비예술가들을 만난 뒤 깜짝 놀라 통제력을 상실하고 말았습니다."

"재능 없는 사람들은 재능 있는 사람들 앞에서 겁에 질리고 질투심을 느끼곤 하지." 제인이 그렇게 말하더니 또다시 우리 두 사람의 사진을 찍었다. 찰칵, 펑, 지익.

"예술가가 적대적인 반응을 보이고 있습니다." 애덤이 말했다. "선진적인 이미지 포획 도구를 사용해 먹잇감이 놀라 움직이지 못하게 만듭니다."

"내 미학적 접근 방식은 자연스러움을 중시한다고." 제인이 방금 찍은 사진을 주머니에 넣더니 다시 성큼성큼 걸어가기 시작했다. "너희 둘, 나중에 돌아가거든 내 *미학* 감상해도 좋아."

"동성매력장애와 관련된 미학이야?" 제인만큼은 아니었지만 나도 목소리를 높였다. "왠지 듣기엔 그런 것 같거든. 만약 그런 거라면 사절하겠어. 너 같은 죄인의 술수에 속아 넘어갈 리가."

"난 미학보다는 *자연스러움*을 살펴보는 게 좋은데." 애덤은 빙글빙글 웃고 있었다.

"당연하지. 그리고 *접근*도 살펴보자. *중시*도. 저 예술가는 도대체 어휘력이 얼마나 뛰어난지 도저히 무슨 소린지 알 수가 없다니까."

"나도 못 알아들었어." 애덤이 말했다. "심지어 지금 우리가 어디로 가고 있는지도 난 모르겠어. 제인이 길을 설명해주긴 했는데, 심지어 쟤 길을 설명할 때도 어마어마한 표현들을 쓰더라고. 그래서 대충 적당한 시점이다 싶을 때 고개를 끄덕인 게 다야."

바로 그 순간부터 애덤은 하나님의 약속에서 내가 제일 좋아하는 애가 되었다.

농부 제인의 대마 농장은 호숫가로 향하는 하이킹용 오솔길에서 그리 멀지 않았지만, 대마에 대해 빠삭했던 제인은 어떻게 하면 길 가까운 데서 대마를 재배하면서도 들키지 않을 수 있는지 잘 알았다. 두 시간 가까이 제인을 따라다니며 대마 냄새가 풍기는 곳을 맴돌았대도 나는 끝까지 대마가 자라는 장소를 못 찾았을 것이다. 제인도 그럴 줄 알고 우리를 데려왔으리라.

우리가 어깨에 두르고 온 비치타월은 두 가지 목적으로 쓰였다. 첫 번째 목적은 다른 사도들의 눈에 본격적으로 추워지기 전 가을 호수에 마지막으로 몸을 담그러 가는 것처럼 보이는 것이었다. 두 번째 목적은 운송을 위한 것이었다. 수확물을 타월 속에 숨겨야 했다. 제인은 이를 위해 배낭도 하나 메고 왔다.

나뭇잎은 이미 카나리아색부터 양보신호 색깔, 레몬 셔벗 색깔에 이르는 다양한 노란빛으로 물들어 있었고 가을 햇살이 노란 나뭇잎을 투과해 쏟아져 내려 숲속 그늘 위에 빛줄기를 드리웠다. 걷는 동안 제인은 내가 모르는 노래를 휘파람으로 불었다. 제인은 휘파람을 잘 불었고 걸음도 아주 빨랐다. 걸을 때마다 의족이 삐걱이는 소리가 마치 기차의 칙칙 소리나 선풍기가 돌아가는 소리같이 기계의 부품이 제 할 일을 할 때 내는 소리처럼 들렸다. 나는 제인 뒤를 따라가는 게 좋았다. 제인의 모든 동작이 목적을 정확히 알고 이루어졌기 때문이다.

제인의 대마 밭은 작물이 성장에 필요한 그날그날의 햇볕을 받기 충분할 만큼만 드러나 있는 빈터였다. 내가 무엇을 기대했는지 모르겠지만, 길쭉하고 파란 관목이 깔끔하게 줄지어 서 있고, 지금껏 내가 배낭에 바느질로 꿰매 붙인 패치와 포스터, CD 케이스에서 그림으로만 본 대마 잎사귀가 살아 있는 대마 줄기에 달린 모습이 인상적이었다. 그리고 향기롭기도 했다. 애덤 역시도 그 풍경이 인상 깊었는지 환하게 미소를 지었고 우리 둘은 제인의 근면 성실한 작업을 보면서 고개를 설레설레 저었다.

"이걸 다 혼자 한 거야?" 내가 물었다.

"혼자 하는 게 최고야." 제인은 대마 줄기 사이를 돌아다니며 조심스럽고 섬세하게 잎 아래에 손가락을 댔다. 그다음에는 머리 위를 뒤덮은 울창한 나뭇가지들을 보며 여배우처럼 고개를 치켜들고 말했다. "작물이 자라서 거두어들일 때 햇볕에 뜨거워진 흙을 손가락으로 어루만져보는 이는, 손가락 사이로 흙을 털어보는 이는 아무도 없었다. 아무도 씨앗을 만져보지 않았고, 곡식이 자라기를 염원해주지도 않았다. 땅은 쇠붙이에 깔려 쇠붙이 아래에서 서서히 죽어갔다. 사랑도 미움도 받지 못했고, 기도도 저주도 받지 못했기 때문이다."*

"『분노의 포도』잖아." 애덤이 말했다.

"그게 뭔데?" 내가 되물었다.

"작년에 읽은 책이야." 애덤이 대답했다. "재밌어."

"그 정도가 아니야. 그 책은 필독 도서라고." 제인이 말했다. "모든 사람이 매년 한 번씩 읽어야 하는 책이야." 그러더니 제인은 다시금 평소의 자기 자신으로 돌아가 허리에 양손을 얹더니 말했다. "그런데 여기 너희 둘은 대마초가 그저 저절로 자라서 종이에 말기 딱 좋게 조각난 상태로 작은 비닐봉지 안에 들어가는 건 줄 알지?"

애덤이 노래를 부르기 시작했다. "대마초를 키우는 한 농부가 있었고 그녀의 이름은 예술가였다네."

제인과 나 둘 다 웃음을 터뜨렸다.

---

* 존 스타인벡의 『분노의 포도』를 인용한 것이다.

"그녀의 이름은 호모였다네." 내가 말했다. "이쪽이 더 어울리지 않아?"

"리디아는 그렇게 생각 안 할걸." 제인이 말했다.

"그 여자는 대체 문제가 뭐야?" 내가 물었다.

"「캐리」에 나오는 엄마를 흉내 내는 걸 직업으로 선택한 게 문제지." 애덤이 말했다.

"글쎄." 내가 말했다. "리디아는 그 정도로 드라마틱하지도 않은 데다가, '더러운 베개'라는 대사를 한 적도 없는걸."

"리디아한테 네 더러운 베개를 보여주면 얘기가 달라질걸." 애덤의 말에 나는 웃었다. 우리는 제인이 열심히 밭을 일군 흔적이 분명한 파헤쳐진 검은 흙과 대마 밭 가장자리의 짓밟힌 낙엽과 관목이 만나는 지점에 서 있었다. 아마 애덤 역시 나처럼 밭에 발을 들여도 되는지 아닌지 확신할 수 없었던 것 같다.

제인이 커다란 대마 한 포기 옆에 무릎을 꿇고 앉아 줄기를 붙잡고 뭔가 시작했지만 정확히 뭘 하는 건지는 보이지 않았다. "리디아는 복잡한 여자야." 제인이 대마 뒤에서 말했다. "사실 난 리디아가 상당히 똑똑하다고 생각해."

애덤이 이상한 표정을 지었다. "그렇게 잘 속는데도?"

"똑똑한 사람도 잘 속을 수 있지." 제인이 말했다. "내 말 잘 들어. 리디아는 함부로 우롱해서는 안 되는 사람이야."

"아, 정말 사랑해, 제인." 애덤이 말했다. "너 말고 누가 또 **우롱**이라는 단어를 쓰겠어?"

"리디아가 쓰겠지." 내가 말했다.

"당연히 그렇겠지." 제인이 말했다. "좋은 단어야. 의미가 구체적인 동시에 발음할 때 느낌도 좋거든."

"발음할 때 기분 좋은 단어는 다른 것도 있어." 애덤이 장난스럽게 팔꿈치로 내게 잽을 먹이는 시늉을 하면서 입으로 드럼 치는 소리를 흉내 냈다.

"여기까지 오니까 오늘 네 안의 남성이 날뛰는 중이라는 걸 잘 알겠다." 제인이 말하자 애덤은 웃었지만 나는 그 말이 무슨 말인지 못 알아들어서 웃지 못했다.

"리디아의 노력이 드디어 빛을 보는 모양이지." 애덤이 폴 버니언*을 연상시키는 목소리로 말했다.

"그건 그렇고 리디아는 대체 어디 출신인 거야?" 내가 물었다.

애덤의 말투가 엉망진창 영국식 억양으로 바뀌었다. "영국이라는 마법의 나라에서 왔지. 바다 건너 아주 머나먼 곳이란다. 보모가 우산을 타고 날아다니고 초콜릿 공장에서는 초록 머리 난쟁이들이 일하는 그런 곳이지."

"그렇구나." 내가 말했다. "하지만 도대체 왜 영국에서 하나님의 약속까지 온 거야?"

"여기 돈줄을 쥔 사람이 리디아거든." 애덤의 대답이었다. "타락한 영혼 구원 사업의 대주주랄까."

"게다가 릭의 이모이기도 해." 제인이 일어서서 도토리만 한 크기의 대마 봉오리 두 개를 손에 쥐고 우리에게 다가왔다.

---

* 미국 민화에 나오는 거인 영웅.

"설마." 내가 말하는 동시에 애덤도 입을 열었다. "뭐라고?"

"정말이야." 제인이 말했다. "일대일 면담 때 릭이 말했어. 어쩌다 나온 이야기인지는 기억이 안 나지만 말이야. 이곳에서 딱히 비밀도 아니면서 대단한 비밀처럼 취급되는 사실 중 하나지."

"말도 안 돼." 애덤이 말했다. "얼음 여왕 리디아 이모라니. 분명 크리스마스 선물로 털실 양말 따위를 주는 이모일 거야."

"털실 양말이 얼마나 실용적인데." 제인이 말했다. "난 크리스마스트리 밑에 털실 양말이 담긴 큰 상자가 놓여 있으면 엄청 기뻐할 거야."

애덤이 웃음을 터뜨렸다. "지금까지 네가 한 말 중에 제일 다이크 같다."

"그 사실도 뭔가 의미가 있네." 우리 둘 다 입을 모았다.

제인이 고개를 저었다. "실용성이랑 정체성은 아무 상관 없어."

"방금 그 말 티셔츠 문구로 쓰면 딱 좋겠다." 내가 말했다. "라임도 딱딱 맞고."

"그래, 돌아가서 리디아한테 전해줘. 당장 만들기 시작할걸." 애덤이 말했다.

"그런데 리디아는 어디서 이런 돈이 난 거야?" 내가 물었다.

"전혀 모르겠지만, 한번 가설을 세워보지." 애덤이 말했다. "사실 리디아는 영국에서 잘나가는 포르노 배우였다가 과거를 지우려고 이곳으로 와서는 열심히 번 악마의 돈을 하나님을 위해 쓰는 거지."

나는 고개를 끄덕였다. "논리적이야."

"난 사실 리디아한테 좀 끌리는데." 제인이 배낭에 손을 집어넣고 무언가를 한참 찾다가 샌드위치가 들어갈 크기의 종이봉투를 한 무더기 꺼냈다.

"당연히 그렇겠지." 애덤이 과장스럽게 크게 웃었다. "왜 안 그러겠어?"

제인은 바삐 움직이던 손을 멈추고 애덤을 보았다. "리디아가 케임브리지 나온 건 알아? 케임브리지대학교라고 들어봤어?"

"들어봤지. 플로리다주 케임브리지에 있는 거잖아." 애덤이 대답했다.

나는 두 사람이 주고받는 말이 우스워서 킥킥댔다.

"리디아가 어느 학교를 나왔건 무슨 상관이야?" 애덤이 말했다. "세상에 명문대학 나온 미친 사람이 얼마나 많은데."

"난 리디아가 신비로워 보여. 그게 다야." 제인이 다시 배낭 속을 뒤지기 시작했다.

"무슨 소리야." 애덤이 제인의 논리가 지긋지긋하다는 태도로 상체를 푹 숙였다. "태양계는 신비롭지. CIA도 신비롭고. 음악을 레코드와 테이프에 녹음하는 과정도 얼마나 신비한지 몰라. 그런데 리디아는 그냥 사이코라고."

"녹음 과정은 별로 신비로울 것도 없는데." 제인이 대마초를 너무나도 소중하게 들고 다시 우리 쪽으로 다가왔다. "딱히 복잡하지 않은 과정이거든."

"당연히 그렇겠지. 넌 모르는 게 없으니까." 애덤이 말했다.

"맞아." 제인이 그렇게 말하더니 양손으로 나와 애덤의 팔꿈치를 하나씩 잡고 밭으로 끌고 왔다. "아무튼 지금은 때가 아니니 말해줄 수 없어. 지금은 수확하러 온 거잖아."

그 뒤로 한 시간 동안 제인은 묵직한 초록색 봉오리를 조심해서 딴 뒤에 부엌에서 챙겨 온 갈색 종이봉투로 싸는 방법을 알려주었다. 제이미가 '빨간 털'이라고 표현하던 그 가느다란 섬유를 제인은 암술이라는 정확한 이름으로 부르며 질감이나 색깔을 아주 꼼꼼히 확인했다.

제인은 마치 식물학자처럼 암술을 보고 THC와 CBD*의 함량을 가늠해보면 최적의 수확 시기를 알 수 있다고 말했지만, 곧바로 덧붙였다. "하지만 상관없어. 2월에 눈보라가 몰아치는 기간을 버텨야 하니까 조금이라도 약효가 있는 건 다 딸 거거든."

"옳소, 옳소!" 내가 말했다.

"옳소, 옳소!" 애덤도 거들었다.

제인이 말했다. "내가 타고난 대마 공급책이라는 게 너희들한테는 행운인 줄 알아."

"기독교인다운 일이십니다." 내가 말했다.

"여부가 있을까." 제인이 말하더니 목을 쭉 늘리고 한 팔을 들어 이마의 땀을 훔치면서 눈을 가늘게 떴다. 그 모습이 옛날 세피아 색조 사진에 등장하는, 원주민을 개종시키고 땅을 개간한 서부개척시대의 선교사 여인 같았다. 물론 제인이 심은 작물은

---

* 대마의 주성분이자 오락용, 의료용 쓰임새를 갖는 화학물질로, 다행감(Euphoria)과 중독성이 있는 THC와 달리 CBD는 중독성이 없어 치료용으로만 쓰인다.

옥수수나 밀이 아니며, 개종 대상은 제인이었지만 말이다.

애덤이 골프공만큼이나 커다랗고 털이 잔뜩 난 대마 꽃봉오리를 제인의 얼굴 앞에 흔들었다. "이제 수확물을 시음해보는 게 어때?"

그러자 제인이 애덤의 손에서 봉오리를 빼앗았다. "방금 딴 건 못 피워. 말려야 피울 수 있다고. 하지만 당연히 미리 준비해뒀지. 난 타고난 대마 공급책이니까."

"게다가 예술가이기도 하지." 내가 말했다.

"맞아, 예술가라는 점을 잊어선 안 돼." 애덤이 말했다.

"나에게 여러 가지 재능이 있다는 건 사실이야." 제인은 그렇게 말하면서 밭을 떠나 미송나무 줄기에 등을 기대고 그대로 미끄러져 바닥에 앉은 뒤 바지를 무릎까지 걷어 올려 의족을 풀었다. 이제는 (제인의 말대로) 나 역시 그 모습에 익숙해졌다.

제인이 파이프에 대마초를 채우는 동안 애덤과 나도 제인 옆에 다가가 앉았다. 초가을 오후, 숲속에 앉아 대마초에 취하자니 완벽하기 그지없는 순간 같았다. 심지어 우리 셋이 공통된 죄를 저지르는 바람에 이곳에서 만나 친해지게 되었다는 사실을 잊어버릴 지경이었다. 제인이 유치원 간식 시간에 나올 것 같은 작은 애플주스 두 캔과 쇠고기 육포도 챙겨 왔기에 우리는 숲속에 앉아 개척자의 식량 같은 음식을 나눠 먹으면서 대마초를 나눠 피웠다.

우리는 대마초를 피우면서 아무 말 하지 않고도 편안했다. 우리 모두 하나님의 약속에서 대화는 질리도록 많이 하기 때문이었다. 심지어 그 대화에서 실제로 말을 거의 하지 않았더라도 말이다. 때때로 산들바람이 일면 노란 낙엽 한 줌이 팔랑팔랑 땅으로 떨어졌고 그 사이로 햇살이 내리쬐었다.

그러다가 어느 순간 제인이 느릿느릿한 어투로 입을 열었다. "그럼, 너도 이제 자기 자신을 망각하기 시작했어? 아니면, 아직이야?"

나는 드러누운 채로 어마어마한 크기로 자라 반구형의 초록 우산처럼 하늘 위로 우뚝 솟은 전나무와 솔송나무를 올려다보고 있었다. 애덤이 대답하지 않기에 나는 팔꿈치로 바닥을 지탱하고 반쯤 일어나 앉아 물었다. "나한테 물은 거야?"

"그래, 너." 제인이 말했다. "애덤은 여름 캠프를 마쳤거든, 그러니까 이제 애덤은 보이지 않는 존재가 된 거지."

"무슨 소린지 모르겠어." 내가 말했다.

"하나님의 약속에서는 우리가 자기 자신을 망각하게 만들거든." 제인의 말이었다. "아무리 네가 리디아의 말에 반박한들 이곳에서 너는 서서히 사라지고 있는 거야."

"그래." 나는 대답했다. 여태 제인이 말하는 식으로 생각해본 적은 없었지만 무슨 말인지는 알 것 같았다. "벌써 나 자신을 꽤 많이 잊어버린 것 같아."

"개인적인 공격으로 받아들이지는 마." 애덤이 말했다. "난 지금 동성애자였던 예전의 나의 유령에 불과해. 디킨스의 『크리스마스 캐럴』에 나오는 유령에 내 얼굴이 달린 거라고 보면 돼."

"너의 정체성은 동성애자가 아니었잖아." 제인이 말했다.

"까다롭게 따지기는." 애덤이 대답했다. "엄밀히 말하면 아니었지. 지금도 아니고. 중요한 점을 강조하기 위해 제일 쉬운 단어를 선택한 것뿐이야."

나는 리디아의 말투를 흉내 냈다. "너 지금 **냉소적인 표현과 유머를 사용해 동성애자의 이미지를 고취시키고** 있구나. 보고해야겠다."

"동성애자 이미지가 아니지." 애덤이 아까보다 더 심각한 말투로 말했다. "동성애자 이미지랑은 관계없어. 나는 윙테야."

애덤의 빙산 그림에서 보고 무엇인지 궁금했던 단어였다. "윙테가 뭔데?"

"두 개의 영혼."* 애덤은 나를 쳐다보지 않고 아까부터 만지작거리던 기다란 전나무 바늘잎을 바라보며 말했다. "라코타족의 말이야. '윙얀테카'를 줄인 말이지. 그런데 윙테라는 건 동성애자를 뜻하는 게 아니야. 그거랑은 달라."

"중요한 이야기잖아." 제인이 말했다. "애덤은 너무 몸을 사려. 자기가 성스럽고도 신비로운 존재라는 얘기는 차마 못 하네."

"제발 그런 말 좀 하지 마." 애덤은 만지작거리던 바늘잎 더미에서 잎을 몇 개 집어다 제인에게 던졌다. "너한테 성스럽고 신비로운 인디언 취급은 받고 싶지 않아."

---

* 라코타족의 옛말로 윙얀테카(winyanktenca) 또는 윙테(winkte)에서 나온 표현으로, 남성과 여성의 영혼 둘 모두를 소유하고 있는, 한쪽 성별에 갇히지 않는 존재를 뜻한다. 라코타족의 토착문화에서 이 같은 두 개의 영혼은 배제되지 않고 제3의 성을 가진 신성한 존재로 공동체에 받아들여졌다.

"맞잖아." 제인이 말했다.

"아무튼, 너의 정체성은 아까 그거라는 거야? 다시 한번 말해 줄래?" 내가 물었다.

"윙테." 애덤이 한 음절씩 발음해 주었다. "내가 태어난 날 어머니에게 환영이 나타나 내가 윙테라는 계시를 알렸대." 애덤은 잠시 입을 다물었다가 말을 이었다. "우리 어머니 말을 믿는다면 그래. 만약 우리 아버지 말을 믿는다면, 그건 내 게이 같은 특성을 설명하기 위해 우리 엄마가 지어낸 헛소리일 테지만 말이야."

"그럼 일단 네 아버지 말을 믿는 걸로 할게." 내가 말했다. "그쪽이 더 단순할 것 같아서."

"얘 우리랑 잘 맞을 거 같다고 했잖아, 내 말 맞지?" 제인이 말했다.

하지만 애덤은 웃지 않았다. "그래, 그렇네." 애덤이 말했다. "라코타족의 믿음을 모르는 사람한테는 아버지 이야기가 더 설명하기 쉬워."

"진짜 복잡하네." 내가 말했다.

애덤이 내 말에 코웃음을 쳤다. "그렇게 생각해? 윙테는 두 성별을 서로 이어주는 존재, 치유자이자 영적인 사람들이야. 우리는 성경에 나오는 아담과 이브 이야기에 맞춰 우리 성기와 일치하는 성별을 골라서는 안 되는 이들이라고."

나는 뭐라고 대답해야 할지 알 수 없어서 평소처럼 농담으로 응수하기로 했다. "하긴, 네가 '애덤과 스티브'가 아니라 '아담과 이브'라고 하는 걸 보니 이대로도 괜찮은 것 같은데?"

아무도 대답하지 않았다. 그래서 나는 내 농담이 망한 줄 알았다. 하지만 그 순간 제인이 대마초에 흠뻑 취했을 때 나오는 특유의 웃음을 터뜨리기 시작했다.

그리고 애덤이 말했다. "하지만 난 이브라는 이름을 가진 여자애는 아무도 모르는데."

그 말에 나도 제인을 따라 웃기 시작했다.

애덤이 덧붙였다. "게다가 지난주 주말에 벌써 스티브랑 호숫가에 가서 손으로 한번 쳐달라고 했다고."

"그럼 넌 망한 게이들의 어머니가 틀림없나 보다." 그렇게 우습지도 않은 말이었는데 우리 셋은 미친 듯이 웃음을 터뜨렸다. 처음에 왜 웃기 시작했는지 가물가물해질 때까지 멈출 수 없는 그런 종류의 웃음이었다.

한참 뒤에야 제인이 다시 의족을 채우더니 밭에서 무슨 일인가를 마무리하러 갔고, 애덤 역시 어딘가로 떠나버리는 바람에 그 자리에는 나 혼자 남았다. 나는 가만히 앉아 녹색제비와 동고비의 작지만 높은 울음소리를 듣고, 연기와 젖은 땅, 버섯과 언제나 젖어 있는 나무에서 풍기는 쿰쿰하고도 향기로운 냄새를 맡으면서 세상이 너무나 거대한 한편 너무나도 외따로 떨어져 있다고 느꼈다. 나무는 이다지도 높고, 숲은 숨죽인 소음으로 가득하고, 햇살과 그림자는 서서히 움직인다. 이곳 하나님의 약속에서 유예된 시간을 보내기 위해 처음 도착했던 순간부터, 줄곧 예전의 나 또는 예전에 나라고 믿었던 것이 존재하지도 않는 것 같은 기분을 느끼고 있었다. 사람들은 아마 매주 일대일 면담을 통해 과거를 떠올리고 나면 반대로 그런 경험, 나를 '나로' 만든 배경과 더욱 긴밀히 연결되었다는 느낌이 들 거라 생각하겠지만, 그렇지 않았다. 제인은 이곳에서 하는 일이 *자기 자신을 망각하*는 거라고 했는데, 딱 맞는 표현 같았다. 이곳에서 이루어지는 '지원 세션'은 나의 과거가 올바른 과거가 아니며, 만약 내 과거가 달랐더라면 애초 하나님의 약속에 올 필요가 없었을 거라고 믿게 만들기 위한 것들이었다. 나는 그런 것에 속지 않겠다고 다짐했지만 이곳에서는 매일같이 그런 면담이 되풀이되었다. 그리고 집에 전화조차 걸 수 없는 이곳에서 나와 같은 경험을 하고 있는 낯선 사람에 둘러싸인 채로, *진짜 나*를 아는 모든 사람에게서 너무나 멀리 떨어진 목장 지대에 있다 보면, 마치 내가 아예 존재하지 않는 것만 같은 기분이 들었다. 플라스틱으로 만든 가짜 삶이었다. 호박 속에 갇힌 선사시대 벌레의 삶이었다. 죽었지만 확실히 죽었는지조차 알 수 없는 상태로 얼어붙어 유예된 상태. 오렌지 빛 호박 속에 갇힌 벌레에게는 생명을 알리는 미약한 맥박이 뛰고 있을지 모른다. 「쥬라기 공원」이나 공룡의 피나 티라노사우루스 복제 같은 이야기가 아니라, 호박 속에 갇혀서 기다리는 작은 벌레 이야기다. 만약 그 호박을 녹일 수 있다고 해도, 그렇게 곤충이 아무런 위해도 입지 않은 채로 풀려난다고 해도, 자기가 알고 있고 속해 있던 세계가 사라져버린 이상, 과거가 존재하지 않는 새로운 세계에서 이 벌레가 몇 번이나 비틀거리면서도 끝끝내 살아가기를 어떻게 감히 기대할 수가 있겠는가?

15

10월의 어느 날 마크 터너 사도와 나는 사무실에서 같이 복음특무를 하고 있었다. 나는 뉴스레터 발송을 맡았다. 뉴스레터는 리디아와 릭이 쓴 글을 귀퉁이에 하나님의 약속 로고가 찍힌 하늘색 종이에 복사한 것, 우리의 다양한 외부 활동과 봉사 활동에 대한 네 페이지짜리 기사, 그리고 사도 한 명에 대한 한 페이지짜리 프로필로 이루어져 있었다. 이달의 사도는 스티브 크롬프스였다. 나는 두 시간 동안 스테이플러를 찍고, 종이를 접고, 봉투에 넣고, 우표를 붙이기를 한없이 반복했다. 하지만 마크는 빙글빙글 돌아가는 의자에 앉아 후원자에게 전화를 걸고 있었다. 마크는 우리 중 누구보다도 그 일을 잘했는데, 나 역시 마크가 첫 통화를 시작한 지 채 5분도 지나기 전에 그 사실을 알게 되었다. 마크가 후원자와 전화 통화를 잘하는 건 자기가 하는 말을 진심으로 믿기 때문이었다. 그 시점에도 나는 마크를 잘 몰랐지만, 마크가 애덤의 룸메이트이므로 하나님의 약속 생활에 헌신적으로 임하면서 치료를 위해 노력하고 있다는 것만은 확실히 알았다(또, 고자질하지 않는다는 것도 그즈음에는 확실히 알 수 있었다—아직까지 마크는 제인이 대마초를 피운 사실을 누구에게도 말하지 않았기에, 제인이 *조심해야 하는* 애라고 했음에도 내 눈에 괜찮은 애로 보였다).

그날 마크가 앉아 있던 의자는 그 애의 가냘픈 체구에 비해 너무 커 보였다. 마크는 간신히 153센티미터가 될락 말락 한 키에 손도 팔도 다리도 작으며, 얼굴도 작고, 눈은 마호가니 색에 항상 분홍빛이고 입술은 네덜란드 도자기 인형처럼 작고 톡 튀어나와 있었다. 마크에게는 예상 질문과 답안이 잔뜩 든 검은 바인더가 있었다. *질문: 그곳에서 정말 나아지고 있다는 생각이 드니? 대답: 하나님의 약속에서 지내는 동안 저는 예수 그리스도와의 관계를 키워 나갔습니다. 그 관계는 매일같이 자라나며, 예수님과 함께 걷는 한 걸음 한 걸음마다 저의 성적 타락이라는 죄악으로부터 조금씩 벗어나는 법을 배웁니다.* 하지만 마크는 직원들에게 확인받은 답안으로 가득한 대본이 필요 없었다. 마크가 하는 모든 대답은 꾸미지 않아도 완벽했기 때문이다. 나는 거의 매달 사도들과 통화한다는 텍사스의 한 후원자에게 마크가 전화를 거는 모습을 가까이서 지켜보았다. 마크는 네브라스카 풋볼 팀에 대해 이야기하고 있었고, 오늘과 별로 다르지 않은 어느 완벽한 10월에 아빠와 형들과 함께 링컨*의 미식축구장에서 풋볼 경기를 보았던 추억을 풀어놓았다. 찬 서리가 내리기 직전 따뜻한 사과주가 담긴 보온병을 들고, 응원하던 팀이 승리를 거두고 나서 관중석을 홍해처럼 가르는 세리머니를 하는 모습을 보았다는 내용이었다. 나는 마크가 그 이야기를 하는 모습을 실제로 목격했다. 뉴스레터를 정리하던 손을 멈추고 마크를 쳐다보았지만 마크는 내가 보고 있다는 것을 알아차리지 못했다. 마크는 눈을 빛내면서 생생하게 이야기에 몰입했고 전화기를 들지 않은 다른 손을 움직이며 동작을 해 보였다. 4쿼터에서 공격권 이전이 이루어졌던 순간은 마크의 표현에 따르면 "인조잔디 위에서 스파이크 운동화를 신고 있다는 것만 빼면 모자에서 토끼를 꺼내는 것 같은" 광경이었는데, 그 말을 듣는 순간 나 역시 그 자리에 마크와 함께 있었으면 좋았겠다는 생각을 했다. 분명 전화 반대편의 텍사스 후원자 또한 같은 생각을 했을 것이다. 하지만 나는 원래 대학 풋볼팀에는 아무런 관심이 없었다. 중요한 건 풋볼 자체가 아니었다. 마크는 가족과 함께 보내는 가을 오후라는 미국적이기 그지없는 환상을 팔고 있었던 것이다. 그런데 마크의 이야기는 가짜처럼 들리지 않았고 역겹지도 않았다. 성조기를 배경으로 한 포드 픽업트럭 광고와는 차원이 달랐다. 마크가 자아내는 환상은 그보다 더 단순하고도 진정성 있는 풍경이었다. 이 역시 마크가 자신이 하는 이야기를 진심으로 믿었기에 가능했을 것이

---

* 미국 네브래스카주의 주도.

다. 그 이야기가 무슨 이야기건 말이다.

텍사스의 후원자도 그렇게 생각했는지 전화 통화 중에 즉흥적으로 추가 후원을 결정하기까지 했다. 그 사실을 내가 알게 된 것은 마크가 "정말 마음이 넓으시네요, 폴 선생님. 릭 목사님께어서 말씀드리고 싶어요. 선생님의 후원이 없었더라면 이런 일을 해내지 못했을 거예요. 그저 선생님 같은 사람들이 아니라, 바로 선생님 말이에요. 이 말을 꼭 해드리고 싶었어요. 선생님의 후원은 저의 구원에 너무나도 큰 의미가 있어요. 어떤 말로 감사를 드려도 충분치 않을 거예요"라고 했기 때문이다.

도대체 어떻게 저런 대사를 하면서 조금도 얼간이 같지 않을 수 있는지 알 도리가 없었다. 내가 저 말을 하면 분명 얼간이 같을 것이다. 물론 나는 절대 저런 대사를 입 밖으로 뱉을 일이 없지만 말이다. 하지만 마크는 저런 말을 할 때도 얼간이 같지 않았다. 적어도 내 귀에는 그랬다.

마크가 전화를 끊고 다음 전화번호를 찾기 시작했을 때 내가 물었다. "저 사람이 얼마 보낸대?"

마크는 고개를 들지 않은 채 대답했다. "정확히는 몰라. 구체적인 사항은 릭 목사님과 논의하실 거야."

그게 비록 완전한 진실은 아니라는 것을 알 수 있었지만 굳이 더 캐물을 필요는 없었다. "너 진짜 이런 통화 잘한다." 내가 말했다.

"고마워." 마크가 고개를 들더니 나를 보며 살짝 웃었다. "그렇게 말해주다니 친절하구나."

"사실이 그래. 네가 이렇게 잘하는데 굳이 나까지 할 필요는 없겠다."

그러자 마크가 또다시 미소를 지었다. "난 후원자들과 통화하는 일이 좋아. 다른 활동에서는 느낄 수 없는 목적의식을 얻곤 하거든."

"음, 네가 그렇게 후원금을 많이 끌어 모으는 이상 앞으로도 통화는 너한테 맡기지 않겠어?"

"그런 이유로 이 일을 좋아하는 건 아니야." 마크가 대답했다.

"나도 알아." 내가 말했다. "이해했어." 하지만 진짜로 이해한 게 맞는지는 알 길이 없었다.

"그래." 마크가 다시 목록을 보면서 전화번호를 확인하고 수화기를 집어 들었다.

"진심이야?" 나는 마크가 전화 통화를 그만했으면 좋겠다는 생각으로 테이블 너머로 몸을 살짝 뻗으면서 물었다.

내 말에 마크는 동작을 멈췄다. 한 손으로 수화기를 들기는 했지만 다른 손으로 대기 버튼을 누른 채였다. "뭐가?"

"정말 이곳에 있는 게 네가 구원받기 위해 꼭 필요한 일이라고 생각해?"

마크가 고개를 끄덕이더니 말했다. "나뿐만이 아니라 너에게도 필요한 일이야."

나는 그 말에 눈을 굴렸다.

마크는 어깨를 으쓱했다. "널 설득하려는 게 아냐. 그건 내 몫이 아니지. 그래도 너도 그렇게 생각하면 좋겠다."

"어떻게 하면 너처럼 될 수 있는 거야?" 내 목소리에 약간의 조롱이 묻어 있긴 했지만, 그래도 정말 궁금해서 한 질문이었다.

"일단 믿음을 가져야 해." 마크는 누르고 있던 버튼에서 손을 떼더니 전화번호를 누르기 시작했다. "시작은 거기서부터야."

나는 마크가 다음번 통화를 하는 동안 뉴스레터를 접으면서 그 애의 말을 생각해보았다. 생명의 말 교회에서 일요일 예배를 보는 동안에도 생각했고, 내 방에서 공부하는 동안 바이킹 에린이 분홍색 형광펜으로 줄을 직직 긋는 소리를 들으면서도 생각했다. 무언가를 정말로, 진심으로 믿는다는 건 무슨 뜻일까? 믿음. 하나님의 약속 도서관에 있는 두꺼운 사전에는 믿음이란 '무언가를 진짜 또는 실제로 받아들이는 것. 굳건하게 고수하는 신념이나 의견'이라고 정의하고 있었다. 하지만 이렇게 짧고 단순한 정의조차도 나를 혼란스럽게 했다. *진짜* 또는 *실제*라는 건 확실한 것이었지만, *의견* 또는 *신념*은 그렇지 않았다. 의견은 상황이나 사람에 따라 변하고 바뀌고 달라지는 것이다. 게다가 가장 어려운 것은 *받아들인다*라는 단어였다. *받아들인다니*. 나는 무언가를 확실한 것으로 받아들이느니 차라리 모든 것을 *배제하는* 걸 더 편하게 생각하는 사람이었다. 내가 아는 것은 그게 다였다. 내가 믿는 것도 그게 다였고.

하지만 난 그 뒤로도 계속 마크의 차분한 행동이나, 우리와 마찬가지로 하나님의 약속에 있음에도 마크가 유지하는 평온한 분위기를 지켜보았다. 애덤에게 자꾸만 마크에 대해 물어보고 자세히 말해달라고 졸랐다. 방에 있을 때면 무엇을 하는지, 무슨 애기를 하는지.

"벌써 시스템이 가동 중인가 보지?" 어느 날 저녁 내가 애덤이 대답하기도 어려울 정도로 마크에 대한 질문을 쏟아내자 애덤이 말했다. 우리 둘은 저녁 식사 당번이었다. 참치와 국수를 넣은 캐서롤 두 개를 오븐에 넣은 다음 설거지를 해놓고 나서 리디아와 릭 둘 다 일대일 면담 중인 틈을 타 슬쩍 헛간으로 가 대마초를 한 대 피우는 중이었다.

"무슨 시스템?" 나는 애덤에게서 조인트를 받아 들다가 무릎 위에 떨어뜨리고 말했다. 그러고는 얼른 대마초를 주워서 한 모금 빨아들였다.

"성적 지향 개조 시스템." 애덤이 다시 조인트를 가져가며 말했다. "드디어 획기적인 진전이 생겼나 봐?" 애덤은 *구강기 고착*을 버리지 못한 채 이미 지푸라기 하나를 물고 있었는데 심지어 대마초를 피우는 와중에도 입에서 빼지 않았다.

"갑자기 왜 그런 말을 해?" 내가 물었다.

"벌써 며칠째 마크에 대해서 자꾸 묻잖아." 애덤은 웃고 있었다. "나로선 좀 피곤하지만 그래도 힘내. 내가 보기엔 짝사랑에 빠진 이성애자 여자애 그 자체인걸. 얼마 안 있으면 분홍색 바인더에다가 마크의 이니셜과 함께 하트를 그려 넣는 꼴을 보게 되겠구나."

나는 웃었다. "미안한데 내 바인더는 분홍색이 아니라 보라색이거든."

"그런 사소한 건 됐고." 그러면서 애덤은 한 손을 내저었다.

"내가 걱정하는 건 그 열정이야. *라무르*L'amour."*

나는 애덤을 밀쳐냈다. "나 마크 터너 안 좋아해. 그냥 걔에 대해 알고 싶은 거야."

애덤이 상담사처럼, 리디아처럼 고개를 주억거리더니 갑자기 양손으로 피라미드 모양을 만들며 말했다. "음…… 확실히 하고 싶어서 말하는 건데, 그 *알고 싶다*는 뜻이 그 녀석의 발기한 페니스에 올라타고 싶다는 뜻은 아니지?"

나는 웃음을 터뜨렸다. "맞아. 그거야." 그렇게 대답하긴 했지만, 그래도 참을 수가 없었다. 어느새 마크 터너에게 집착하게 *되어버린* 것 같았다. "넌 걔가 흥미롭단 생각 안 들어? 그렇게 진지한 게? 나는 마크가 여기 올 만큼 게이 같은 짓을 하는 걸 한 번도 못 봤는데."

그러자 이번에는 애덤이 웃음을 터뜨렸다. "뭐? 공식적인 게이 평가 기준이라도 있는 거야? 부모님은 걔를 이곳으로 보내고 싶지 않았지만 「리자 위더 지Liza-with-a-Z」 노래를 듣는 걸 이달 들어 세 번째로 들키는 바람에 *여기 올 만큼 게이 같은 짓*이라는 평가가 내려졌다는 거야, 뭐야."

"뭐, 따지고 보면 그런 거랑 비슷하지 않을까?"

애덤은 어깨를 으쓱했다. "맞아." 그러고는 낮은 목소리로 덧붙였다. "네가 저지른 죄가 그것보다는 훨씬 더 심각하긴 했지만 말이지."

---

* '사랑'이라는 뜻의 프랑스어.

"맞네." 나는 그렇게 대답했고, 그 뒤로 한동안 우리는 말없이 대마초만 피웠다. 나는 물론 콜리를 떠올리고 있었다. 당연히 그랬다. 하지만 애덤이 무슨 생각을 하고 있는지는 알 수 없었다.

잠시 후에 애덤이 물었다. "그럼 만약 네가 여기서 마크 빼고 한 명을 꼭 유혹해야 한다면 누굴 고를 건데?"

"글쎄, 모르겠는데. 없어. 아무도 안 고를래."

"그래도 꼭 골라야 한다면? 강제로 골라야 한다면?"

나는 잠시 생각한 끝에 말했다. "베서니 킴블스-에릭슨." 웃으면서 대답했지만 진심이었다.

애덤도 웃었다. 애덤의 윤기 나는 검은 앞머리가 얼굴에 드리워져 있었다. "그럴 줄 알았어. 학교 선생이라니. 고전적이야. 그래도 학생들 중에서 고른다면 누구로 할래?"

"네가 대답해봐." 내가 말했다. "그렇게 궁금하면 너부터 말하든지."

"난 벌써 스티브랑 몇 번 했어."

"그래. 그럼 네 대답은 스티브야?" 내가 물었다.

"아니." 애덤이 나를 똑바로 바라보며 대답했는데, 그 얼굴에는 오래전 아이린 클로슨이 나에게 도전을 걸 때의 얼굴과 비슷한 데가 있었다. "널 고를 것 같아."

내 얼굴은 또 바보같이 붉어지고 말았다. "그렇겠지." 내가 말했다. "그럼 너한테도 시스템이 가동 중인가 보다. 나 혼자만이 아니라서 다행이야."

그러자 애덤이 분통이 터진다는 표정을 지었다. "난 게이가 아니야, 캠. 내가 말했잖아. 내 경우에는 시스템이 그런 식으로 작동하는 게 아니라고."

"여기 시스템은 모두한테 똑같이 작동하는걸." 내가 대답했다.

"너 정말 욕망이라는 문제를 얄팍하게 바라보는구나." 애덤이 말했다.

나는 어깨를 으쓱했다. 뭐라고 대답해야 할지 알 수 없었다. 나는 회색이 된 헛간의 나무 바닥과 군데군데 자라나는 토피색과 민트 그린색의 이끼를 쳐다보았다. 손끝으로 이끼를 조금 떼어보기도 했다.

"파워 터널 해볼래?" 애덤이 얼마 남지 않은 대마초를 쥐고 물었다.

"그게 뭔지 몰라." 내가 말했다.

"아니, 네가 아는 거야." 그러더니 애덤은 꽁초를 들고 손짓으로 설명했다. "내가 이 꽁초를 거꾸로 들고 불붙은 쪽을 입에 물고 불면 네가 두 손으로 내 얼굴을 감싼 채로 빨아들이는 거야. 샷건이라고도 하지."

"샷건은 이런 게 아닌데." 내가 말했다.

"내 생각엔 이게 맞아."

"샷건은 키스할 때처럼 입술을 맞대고 하는 거야." 내가 애덤의 손에서 대마초를 받아들며 말했다.

"그건 베이크드 프렌칭이고." 애덤이 반박했다. "샷건이랑은 또 다른 거야."

"아무튼 내가 원래 알던 대로 할래." 내가 말했다.

"진심이야?"

나는 고개를 끄덕였다. 그다음에는 최대한 오래 연기를 빨아 들였는데, 수영으로 단련된 폐활량 덕분에 상당히 오랜 시간 동안 지속할 수 있었다. 그다음엔 애덤에게 손짓을 했고, 그러자 애덤이 입을 내 입술에 가까이 댔고, 그렇게 입을 마주 댄 채로 나는 연기를 도로 내뿜었다. 그렇게 우리는 한참 동안, 캐서롤의 윗부분이 다 타는 동안 키스를 했다.

애덤과의 키스는 제이미와의 키스와는 달랐다. 이보다 더 좋은 진짜 키스를 위한 연습이 아니었다. 하지만 콜리와의 키스와도 달랐다. 그러니까 그 사이, 비유하자면 린지와의 키스와 비슷한 셈이었다. 좋았다. 키스가 좋았고, 키스를 즐기기 위해 상대가 애덤이 아닌 척해도 된다는 점이 좋았다. 하지만 나는, 뭐라고 표현해야 할지 모르겠지만, 그 키스를 열망하지도 않았다. *열망*이라는 건 좀 역겨운 단어다. *앓이*라는 단어도. *갈망*이라는 단어도. 이 모든 건 좀 역겹다. 하지만 콜리를 만지고 그 애와 키스할 때 나는 그런 기분을 느꼈다. 애덤을 상대로는 그런 기분이 들지 않았다. 그리고 애덤 역시도 나에게 그런 기분을 느끼지 않는다는 것을 나는 알고 있었다.

하나님의 약속에는 규칙이 있었다. 그것도 아주 많았다. 나는 정기적으로 그 규칙 중 대다수를 깼지만 얼마 안 가 들키고 말았다. 대마초를 피우고 애덤과 키스를 하고(처음 키스한 이후로 우리는 가끔 건초 더미 위나 숲속에서 키스했고 대체로 옷은 입고 있었다)

대놓고 하나님의 약속에서 하는 활동이나 *지원*을 비웃는다는 것, 그것도 내 인생에서 도려내야 마땅한 교과서적인 *동성애자 이미지*에 딱 걸맞은 냉소로 비웃는다는 것을 감안하면 사소하기 그지없는 위반들이었다. 사도들이 몬태나대학교 구내서점에 모여 곧 그곳에서 열릴 대학생 선교단체의 록 밴드 공연을 보려고 기다릴 때 내가 정말 근사한 12색 전문가용 가느다란 촉 마커 세트를 슬쩍해서 스웨터와 셔츠 속 바지허리 뒤 밴드 안에 숨기는 장면을 바이킹 에린에게 들켰던 것이다.

문제는 이랬다. 나에게 마커를 살 충분한 돈이 있었음에도 내가 사지 못한 이유는 다음과 같았다. (1) 하나님의 약속에 입소할 때 돈을 가지고 오는 것은 금지였고 복음특무로 버는 돈은 쥐꼬리만 한 데다가 그걸로 사탕을 사 먹었으며 (2) 복음특무를 한 대가로 번 돈을 쓰고 가불까지(때로 허용되기도 했다) 받는다 쳐도 물건을 사면 하나님의 약속으로 가는 승합차에 오르기 전에 영수증과 함께 직원에게 보여주어야 했는데, 그러려면 이 마커가 왜 필요한지 설명해야만 할 테고 그건 이 마커를 훔치는 한이 있더라도 지켜야 하는 비밀이었다. 하지만 내가 몰랐던 건 에린이 '공연 보기 좋은 자리를 찜하려고' 나를 찾아 미술 도구 코너에 와 있었다는 사실이다.

"방금 무슨 짓 했어?" 에린이 물었고 내가 뭐라고 대답하기도 전에 그 애는 거의 소리치다시피 커다란 목소리로 말했다. "너 도둑질했지! 방금 뭐 훔쳤잖아. 고백해야 해. 지금 당장 릭 목사님께 말씀드려야 해."

"나 아직 가게 안이잖아." 나는 에린도 목소리를 낮추어주기를 바라며 작은 목소리로 말했다. "현장을 벗어나기 전까지는 훔친 게 아니야. 도로 갖다놓을게. 자, 지금 갖다놓을 거야."

나는 옷 속에서 마커를 꺼내 과장된 동작으로 똑같은 마커들이 놓여 있는 선반 위에 도로 올려놓았지만 에린은 물러서지 않았다.

"아니. 안 돼. 내가 널 발견하지 않았다면 훔쳤을 거잖아. 마음으로 지은 죄도 죄야. 릭 목사님께, 아니면 리디아에게 말씀드릴 거야. 내가 고자질하고 싶지는 않지만, 너한테는 도움이 필요해." 이 짧은 연설이 끝날 무렵 울먹거리기까지 한 걸 보니 에린에게는 이렇게 나에게 맞서는 데도 큰 용기가 필요했으리라는 생각이 들었다.

나는 릭이었다면 썼음직한 다정하면서도 권위적인 목소리로 대답하려 애썼다. "에린, 훔치지도 않은 마커에 대해 꼭 이야기해야겠어? 벌써 도로 선반에 올려놨잖아."

에린의 얼굴은 벌겋게 달아올라 있었고, 고개를 젓자 곱슬머리가 부드럽게 흔들렸다. "만약 네 죄를 못 본 척한다면 친구라고 할 수 없어. 에베소서에 나오잖아. '도둑질하는 자는 다시 도둑질하지 말고 돌이켜 가난한 자에게 구제할 수 있도록 자기 손으로 수고하여 선한 일을 하라'라고 말이야."

에린은 웃지 않았다. 그 애는 가슴 앞에 단단히 팔짱을 끼고는 내가 움직이지 못하게 막고 있었는데, 티셔츠에는 수염 난 근육질 예수가 '세상의 죄'라고 적힌 십자가를 든 그림이 그려져 있었다(에린은 이 티셔츠를 엄청 자주 입었다. 뒷면이 어떻게 생겼는지도 기억날 정도다. 골드체육관 홍보물과 똑같은 크고 빨간 서체로 '하나님의 체육관—연중무휴'라고 적혀 있었다). 에린은 지금 자신이 나를 구하기 위해 악에 맞서는 중이라고 생각하는 게 분명했고, 나는 눈물이 번질번질한 그 애의 얼굴을 보기가 힘들어서 대신 팔짱 낀 팔을 쳐다보았다.

헐렁한 플란넬 셔츠를 입고 떡 진 드레드 머리를 한 대학생들이 유화물감을 찾아 통로를 지나치며 우리를 스쳤는데 둘 다 에린의 티셔츠를 눈여겨본 모양이었다.

"기독교 신자들이 또 교내에 침입했네." 둘 중 더 남루한 쪽이 자기 친구한테 말하는 소리가 들렸다.

"살인과 약탈 없는 세상의 십자군 전쟁이군." 친구가 대답했다.

"또 귀가 썩을 것 같은 노래가 울려 퍼지겠어."

들으라는 듯 똑똑히 입 밖에 낸 마지막 말을 듣고 에린은 정말로 와앙 울음을 터뜨릴 것 같은 표정이 되었다.

나는 한숨을 쉰 뒤 고개를 저었다. "릭에게 말할게." 내가 말했다. "리디아한테는 못 하겠지만 릭한텐 말할게."

그러자 에린이 고개를 끄덕이더니 나한테 와락 안겨왔는데, 내 목에 그 애의 축축한 뺨이 닿았고 향긋한 데오도란트 향이 풍겼다.

"옳은 선택이야." 에린은 나를 꽉 안은 팔을 풀지 않은 채 그렇게 말했다.

릭에게 말하겠다고 한 건 에린이 울어서가 아니었다. 내가 말하지 않으면 에린은 죄책감이든, 나에게 *지원*을 보태줘야 한다는 필요성에서든 어차피 날 일러바칠 텐데 그런 결정을 내리게 하는 건 그 애한테 불필요하리만치 잔혹한 것 같아서였다. 또, 에린과 나는 요즘 룸메이트로서 꽤 잘 지내고 있었다. 에린은 온갖 것에 대해 쉬지 않고, 밤낮을 가리지 않고 떠들어댔다. 하지만 나는 이미 에린에게 익숙해져서 듣기 싫을 때는 무시해도 되는 일방적인 대화를 그 애가 쏟아내는 게 기분 좋게 느껴질 때도 있었다. 에린은 마크 터너와는 달랐다. 적어도 내 눈에는 그랬다. 에린의 믿음은 다른 누구만큼이나 자기 자신에게 보여주기 위한 과장된 연기였다. 나로서는 이해가 되지 않았고 따라 하고 싶지도 않았지만 에린이 성경책에 분홍색 형광펜을 한 줄 한 줄 그으면서 자신이 더 이상 이런 죄를 저지르지 않기를 간절히 바라고 노력하는 모습이 싫지 않았다. 그리고 에린이 나를 실패한 존재로 생각하길 바라지도 않았다. 에린이 우리 두 사람이 한 배를 탔다고 생각하는 게 좋았다.

릭에게 내 잘못을 털어놓는 건 예상대로 그리 괴롭지 않게 끝이 났다. 릭은 솔직히 말해주어서 고맙다고 나를 안아주었고, 우리는 함께 기도했다. 그러나 릭은 이 이야기를 리디아에게도 했고, 내 파일에 기록된 좀도둑질 항목 옆에 '죄가 발현되는 문제적 영역'이라는 의미의 별표를 그렸다고 했다. 리디아는 릭처럼 기도한 뒤 간단히 끝내주는 대신, 도벽이라는 죄는 내가 아직도 해결하지 못한 수면 아래 문제의 징후라는 말과 함께 앞으로 릭과의 일대일 면담 외에 리디아와도 매주 한 번씩 면담해야 한다고 했다. 최악인 건 며칠 안에 3개월의 수습 기간이 끝날 예정이었으나 이번 규칙 위반으로 우편물을 받거나 방을 꾸밀 권한이 '무기한 연기'된다는 소식이었다. 할머니가 보낸 위문품, 루스 이모가 보낸 편지, 그리고 다른 누구도 아닌 콜리가 보낸 편지가(직원들이 먼저 뜯어서 읽고 내용을 검열했지만) 사무실의 자물쇠 잠긴 우편물 보관장에서 나를 기다리고 있지만, 한참을 더 기다려야 그것들이 내게 전달될 거라고 했다.

릭도, 리디아도, 하나님의 약속 교실에 미술용품이 담긴 통이 두 개나 있는데 왜 마커를 훔쳤는지를 물었고 내가 "내 것을 가지고 싶었고 값비싸고 품질 좋은 것이 탐났다"라고 대답하자 그 대답을 받아들였다. 솔직히 말하면, 나는 영화, 음악, 홀리 로저리 병원, 스캘런 호수, 할머니, 제이미, 그리고 물론 콜리도 그리웠지만, 인형의 집이 애타게 그리웠다. 어쩌면 인형의 집 자체가 그리운 건 아닐지 모르지만 내가 아주 오랫동안 공들여 그것을 꾸며왔던 것이다. 루스 이모는 내 도착 증상의 증거물을 모두 상자와 봉투에 넣어 치워버렸지만 인형의 집은 건드리지 않았었고, 그래서 나는 집을 떠난 지금도 그 망할 인형의 집이 그 자리에서 나를 기다려주기를 간절히 바라고 있었다. 결국 훔치지 못한 그 마커를 인형의 집을 대체하는 프로젝트에 쓸 작정이었다. 나는 2리터들이 플라스틱 코티지치즈 통 두 개를 씻어서 침대 밑에 숨겨두었다. 코티지치즈는 하나님의 약속이 품은 우리의 전환이라는 미션을 대단히 지지하는 생명의 말 교회의 신도 가족이 이곳에 원가로 공급하는 제품이었다. 그 가족은 지역에서 낙농장을 운영했고 코티지치즈는 물론 버터, 아이스크림, 그리고 다른 종류의 치즈들까지 온갖 것을 '홀리 카우 크리머리'라는 상표로 생산했다. 포장지에는 머리에 후광을 이고 옆구리에 통통한 날개가 돋은 소가 그려져 있었다. 우리는 빈 통을 부엌에 모아두었다가 재사용할 수 있도록 낙농장에 가져다주어야 했는데, 나는 그중 두 개를 지난번 요리 당번을 틈타 슬쩍해두었고 앞으로도 몇 개 더 가져올 생각이었다. 코티지치즈 통은 인형의 집은 아니었지만, 그래도 중요했다. 나는 벌써 월마트에 갔을 때 데쿠파주*용 접착제와 크레이지 글루를 훔쳐놓았고, 때때로 교실에서 가위나 물감을 가져왔다가 아무에게도 들키기 전에 도로 갖다놓곤 했다. 나 혼자 쓸 수 있는 도구들을 마련해두고 싶었고 그중에서 마커가 제일 중요했는데, 에린에게 들키는 바람에 허사가 되었다.

오지랖 넓은 에린이 늘 가까이 있고 방문도 언제나 *들어와* 하듯이 활짝 열려 있는 가운데 훔친 물건과 비밀로 꽉 찬 코티지치즈 통을 침대 아래에 숨기는 건 위험하고 어리석은 짓이었지만 나는 멈출 수가 없었다. 멈추고 싶지 않았던 것 같다. 사물들이 그 자체로 무슨 의미가 있는지는 알 수 없지만, 이 사물들을 가지고 하는 작업에는 무척이나 큰 의미가 있다는 느낌이 들었다. 그러나 리디아 같은 사람이라면 이 코티지치즈 통을 보고 나를 *해독*할 수 있다고, 수면 속 빙산 어쩌고 하는 말 같지도 않은 문

* 종이조각을 오려 붙이는 장식법.

제들이 물질적으로 구현된 것으로 여기리라는 걸 알았다. 분명 골치 아프겠지. 코티지치즈 통 작업을 하지 않을 이유, 아니 애초에 이런 걸 가지고 있지 말아야 할 이유는 충분했다. 그럼에도 불구하고 나는 그러기로 했다.

추수감사절을 맞아 하나님의 약속에서 이웃 농장들이 주최하고 보즈먼의 교회 사람들이 참석하는 만찬을 열게 되었다. 애덤과 나는 그날 아침 감자를 담당하겠다고 자원했다. 자루 여러 개에 든 감자를 씻어서 깎고 주사위 모양으로 잘라 익힌 다음 홀리카우 버터와 크림을 넣고 으깨는 일이었다. 애덤과 나는 일을 시작하기 전에 제인과 함께 대마초 조인트 반 대를 나누어 피운 다음 부엌 한구석에 자리를 만들어 둘이서만 일했다. 한 시간 정도 부엌 안은 시끌벅적하고 후덥지근하며 시나몬, 너트메그, 세이지, 타임처럼 크리스마스를 떠올리게 하는(냄새를 못 맡는 릭만 제외하면 모두가 좋아할) 냄새를 풍겼다. 사실 모두가 부엌에서 각자의 일을 하는 게 재미있기도 했다. 두 명은 칠면조와 그 속에 채울 소를 준비했고, 바이킹 에린은 껍질콩과 튀긴 양파로 보통 크기보다 네 배는 큰 캐서롤을 만들었다. 릭이 틀어둔 믹스테이프는 대부분 최신 크리스천 밴드의 곡이었지만 마할리아 잭슨, 에드윈 호킨스 싱어즈처럼 괜찮은 옛날 가스펠 가수의 곡도 몇 곡 담겨 있었다. 나도 모르게 노래를 따라 부를 수 있을 정도로 그 테이프를 많이 들었다(우리 모두가 그 테이프를 굉장히 많이 들었다).

그러다가 릭은 내가 「오 해피 데이」 후렴을 따라 부르고 있다는 걸 눈치챘다. 너무 흥겨워서 따라 부르지 않을 도리가 없었다. 릭도 노래를 따라 불렀다. 내 노래에 코러스를 넣어주기도 하고, 엉덩이를 흔들며 재즈 스텝을 밟기도 했다. 릭은 아직 익히지 않은 칠면조 소가 끈끈하게 들러붙어 장갑을 끼거나 깁스를 한 것처럼 된 두 팔을 마치 공중에 말리려는 듯이 들어 올린 채로 내 쪽으로 고개를 기울이고 화음을 넣었다. 마치 우리가 소니 앤 셰어, 아이크 앤 티나, 어쩌면 캡틴 앤 테닐 같은 유명한 듀오 가수가 된 것처럼, 우리 앞에 마이크가 있다고 상상하는 것처럼 말이다.

애덤이 다가와서 손에 쥔 감자 칼을 우리 입 앞에 마이크처럼 대주었다. 부엌 안의 모든 사람들이 테이프에서 나오는 코러스에 맞추어 손뼉을 치며 우리를 바라보고 있었다. 나는 애덤이 쥐고 있던 감자 칼을 빼앗아서 마할리아 잭슨처럼 쥔 다음 눈을 감고 진짜 가수처럼 온 힘을 다해 열창하기 시작했다. 그렇게 우리는 점점 더 무모하게 바보같이 목소리를 높여갔다. 나는 대마초를 피운 탓이었지만 릭은 그저 평소의 릭일 뿐이었다.

우리의 노래가 끝나자 헬렌 쇼월터가 휘파람을 세차게 불더니 소몰이꾼처럼 걸걸한 목소리로(헬렌은 기분이 좋을 때는 목소리가 거칠게 갈라지곤 했다) "자, 너희들ᵍᵘʸˢ 그대로 한 곡 더!"하고 외쳤다. 여자가 포함된 집단에 대해서는 guys라는 표현을 쓰면 안 되는 것이 이곳의 규칙이었지만 릭은 헬렌의 말을 고쳐주지 않았다.

다음 곡은 신시사이저 음이 과도하게 들어간 마이클 W. 스미스의 애절한 사랑 노래였는데, 그때 리디아가 시내 빵집에서 사온 디너 롤과 파이 두 개가 든 커다란 상자를 들고 부엌으로 들어오는 바람에 그 순간은 그대로 끝나버렸다.

"앙코르는 안 해." 내가 말했다.

"무슨 앙코르?" 리디아가 물었다.

"아무것도 아니에요." 내가 대답했다.

"다 놓치셨네요. 릭 목사님이 캐머런과 무대를 꾸미셨거든요." 바이킹 에린의 말이다.

"놓쳐서 아쉽구나." 리디아는 그렇게 말하며 상자에 있던 빵을 꺼내다가, 손에 든 커다란 빵 봉지를 향해 낮은 목소리로 덧붙였다. "물론 내가 보기에 거의 항상 캐머런은 서커스 무대를 하고 있는 것 같지만 말이다."

릭이 그 말에 *그만하세요*, 라는 의미인 듯한 표정으로 리디아를 쳐다보았지만, 리디아는 못 본 것 같았다. "다음에는 가라오케에서 실력을 보여주자고." 그 말과 함께 릭이 손에 묻어 있던 칠면조의 소를 내 뺨에 묻혔는데, 꼭 오빠나 나이 어린 삼촌이 할 법한 행동이었다. 릭은 가라오케의 밤을 대단히 좋아했다. 하나님의 약속에도 가라오케 기계가 있었던 것이다. 어쩌면 그 기계 자체가 릭의 개인 물건이었는지도 모르겠다. 지난번 가라오케의 밤에 나는 한 곡도 부르지 않았다.

얼마 지나지 않아 부엌에 있던 아이들은 대부분 할 일을 마치고 떠났지만, 애덤과 나의 일은 그때까지도 끝나지 않았다. 추수

감사절에는 으깬 감자가 아무리 많아도 부족하니까. 우리는 말을 거의 하지 않고 감자를 깎고 써는 단순한 작업에 몰두했다.

그러다가 애덤이 졸린 목소리로 물었다. "그런데, 넌 그 애 얘기 왜 안 해?"

"누구?" 내가 물었다.

"왜 모르는 척해. 그 여자애 말이야. 네 몰락의 원인."

"한 명뿐일 거 같아?" 나는 애덤에게 눈을 찡긋하며 말했다.

"원래 단 한 명이야." 애덤이 말했다. "가장 중요한 한 명, 모든 걸 바꾸는 건 딱 한 명밖에 없어."

"너부터 말해줘." 나는 그렇게 말했지만, 사실 대답을 피할 구실을 찾기 위해서였고 애덤도 그 사실을 알고 있었다.

"내 뛰어난 오럴섹스 능력을 좋아해 마지않던 앤드루 텍시어 이야기는 이미 다 해줬잖아. 그렇게 좋아해놓고, 자기 아버지가 두려워서 발뺌했다고. 자기 아버지, 우리 아빠, 그리고 포트 픽 풋볼팀이 두려워서 말이야."

"걔한텐 네가 너무 과분했네." 내가 말했다.

"웬만한 사람에게는 과분하지. 자, 이제 어서 말해봐." 그러면서 애덤이 감자 칼로 내 엉덩이를 툭 쳤다. "숙녀를 기다리게 하면 못 써."

"무슨 얘기가 듣고 싶은 거야? 걘 거기 있고, 난 여기 있는걸."

"걔가 널 여기로 보냈잖아. 그 이야길 해보라고."

애덤은 이미 내 빙산에 적힌 이야기를 다 읽었다. "빙산에 다 적혀 있잖아."

"그거야 그렇지." 애덤이 말했다. "하지만 지난번에 잠깐 얘기한 적 있지 않았어?" 애덤이 테이블 위에 있던, 방금 껍질을 벗겨놓은 감자 두 개를 내 쪽으로 굴렸다.

"기억 안 나."

"대마초를 너무 많이 피워서 그런가?" 애덤이 말했다.

애덤이 순순히 물러나지 않을 것 같아서 나는 결국 입을 열었다. "걔가 날 여기 보냈다기보다는, 상황이 엉망이었기 때문에 걔가 공황상태에 빠졌고 그래서 내가 여기로 오게 된 거야."

그러자 애덤이 눈썹을 치켜 올렸다. "그럼 사람들이 걔는 어디로 보냈는데?"

나는 마른침을 삼킨 뒤에 대답했다. "아무 데로도 안 보냈어."

"최악이네."

그 말에는 대답하지 않았다. 드디어 감자 껍질 벗기기가 끝났다. 애덤은 감자 칼을 물에 헹군 다음 쓰레기통을 조리대 밑에 놓고 미끈미끈한 감자 껍질을 손으로 쓸어다가 쓰레기통에 떨어뜨렸다. 감자껍질이 부드럽게 슥 쓸리더니 쓰레기통에 씌워진 봉투에 물기 있는 툭 소리를 내며 떨어졌다.

"그 수수께끼의 여자애가 세계 최고 미녀라도 됐어?" 애덤이 물었다.

"비슷해." 나는 그렇게 대답하면서 썬 감자를 커다란 냄비에 넣고 물을 부었다. "예뻤어."

"백설공주라고 불러야겠네." 애덤이 텅 빈 부엌을 가리켜 보였다. "뭇 여성들의 연인."

"백설공주, 영화관 옆자리에 앉아 내 마음을 사로잡던 그녀."
나도 받아쳤다.

"그리고 캐머런의 마음을 실연의 아픔으로 찢어놓은 사람." 그러면서 애덤이 내 어깨를 어루만졌는데, 나를 위로하기 위해서가 아니라 극적인 효과를 더하기 위해서였다.

"나 실연당한 거 아니야." 내가 대답했다.

애덤은 못 믿겠다는 듯 얼굴을 일그러뜨렸다.

나는 애덤의 표정을 흉내 내며 고개를 저었다. "방금 얘기했잖아. 처음부터 상황이 안 좋았던 거야."

"그거랑 실연이 아닌 거랑 무슨 상관이 있어?"

바로 그때 손을 씻고 휴일에 입는 단추 달린 셔츠로 갈아입은 릭 목사가 다시 부엌으로 돌아왔다. 릭 목사가 아까 입었던 '진정한 남자는 기도한다'라고 적힌 앞치마(베서니 킴블스-에릭슨이 준 선물이었다)를 나와 애덤 바로 뒤 벽에 걸었다.

"캠, 잠시 둘이서 얘기 좀 할까?" 릭이 내 팔꿈치를 톡 치며 묻더니, 애덤에게 말했다. "곧 돌려보낼게. 너 혼자 감자랑 씨름하게 오래 내버려두지는 않을 거야."

"거의 다 끝났는걸요." 애덤이 말했다. "지금부터는 그냥 익혀서 으깨기만 하면 돼요."

릭과 나는 말없이 복도를 걸어 사무실로 갔다. 릭이 주머니에서 열쇠를 꺼내더니 우편물 보관장을 열어 할머니에게서 온 소포 상자를 꺼내주었다. 상자가 조금 찌그러지고 움푹 들어갔지만 안전히 보관되어 있었다. 또, 고무줄로 묶은 편지 무더기도 꺼내주었다. 한 통은 확신했던 대로 콜리가 보낸 것이었고, 두 통은 짐작대로 할머니가 보낸 것이었으며, 나머지 네 통은 확신하지도, 짐작하지도 못했지만 루스에게서 온 편지였다.

릭은 다시 우편물 보관장의 문을 잠갔다. "너에게 편지를 쓰고 싶으면 써도 된다고 우리가 전했단다. 물론 그전에는 네가 이 편지를 받을 준비가 되지 않았다고 생각했었기에 이제야 전해주는 거야."

"지금은 제가 준비가 된 거예요?" 내가 물었다. 콜리에게서 온 편지는 편지 무더기의 맨 위에 있었고, 내 손가락은 그 애의 글씨 위에 얹혀 있었다. 나는 편지를 묶은 고무줄을 잡아당겨 몇 번 탁탁 튕겨보았다.

"오늘 오전 부엌에서의 모습이 좋았거든." 릭이 말했다. "획기적인 진전은 보통 면담 중에 나타나지 않는단다. 오히려 일상생활 속에서 나타났을 때 더 의미가 있지."

"테이프에서 나오는 노래를 따라 부른 게 어째서 획기적인 진전인데요?" 내가 물었다. 탁, 탁, 탁.

릭은 고무줄을 잡아당기던 내 손을 자기 손으로 덮었다. "단순한 노래가 아니었단 사실을 너도 알잖니. 단 3분이었지만 그 순간 너는 이곳에 온 뒤로 쭉 세우고 있던 단단한 벽을 무너뜨렸어. 지금은 그 벽이 다시 돌아왔지만 말이다. 그 3분만큼은 네 나약함을 숨김없이 드러냈어. 그리고 변화를 위해서는 반드시 나약함이 필요하다."

"그럼 이제 가져가도 돼요?" 나는 편지 무더기를 살짝 들어 올리며 말했다. 손에 들린 편지들이 이상하리만치 위험하게 느껴졌다.

"그래, 당연하지. 네 거니까. 또, 이제부터는 방도 꾸며도 된다. 자세한 규정은 리디아가 알려줄 거야."

"저는 딱히 치료된 것 같은 느낌이 안 드는데요." 내가 말했다. 그 순간은 내가 릭 목사를 만난 이래 가장 솔직했던 순간이었다.

릭 목사가 고개를 절레절레 젓더니 눈을 감고 지친 한숨을 일부러 크게 내뱉었다. "캐머런, 여기선 너희들을 치료하는 게 아니라니까. 하나님께 다가갈 수 있도록 돕는 거다."

"하나님이랑 가까워진 것 같은 느낌도 안 드는걸요." 내가 대답했다.

"어쩌면 하나님은 너와 가까워진 느낌이실지도 모르지." 릭이 말했다.

"그게 뭐가 달라요?"

"편지 읽어보려무나." 릭은 그렇게 말하면서 문을 열었다. "이제 애덤한테로 가보려무나. 일찍 돌려보낸다고 약속했으니."

나는 먼저 소포부터 확인했다. 할머니는 조그만 핼러윈 사탕 두 봉지와 흰색 고급 육상용 양말 한 팩을 보냈고, 직접 구운 브라우니와 블론디*도 보냈다. 만든 지 일주일이 지나버렸지만 그래도 두 개를 먹어보았다. 오래된 맛이 났다. 할머니의 첫 번째 편지에는 설탕 든 빵을 구우면서 먹어볼 수가 없다는 게 정말 힘

---

* 브라우니와 비슷하지만 초콜릿 대신 갈색 설탕과 바닐라를 넣어서 만든 후식.

들었지만 그래도 나를 위해 구웠다고 적혀 있었다. 바로 다음 줄에, 사실 브라우니는 조금 드셨다는 고백도 적혀 있었다. *하지만 그렇게 많이 먹지는 않았단다.* 두 번째 편지는 우리 집 뒷마당에 살기 시작한 다람쥐 가족 이야기가 대부분이었는데 가끔은 좋다가 또 귀찮기도 하다는 내용이었다. 내가 있는 장소, 내가 이곳에서 하는 일에 대해서는 아무런 언급도 없는 편지였다. 반면 루스 이모가 보낸 편지는 온통 내가 얼마나 그리운지 나를 위해 얼마나 기도하는지 내가 이곳에서 얼마나 힘들어할지 걱정된다는 내용으로 채워져 있었다. 나는 이모가 첫 번째로 쓴 것으로 짐작되는 편지를 펼쳤다. 지난 8월 이모가 나를 하느님의 약속에 데려다주고 돌아갈 때 너무 괴로워서 마음을 진정시키려고 차를 잠시 세워야 했고 그 장소가 마침 퀘이크 호수 표지판 아래였기에 마치 하나님이 자신을 그곳으로 보낸 것 같았다는 내용이었다. 어서 그곳으로 가보라고 말이다. 그래서 이모는 그 말씀대로 했다고 했다.

퀘이크 호수는 1980년대에 승무원 친구들이랑 갔던 게
마지막이었단다. 이번에 그곳에 갔을 때 나는 전망 좋은
자리에 차를 세우고 한없이 울고 또 울었고 그러다가
네 말이 떠올랐어. 어쩌면 너의 상황에 내 잘못도 있다는
이야기 말이야. 나는 그 말 때문에 무척 괴로웠단다, 캐머런.
그리고 아직도 괴로워하고 있어. 하지만 어쩌면 사실인지도
모른다고 고백해야겠구나. 그 책임을 나 역시 어느 정도

짊어질 생각이다. 내가 감당해야 할 몫인 것 같구나.

나는 네가 하나님을 등지고 스스로에 대한 확신을 잃은
채로 비행에 빠지는 모습을 보았지. 그리고 나는 네가
이상적인 여성으로 자라날 수 있도록 적극적으로 돕지 않고
내버려두었어.

나는 네가 행복한 인생을 살길 바라. 먼 훗날 네가 지금을
행복으로 가는 과정이었다고, 그리고 무엇보다도 이미
떠나보낸 예전의 삶이라고 생각하기를 바란다.

나는 이 편지를 다시 봉투에 넣고 한쪽으로 치워두었다. 심호
흡을 했다. 나는 콜리의 편지를 집어 들고 모든 요소를 샅샅이
살펴보았다. 성모마리아가 그려진 크리스마스 특별 소인—아직
크리스마스가 되려면 멀었는데 말이다—콜리의 단정한 글씨체.
진줏빛 광택이 도는 분홍색의 부드러운 봉투. 나는 편지를 꺼냈
다. 봉투와 세트인 분홍색 편지지 한 장이었다.

캐머런에게.

크로퍼드 목사님과 우리 엄마가 이 편지를 쓰는 게 나에게
도움이 될 거라고 권하셔서 이 편지를 써.

나는 너와 마찬가지로 우리 사이에 있었던 일을 해결하려고
노력하는 중이야. 그렇지만 나는 네가 그런 식으로 우리의
우정을 이용한 것에 굉장히 화가 나 있어.

너무 화가 나서 너에게 편지를 쓰는 것조차 힘들 정도야.

네가 이런 이야기를 듣는 것이 아직은 힘들겠지만, 크로퍼드

목사님이 하나님의 약속 직원들에게 물어보았더니
그분들은 자신이 지은 죄가 타인을 얼마나 힘들게 하는지
그 결과로 얼마나 괴로운 일이 생기는지를 알려주는 것이
그곳의 사도들에게 도움이 된다고 하셨다고 해.
지난여름을 생각하면 역겨우면서도 수치스러워.
살면서 이렇게 수치스러운 건 처음이었어.
왜 네가 나를 조종하는데도 가만히 있었던 건지 모르겠어.
그때의 나는 마치 내가 아닌 것 같았어.
우리 엄마는 로데오 축제 때부터 그런 말씀을 하셨는데
엄마 말이 맞았어. 물론 내가 죄인이 아니라는 뜻은 아니야.
내 말은 너에게는 원래부터 그런 성향이 있었다는 거야.
나는 아니었어. 하지만 그때 나는 약했고 너는 그 사실을
간파하고 내 약점을 교묘하게 이용했어.
가끔 가만히 앉아서 허공을 쳐다보면서 내가 왜 그런 짓을
했나 생각해보지만 답은 아직 찾지 못했어. 브렛이 나를 많이
도와주고 있고 심지어 너에게 화가 나지도 않는대. 왜냐하면
브렛은 그릇이 더 큰 사람이고 신앙인으로서도 더 나은
사람이기 때문이야. 네가 크리스마스에 집으로 온다는 얘길
들었는데 그때쯤이면 나도 널 만날 마음의 준비가 될지도
모르겠다. 당연히 둘이서 만나는 것 말고 교회에서 만나는
것 말이야. 하지만 확신은 없어. 네가 하나님을 찾고 하나님
속에서 그 죄를 떨쳐내기를 기도할게. 매일 밤 너를 위해
기도하고 있어.
그리고 너 역시 내가 이 모든 것을 치유할 수 있길 기도해주기
바라. 앞으로 갈 길이 멀어. 지금은 마치 나 자신이 망가진

물건이 된 기분이야.

콜리 테일러.

나는 내가 편지를 제대로 읽은 것이 맞는지 확인하려고 몇 번
더 읽었다. 왠지 이 편지에서 최악인 점은 마지막에 콜리가 자기
성까지 적은 거라는 생각이 들었다. 나는 봉투에 편지를 다시 집
어넣었다. 그리고 편지를 전부 할머니의 소포 상자에 밀어 넣었
다. 나는 일어나서 상자를 들고 사무실 문을 닫은 다음 복도를
걸어가는 내내 정확히 똑같은 보폭으로 걸으면서 걸음 수를 셌
다. 부엌까지는 서른여덟 발짝이었다. 제인이 조리대 옆에 서서
애덤과 함께 웃으며 대화를 나누고 있었다.

"오, 우편물 받았나 봐!" 제인이 기다란 나무 스푼으로 내 손에
들린 상자를 가리켰다. "안에 뭐 좋은 거 좀 들어 있어?"

나는 고개를 저었다. "백설공주한테 편지가 왔어." 내가 말했다.

제인이 웃음을 터뜨렸다. "다른 디즈니 공주도 아니고 하필 또
백설공주란 말이지?"

하지만 애덤은 이렇게 말했다. "설마, 그 애가 편지를 쓰게 허
락했단 말이야? 이리 줘봐."

나는 애덤에게 편지를 건넸다. 애덤은 제인도 읽을 수 있게 편
지를 들었다. 두 사람은 함께 편지를 읽었다. 중간 어느 부분을
읽을 때쯤에는 애덤이 헉 소리를 내며 숨을 들이쉬기도 했다. 정
확히 어느 부분을 읽고 그랬는지는 모르겠다. 편지가 길지 않았
으니 곧 두 사람이 끝까지 읽은 건 분명했지만, 둘 다 한참이나

말이 없었다.

한참 뒤에야 제인이 말했다. "정말 재수 없게도 썼다."

제인이 농담을 하려고 애썼으니 나도 웃으려고 애썼지만 농담도, 웃음도 다 실패였다.

애덤은 좀 더 오랫동안 입을 다물고 있다가 다가와서 편지를 들지 않은 손으로 내 어깨를 감쌌다. "그때는 아니었다고 해도 지금은 그렇게 됐네."

"무슨 소리야?" 제인이 물었다.

"캠의 마음을 찢어놨다고."

"그 애가?" 제인이 애덤이 들고 있던 편지를 낚아챘다. "교회 다니는 안드로이드 로봇처럼 말하는 애가 다 뭐라고." 제인이 편지를 손에 든 채 돌아서더니 음식물 처리기를 켜고 물을 콸콸 튼 다음 편지를 그대로 배수구로 흘려보냈다. 편지는 순식간에 벅벅 갈리는 소리를 내며 사라졌다. 제인이 음식물 분쇄기를 끈 다음 물을 잠그고 마치 방금 한 일이 손을 더럽혔다는 듯 두 손을 바지에 문질러 닦았다. "자, 이제 편지는 없어." 제인이 말했다. "이제 그 애는 네 기억 속에만 존재하는 거야. 솔직히 아예 기억에서 지워버리라고 하고 싶다. 이제 끝났어. 리디아가 뱉은 말을 멍청한 앵무새처럼 따라 하는 복제인간에게서 온 편지 따위는 없다고. 알았어?"

나는 얼이 빠져버렸다.

제인이 나에게 몇 발짝 다가왔다. 나는 아직도 애덤의 팔에 안겨 있었다. 제인이 내 턱을 붙잡더니 자기 얼굴에 바짝 대고 말했다. "알았냐고."

"알았어."

"좋아. 그럼 밥 먹기 전에 한 대씩 피우자." 제인이 말했다. "추수감사절 전통이니까 말이야."

16

그렇게 크리스마스가 왔다. 나는 다른 사도들과 함께 하나님의 약속 승합차를 타고 빌링스로 갔다. 다들 보즈먼이 아닌 다른 곳에서 출발하는 비행기를 탈 아이들이었다. 몬태나가 아닌 다른 주로 가는 비행기 말이다. 애덤과 나만 빼고 모두가 그랬다. 나는 공항으로 마중 나온 이모 차를 타고 앞으로 2주간의 크리스마스 방학을 위해 마일스시티로 갈 예정이었다. 애덤의 아빠 역시 목적지가 마일스시티가 아닐 뿐 똑같이 공항으로 마중을 나오기로 했다.

하나님의 약속에는 눈이 몇십 센티미터 쌓였다. 보즈먼 고개를 넘고 나니 몬태나주의 상당 부분에 겨울 가뭄이 들었다는 걸 알 수 있었다. 차가 달리는 내내 고속도로변의 땅은 전부 갈색과 회색으로 말라붙어 황량했고, 겨울 하늘은 때 묻은 것 같은 흰색이었으며, 저 멀리서 자두색과 블루베리색과 회색의 산들이 나타나기는 했지만 그 밖에는 온 세상이 차가운 먼지로 뒤덮인 침묵의 세상처럼 느껴졌다. 240킬로미터를 달리는 내내 똑같은 크리스마스 앨범을 되풀이해 듣다가 조수석에 탄 리디아가 마침내 스테레오를 끈 뒤에야 승합차 옆면을 두들기는 바람 소리, 엔진 소리, 우리 머릿속의 소리에 귀를 기울일 수 있었다.

제인이 콜리의 편지를 음식물 처리기에 넣어버린 건 내가 후유증 속에서 익사하지 않도록 충격 효과를 주려는 마술 쇼에 가깝다는 걸 그때도 알았지만, 그래도 효과가 있는 것 같았다. 때로는 상대의 술수에 놀아나는 것을 알면서도 그 사실이 반가워 기꺼이 부응해주고 싶을 때가 있다. 그리고 제인의 말에는 맞는 구석도 있었다. 내가 알던, 안다고 생각했던, 몬태나 극장 맨 끝줄에 앉고 픽업트럭 짐칸에 앉던 그 콜리 테일러는, 나의 변태적인 성향으로 인해 오점을 얻은 채로 커스터고등학교 복도를 돌아다니는, 내 죄의 희생양인 지금의 콜리 테일러와는 다른 사람이었다. 아니, 어쩌면 같은 사람일 수는 있겠지만 만약 그렇다 해도 지금의 그 애는 나에게 필요한 사람이 아니었다.

그런 생각 때문에 나는 이를테면 콜리가 9월에 쓴 편지가 그 애를 치유하려는 담당자들의 비위를 맞추려는 수단이었을 뿐이고, 내가 집에 도착하면 콜리가 비밀리에 찾아와서 상황을 설명하고 이런 편지를 써서, 애초에 내 이야기를 다른 사람에게 해버려서 미안하다고 털어놓으리라고 기대하지 않았다. 서로 사과의 말들을 주워섬기는 눈물의 재회를 꿈꾼 적도 없었다. 심지어 내가 콜리한테 사과하고 *용서받는* 그림조차 상상하지 않았다. 하지만 나는 잠깐이라도, 찬양의 문 입구나 휴게실에서라도 콜리와 몇 발짝 떨어져 가까이 서서 얼굴을 마주 보는 순간이 있기를 *바랐다.* 나는 그 순간을 바랐다. 하지만 만약 그 순간이 온다 해도 무슨 말을 해야 할지는 알 수 없었다. 아주 짧은 말이어야 할 테지. 기억에 남을 말이어야 할 거다. 지금까지 우리 사이에 있었던 일을 말할 가치가 있는 단 한 마디로 요약하기는 어려웠다. 그래도 분명 우리에게는 해야 할 말이 있었다. 그래서 나는 공항으로 가는 내내 줄곧 그 생각을 했다.

루스 이모와 할머니는 공항 입구 바로 옆 비행기 장식이 잔뜩 달린 은빛 크리스마스트리 옆에 서서 나를 기다리고 있었다. 산타가 모는 헬리콥터, 실제 비율로 축소한 여객기, 낙하산을 탄 엘프 등의 장식이 보였다.

할머니는 케이크 상자나 옛날식 잼 병에나 그려져 있을 법한 얼굴로 나를 맞아주었다. 볼에는 장밋빛으로 분을 발라 이상하게 혈색이 좋아 보였다. 내가 집을 떠났을 때보다 배가 좀 더 들어간 것 같았고, 전에는 새까맸던 머리는 이제 보통 할머니처럼 반절 정도, 어쩌면 60퍼센트 정도 회색으로 세었다. 여름 한철만 지나도 잔디밭이 토끼풀로 온통 뒤덮여버리듯이 내가 없는 동안 할머니의 머리가 이렇게 빨리 세어버렸다는 사실이 놀라웠다.

황갈색 SAS* 컴포트슈즈를 신은 할머니는 안절부절못하며 몸

---

* 신발 브랜드.

을 앞뒤로 흔들다가 내가 할머니의 품에 안기자 이 말을 반복했다. "자, 이제 당분간 집에 있겠구나. 집에서 한참 같이 있자꾸나."

반면 루스 이모는 그리 건강한 혈색이 아니었다. 이모는 (내가보기에는) 새로 산, 바닥까지 끌릴 정도로 기다란 빨간색 울 코트를 입고 옷깃에 반짝이는 초록색과 금색으로 된 크리스마스 리스 모양의 브로치를 달고 있었다. 언제나처럼 단정하고 예뻤지만, 내가 기억하는 윤기 나고 건강한 곱슬머리가 아니라 숱이 훨씬 적고 힘없이 늘어진 머리카락이었다. 얼굴은 핼쑥한 동시에 부어 보였는데 마치 이모의 진짜 피부 위에 찰흙을 덧붙여 만든 가짜 피부가 쪼그라든 것 같은 모양새로, 화장을 곱게 했는데도 완전히 가려지지 않았다.

이모와 포옹하자 익숙한 화이트 다이아몬드 향수 냄새가 풍겼다. 그때 리디아가 내 보호에 대한 내용이 담긴 서류를 가지고 다가왔다. 리디아와 루스 이모가 대화를 나누는 동안 나는 몇 발짝 떨어진 곳에서 할머니에게 모두를 소개시켜주었다.

"만나서 정말 반갑구나. 이렇게 알게 되어서 참 기쁘단다. 만나서 좋다." 할머니는 인사하면서 모두의 손을 양손으로 감쌌다. 그다음에는 팔에 걸친 대형 퀼팅백에서 신나서 뛰어다니는 눈사람 그림이 그려진 깡통 하나를 꺼냈다. 뚜껑을 열자 한 겹 덮인 유산지가 보였다. "가서 이것 좀 먹거라. 그사이 깡말라버린 걸 보니 어서 먹여야겠다."

나는 할머니 말대로 했다. 깡통 안에는 콘플레이크에 버터와 마시멜로, 초록색 식용 색소를 넣어 호랑가시나무 리스 모양으로 만든 뒤 위에다 레드핫*을 세 개 콕콕 박아 만든 과자가 들어 있었다. 할머니의 노력에도 과자들은 서로 다 들러붙었다. 대화를 끝낸 리디아와 루스 이모가 이쪽으로 다가왔을 때는 우리 모두 앞니가 그린치**처럼 초록색으로 물들어 있었다.

"크리스마스 잘 보내렴, 캐머런." 리디아가 내 등을 몇 번 토닥였다. "루스 이모가 너를 위한 2주짜리 계획을 준비하셨으니, 잘 따르도록 하려무나."

내가 대답하기도 전에 바이킹 에린이 나를 끌어당겨서 꼭 안았다. "편지 써, 편지 써, 꼭 써야 돼! 또, 전화도 해. 아니면 내가 전화할게!"

애덤은 나를 안으면서 내 귀에 대고 "임신해서 돌아오진 말고" 하고 속삭였다.

"너도." 내가 말했다.

나를 뺀 나머지 사도들이 전부 공항으로 들어가는 뒷모습을 보고 있자니 기분이 이상했다. 몇 달 만에 집으로 가는 길인데도 설명하기 어려운 외로움이 느껴졌다. 하지만 아마 그 외로움은 집이 나에게 가지는 의미와 어떤 연관이 있었으리라 생각한다.

이유는 모르겠지만 루스 이모는 그날 캐틀컴퍼니(우리 모두 그

---

* 붉은색 계피 사탕의 상표명.
** 애니메이션 「그린치」에 나오는 얼굴과 몸통이 온통 초록색인 캐릭터.

곳의 비어 치즈 수프를 좋아했다)에서 늦은 점심을 먹는 동안에 그 소식을 알려주지 않았다. 마일스시티에 가는 길에도 알려주지 않았다. 점점 거세게 날리던 눈발은 우리가 메인 스트리트에 접어들었을 때 그쳤고, 이모의 차는 겨울의 어둑어둑한 날씨 속에서 머리 위에 매달린 색색깔의 전구들과 신호등에 달아둔 커다란 빨간 종과 리스 아래를 달렸다. 전부 지난 크리스마스에 비해 더 화려해 보였는데 나는 그 화려함이 싫지 않았다. 평범했고, 언제나와 마찬가지였기 때문이다. 루스 이모는 심지어 우리가 진입로를 지나 아빠가 살아 있던 때의 어떤 크리스마스보다도 더 빈틈없이 장식된 우리 집에 도착할 때까지도 그 소식을 알려주지 않았다. 집에서 직선이거나 각진 모든 곳에 하얀 전구들이 달려서 집 전체가 테두리에 하얀색 프로스팅으로 점선을 그려놓은 생강 쿠키 같았다. 창문이란 창문에는 전부 가운데에 빨간 조명을 단 초록 리스가 걸려 있었다. 현관문에는 은색 종이 달린 커다란, 아니 거대한 리스가 걸려 있었다.

"이게 무슨 일이야. 루스 이모, 진짜 열심히 하셨네요." 나는 일부러 *이모*라는 말을 붙였고 그런 내 자신이 기특했다.

"내가 한 게 아니란다." 루스 이모가 대답했다. "전부 레이가 한 거야. 2주간 주말마다 집을 장식했지. 집이 보기 좋았으면 했다. 왜냐하면······" 이모가 말끝을 흐렸다.

"크리스마스니까요?" 나를 위해서, 내가 집에 돌아온 걸 환영하기 위해서였다고 이야기하려 했다는 걸 알면서도 나는 굳이 내 입으로 그 말을 하고 싶지 않아서 그렇게 말했다.

"으음." 루스 이모가 리모컨으로 차고 문을 열더니 마치 긁히지 않고 차고 안에 들어가려면 온 힘을 다해 집중해야 한다는 듯 대화를 거기에서 끝내버렸다.

루스 이모는 그때까지도 빅뉴스를 아껴놓고 있었다. 그 전에 나와 레이가 인사를 나누어야 했고, 크리스마스트리가 멋있다는 (인조 트리였지만 멋있는 건 사실이었다) 칭찬도 해야 했다. 그 뒤에는 네 사람 모두 빠른 속도로 식어가는 코코아가 든 분홍색 샐리큐 머그컵을 손에 들고 거실에 앉아 내가 몇 달간 지냈던 하나님의 약속에 대한 이야기는 입 밖에 내지도 않고 고등학교 스포츠팀과 찬양의 문 신도들의 새로 태어난 아기와 슈반 제품에 대해 이야기를 나누어야 했다. 심지어 내가 아직도 한구석에 인형의 집이 여전한 모습으로 도사리고 있는 내 방으로 들어갔을 때까지도 루스 이모는 그 소식을 알려주지 않았다. 계단을 반쯤 올라오던 루스 이모가 "캐미?" 하고 나를 불렀을 때 나는 인형의 집에 납작하게 눌러놓은 동전의 차갑고 매끈한 표면과 껌 종이를 엮어 만든 러그를 손가락으로 어루만지면서 내가 만들어낸 작품을 넋을 잃고 감상하고 있었는데, "네?" 하고 돌아보니 이모가 내 방 문 앞에 서 있었다.

루스 이모는 커버를 씌운 옷 두 벌을 오른손에 들고 있었는데, 옷이 바닥에 끌리지 않도록 커버 위로 삐죽 나온 옷걸이를 머리 위로 높이 들어 올리고 있었다.

"이게 뭐예요?" 내가 물었다.

"자, 이건 선택지란다." 이모는 쾌활하고 적극적인 목소리를 내려 애쓰는 것 같았는데, 평소라면 자연스럽게 나왔을 테지만 오늘은 조금 기운이 없는 것 같았다. 이모가 내 방으로 들어오더니 오래전 장례식 의상을 가져왔던 때처럼 내 침대 위에 커버째로 옷을 눕혀놓았다.

"무슨 선택지요?"

"편지에다 쓰려고 했지만, 네가 돌아오기 전에 그 편지를 읽을 수 있을지 없을지 알 수 없었단다. 그 우편물 제한인가 하는 게 있었잖니."

"훔치지도 않은 마커 때문이었죠." 내가 말했다. "원래 있던 선반에 똑바로 올려놓은 대가로 말이에요." 왠지 말을 멈출 수가 없었다. 루스 이모를 발끈하게 할 말을 하는 게 너무나 편안하고 익숙했던 것이다.

"하지만 들키지 않았더라면 훔쳤을 거잖니." 이모가 말했다.

"그래도 안 훔쳤잖아요."

이모는 옷이 구겨지지 않게 조심하면서 침대 한쪽 구석에 걸터앉았다. "알았다. 그런 얘기는 접어두자꾸나. 내가 편지에다 이 이야기를 안 쓴 이유는 당분간 편지가 네 손에 들어가지 않을 것 같아서였어. 편지를 받기도 전에 집에 올 테고, 하나님의 약속으로 돌아가서 읽으면 이미 지나가버린 소식이 될 테니 의미가 없다고 생각했다."

"무슨 소식요?" 내가 물었다. 꼭 우리가 2만 5천 달러가 걸린 「피라미드」 퀴즈쇼라도 하는 기분이었고, 이모는 힌트 주는 데 소질이 없었다.

"결혼식 소식이야. 레이와 내가 크리스마스이브에 결혼하기로 했단다."

"이틀 뒤 크리스마스이브요?"

"그래." 이모가 나직하게 말하더니 미소를 지었다. "뭐, 슬픈 소식은 아니니까 '그래!' 하고 좀 더 확신을 가지고 대답했어야 하나?"

"와." 내가 말했다. "알겠어요."

"알겠다고?"

"이모의 인생이잖아요. 이모가 결혼하고 싶을 때 하는 거죠." 말은 그렇게 했지만, 따지고 보면 이모는 자기가 결혼하고 싶을 때 결혼하지 못한 셈이었다. 이모는 원래 9월에 결혼식을 올리려고 했다. 내 사정을 생각해서 미뤄달라고 하지도 않았는데, 이모는 결혼식을 미뤄버렸다. "왜 크리스마스이브를 택하셨어요?"

루스 이모는 일어나더니 위쪽에 있던 옷 커버의 지퍼를 내렸다. "더 오래 기다리고 싶지도 않았고, 네가 크리스마스에 집에 오니까. 크리스마스에는 교회가 포인세티아며 촛불로 장식되어서 예쁘니 더 꾸밀 필요도 없었단다." 이모가 옷 커버 안에서 샴페인색 드레스 한 벌을 꺼냈다. 드레스에 어울리는 코트도 있었다. 괜찮았다. 결혼식에 입고 가면 딱 괜찮을 정도로. "다른 커버 안에는 드레스 두 벌이 들어 있어. 그러니까 선택지는 총 세 벌이야."

"신부 들러리 드레스예요?" 하고 싶은 말이 더 있었지만 뭐라고 표현하면 좋을지 알 수 없었다.

루스 이모는 옷 커버에서 눈을 떼지 않은 채 손을 바쁘게 놀려 옷걸이 두 개를 서로 묶은 끈을 풀어냈다. "아니, 들러리는 캐런과 해나가 해주기로 했다. 예전에 그 친구들 얘기 했던 거 기억나지? 플로리다에서 나랑 같이 위너스 항공사에 다녔던 동료들이야. 둘 다 내일 빌링스에 오기로 했단다. 그래도 여전히 들러리 대표는 너야."

내가 궁금했던 게 바로 그거였다. "전 안 해요." 내가 말했다.

그러자 이모는 바쁘게 움직이던 손을 멈추더니 나를 쳐다보았다. "무슨 소리니?" 그렇게 물었지만, 이모가 내 말뜻을 모를 리는 없었다.

이모는 정말 피곤해 보였다. 루스 이모가 아닌 것 같을 정도로. 그래도 나는 하고 싶은 말을 했다. "결혼식에 갈게요. 가고 싶어요. 하지만 들러리 대표는 맡을 수 없어요." 나는 이모가 끼어들지 못하도록 빠른 속도로 말을 이었다. "그리고 제가 이렇게 말한다고 해서 이모가 기분 상할 일은 아니라고 생각해요. 둘 다 가질 수는 없잖아요."

이모가 고개를 저었다. "둘 *다 가질 수는 없다*니, 그게 무슨 뜻이니."

"저를 고쳐야 한다고 먼 곳으로 보내버렸으면서, 결혼식에는 예쁘게 차려입고 들러리 대표를 하도록 시킬 수는 없다는 뜻이에요."

"그런 게…… 나는 그런 뜻이……" 이모는 말을 멈추더니 한숨을 쉬고 좀 더 낮은 목소리로 입을 열었다. "알았다, 캐미. 네 결정을 받아들이마." 이모는 터틀넥 스웨터의 커다랗게 늘어진 목깃을 잡아당기더니 미인대회 참가자들이 터져나오는 눈물을 참을 때처럼 자기 앞머리를 향해 위로 후 하고 입김을 불었다. 다행히 성공했는지 이모는 눈물을 흘리지 않았다. "나는 좋은 뜻으로 부탁한 거야. 어쩌면 우리 두 사람에게 치유의 시간이 될 수도 있다고 생각했다."

나는 더 이상 이모를 보고 있지 않았다. 그저 인형의 집만 만지작거렸다. "올해 이미 치유는 충분히 많이 해왔어요. 이번 방학은 끊임없는 치유에서 잠시 쉬어가는 시간이라고요."

루스 이모가 씩씩거리더니 조금 전까지 만지고 있던 옷 커버를 침대에 놓인 다른 옷 위로 집어던져 버렸다. 이모의 목소리가 약간 갈라져 있었다. "그래, 네가 그런 식으로 말하면 난 정말 어떻게 대화를 해야 할지 모르겠다." 이모가 내게 한 발짝 다가섰다. "방금 한 말, 웃기려고 한 말이니? 농담이니? 정말 궁금해서 묻는 거야. 나는 도무지 모르겠다."

"우스웠어요?" 내가 물었다.

"아니." 이모가 대답했다.

"그러면 실패한 농담이었던 것 같네요." 나는 인형의 집 현관 앞 오솔길에 덤불 삼아 붙여둔 말린 세이지브러시를 떼어냈다. 콜리네 목장에서 꺾어 온 세이지브러시였다. 주먹에 힘을 주었다 풀 때마다 마른 세이지브러시가 손바닥 안에서 바사삭 부서졌다.

"그래." 루스 이모가 말했다. "넌 여전하구나."

"맞아요." 내가 말했다.

이모가 다시 침대 위의 옷 커버를 집어 들었다. "좋은 옷이야. 들러리를 하지 않더라도 입으려무나."

"하나님의 약속 교복을 입고 갈래요." 내가 대답했다.

"네 맘대로 해라." 이모가 말했다. "그럼 이 옷들은 내가 도로 가져가마." 침대 위 옷들을 도로 챙기는 이모의 손길은 아까만큼 조심스럽지 않았다. 옷들을 한데 모아 한 팔에 걸친 이모가 한 걸음씩 내게서 멀어져갈 때마다 플라스틱 옷 커버가 이모의 몸에 스치면서 *버석버석* 소리가 났다.

이모가 내 방을 떠나고 난 뒤 내가 이모에게 한 말을 떠올리며 스스로가 끔찍하다는 기분이 들었다. 그 말이 아무리 사실이라고 해도 말이다. 또 내 결정이 정당하다고 생각했지만 그래도 여전히 끔찍하게 느껴졌고 그런 생각을 하는 내내 나는 계속해서 인형의 집에 여기저기 접착제로 붙여놓은 온갖 잡다한 것을 살펴보았다. 집에 왔으니까, 다시 예전의 나로 돌아온 것 같은 기분이 어느 순간 한꺼번에 밀려오기를 기다렸다. 그러나 그런 기분은 끝내 느껴지지 않았다.

사람들은 루스 이모의 결혼식이 멋진 결혼식이었다고 했다. 글쎄, 어쩌면 빈말인지도 모르고. 나도 그 결혼식이 멋지다고 생각하긴 했지만, 이모가 지난 수년간 계획해왔다던 웅장한 결혼식이나 피로연처럼 화려하지는 않았다. 전혀 그렇지 않았다. 물론 내가 다른 사람의 결혼식에 가본 경험이라 해봤자 어릴 때 부모님과 서너 번 다녀본 게 전부여서 비교 대상이 많지는 않았다.

결혼식 직전에는 찬양의 문 크리스마스이브 예배가 있었다. 콜리와 그 애 엄마, 그리고 타이도 예배에 참석했고, 브렛과 그의 가족 역시 참석했다. 그들은 우리 자리와 멀리 떨어진 한가운데 줄에 함께 앉아 있었다. 크리스마스이브 예배는 늘 촛불 속에서 많은 사람들이 평소보다 신경 써서 차려입고 들뜬 얼굴로 잡담을 주고받는 분위기였다. 그럼에도 불구하고 사람들은 나를 의식하고 있었다. 물론 주름 잡힌 파란색 플란넬 스커트, 남색 스웨터 밖으로 꺼내놓은 하얀 셔츠 깃, 단정하게 빗어 귀 뒤로 넘긴 머리 등 하나님의 약속에서 규정하는 모범적이고 단정한 복장을 갖춘 내 모습이 눈에 띈 탓이기도 했겠지만, 오로지 그래서만은 아니었다. 몇몇은 대놓고 역겹다는 듯이 나를 쳐다보면서 코웃음을 쳤고, 어떤 사람들은 못마땅하다는 듯 내 쪽을 향해 고개를 저어 보였다. 아마 한 학기라는 시간이 내 죄의 얼룩을 지우기에는 부족했나 보다. 예배가 끝나고 모두가 겨울 코트에 팔을 꿰고 턱을 숙인 채로 두툼한 스웨터 위로 지퍼를 채우고 아이들의 머리에 모자를 눌러 씌워주느라 부산하던 사이에 나는 브렛과 눈이 마주쳤다. 레이와 루스 이모는 결혼식 의상을 갈아입으러 주일성경학교 교실에 가 있었다. 할머니와 나는 제자리에서 사람들이 떠나기를 기다리고 있었다. 브렛은 내 눈을 피하지 않고 빤히 바라보았는데, 그의 표정이 무슨 뜻인지는 읽을 수가 없었다. 콜리의 어머니는 나를 보자 입을 꾹 다문 채 역겹다는 표정으로 얼굴을 일그러뜨렸지만 결국 고개를 돌렸다. 콜리는 두 사람의 손을 하나씩 잡고 둘 사이에 서 있었지만 내 쪽을 보지 않았다. 어쩌면 보지 않는 척한 건지도 모르고. 콜리는 예전과 마찬가지로 완벽하게 아름다웠지만, 이제는 그 애를 보아도 가슴이 뛰지 않았다. 콜리를 보는 순간 무너질 거라고 생각했는데, 그러지 않았다. 예배 도중에 콜리의 뒷모습을 처음으로 보았을 때는 조금이었지만 심장이 내려앉는 기분이 들기도 했다. 마치 예전에 과학실에서 몇 주 동안이나 콜리의 뒤통수와 머리카락을 보던 때처럼 동요했다. 그러나 견딜 수 없을 정도는 아니었다.

콜리가 예배당을 나가는 모습을 보면서 나는 그 애가 보이지 않을 때까지 계속 눈으로 쫓고 싶었지만, 할머니가 나를 보고 있었고, 아마도 다른 사람들 역시도 나를 지켜보며 내 반응을 관찰하고 있을 것이기에, 나는 고개를 돌렸다. 타이가 예배당을 나서는 모습은 보지 못했다. 타이는 가족과 함께 있지 않았다.

그때 제이미의 어머니가 우리 쪽으로 다가왔는데, 나를 보면서 얼굴을 찌푸린 걸 보니 아마 내가 그분을 발견한 순간 혹시라도 주변에 제이미가 있을까 둘러보며 희망에 찬 표정을 지었나 보다. 제이미의 어머니는 크리스마스 정신이라도 솟아난 것처럼 사람들 사이를 뚫고 곧장 내게로 다가와서 말을 걸었다. "제이미는 안 왔다. 하이샴에 있는 아빠 집에 가서 크리스마스를 보내게 됐거든."

"제이미한테 안부 전해주세요. 보고 싶어요." 다른 말도 하고 싶었지만 차마 나오지가 않았다.

"전해줄게." 제이미의 어머니는 그렇게 말한 뒤 다시 사람들속으로 돌아갔지만, 몇 발짝 가다가 다시 나를 돌아보더니 덧붙였다. "좋아 보이는구나."

신도들이 모두 각자의 집 크리스마스트리 앞에서 에그노그를 마시러 돌아간 뒤, 루스 이모의 결혼식에 참석할 쉰 명 남짓의 사람들이 예배당 앞자리에 모여 앉았다. 레이와 루스 이모는 웨딩 케이크 위에 꽂는 플라스틱 신랑 신부 장식이 그대로 인간으로 변한 것 같은 모습이었다. 검은색 턱시도, 하얀색 드레스, 장미 부케. 할머니 말에 따르면 루스 이모는 마음에 드는 드레스를 고르느라 고생을 좀 했다고 한다. 태어날 때부터 이모의 등에 있던, 척추에서 너무 가까워서 제거하지 못한 신경섬유종이 이제는 호두가 아니라 골프공만큼이나 커졌고 이모는 그걸 보이고 싶지 않았다(당연히 이해가 된다). 이모는 미니애폴리스의 한 의사를 찾아갔는데, 의사 말로는 부분적으로라도 제거해볼 수 있겠지만 내년 4월이나 되어야 가능하다고 했고, 그래서 겨울에 있을 결혼식에서 등이 파인 드레스는 입기 어렵게 되었다. 이모가 타협 끝에 선택한 드레스는 잘 어울렸고, 드레스에 달린 새틴 소재의 드레이프가 아주 긴 스카프처럼 어깨 너머를 덮어서 혹이 완전히 가려졌다.

레이에게는 여자 형제가 셋, 남자 형제가 하나, 그리고 사촌이 아주 많이 있었다. 전부 결혼식에 참석했다. 그중에는 결혼해서 가정을 꾸린 사람들도 있었는데, 그 사람들의 가족도 전부 참석했다. 교회의 오르간 반주자인 크랜월 부인이 몇 곡을 연주했고, 탠디 베이커가 「굳도다 그 기초How Firm a Foundation」를 불렀다. 루스 이모는 혼인 서약을 할 때 울었다. 레이의 눈에도 눈물이 고인 것 같았다. 식이 끝나자 우리는 친교실로 이동했는데, 그곳은 생기 넘치고 시끄러운—할머니의 표현에 따르면 *잘 노는*—루스 이모의 스튜어디스 친구들이 얇은 종이로 만든 옛날풍 종을 장식하고 레코드를 가져와서 틀어놓았다. 루스 이모가 그렇게 오랜 세월 계획해온 결혼식 피로연이 고작 이런 거였다니 믿기지가 않았지만, 어쨌든 피로연은 그렇게 끝났다. 우리는 정말 촉촉한 레드벨벳 케이크, 그리고 겉에 설탕 결정을 묻힌 파스텔톤 분홍색, 초록색, 노란색 크림치즈 웨딩 민트를 먹었다—할머니가 만든 것이었다. 나는 바삭한 설탕을 깨무는 느낌도, 이가 아플 정도의 달콤하고 부드러운 크림의 맛도 좋아해서 웨딩 민트를 열 개도 넘게 먹었다. 속이 안 좋을 정도로 많이 먹었다. 사람들은 춤을 추고, 진저에일 펀치를 마시고, 일회용 카메라로 사진을 찍었다. 멋진 결혼식이었다. 그렇게 결혼식은 끝이 났다. 레이와 루스 이모는 장미 장식과 샴페인이 준비된 파인힐스의 통나무집으로 떠났다. 다음 날 오전 느지막이 돌아오기로 했고, 그때 스튜어디스 친구들도 집에 올 거라고 했다. 다 함께 브런치를 먹고 선물을 풀어보기로 했다.

그래서 나는 크리스마스이브 밤을 할머니와 단둘이 보내게 되었다. 집에 도착했을 땐 거의 자정에 가까운 시간이었고 살을 에는 것 같은 매서운 밤바람 때문에 우리 둘은 집 안으로 달려 들어가야 했다. 이 바람은 하나님의 약속에 부는 산바람과는 달랐다. 우리 동네의 바람은 아무런 장애물도 없는 평지 위를 수십,

수백 킬로미터나 이동하는 동안 가속도가 붙은 덕에, 수백 개의 핀볼이 휘파람 소리를 내며 한꺼번에 와르르 쏟아지는 것처럼 마일스시티의 작은 골목으로 돌진하는 대평원의 바람이었다.

그러나 집 안에 들어온 뒤에 들린 것은 휘파람 소리가 아니라 지붕 위로 단단한 무언가가 쾅 떨어지는 듯한 소리였다. 20초 정도가 지나자 또다시 쾅 소리가 났다. 나는 심장이 멎을 것만 같았다. 큼직한 칼하트 재킷을 걸친 타이가 우리 집을 찾아온 모습을 상상했다. 타이가 우리가 돌아오기를 기다리고 있는 모습 말이다. 당연히 타이가 우리 집 지붕에 올라가 있다는 건 말도 안 되는 생각이었다. 하지만, 꼭 말이 되는 일만 일어날 수 있는 건 아니다.

"올해 네가 착하게 굴었나 보다. 산타 할아버지가 찾아오신 것 같으니." 내가 계속해서 불안하게 뒷문에 달린 유리창을 흘깃거리는 걸 보고 할머니가 말했다.

"설마요." 나는 애써 웃었다. "할머니 때문에 왔을 것 같은데요."

"괜찮으냐, 아가?" 할머니가 내 표정을 살폈다.

"네, 괜찮아요." 내가 대답했다.

"많은 일이 일어나고 있단다." 할머니가 내 뺨을 건드리며 말했다.

"맞아요. 어떤 일인지 알아봐야겠네요." 내가 다시 코트를 입고 후드를 쓰는 모습을 할머니는 골똘히 쳐다보았다.

"그 시가 다음에 어떻게 이어지더라?" 할머니가 물었다. "'지붕 위에서 쿵 소리가 들렸네, 무슨 일인지 확인하러 가자'였나?"

"비슷해요." 문을 열자마자 바람이 불어와서 숨이 막혔다. "머릿수건 쓴 사람 이야기가 나왔던 것 같은데." 뒷문 포치로 한 걸음 내딛자마자 바람에 문이 쾅 닫혔다. 계단을 내려가서 뒤뜰 가운데로 다가가는데 죽은 잔디 위에 얇게 쌓인 눈을 밟을 때마다 콘플레이크를 밟는 것처럼 바삭바삭 소리가 났다. 나는 위를 올려다보았다. 대평원의 바람이 몰아치는 바람에 지붕에 걸어둔 전구 줄이 끊어졌는데, 돌풍 때문에 전구가 공중으로 날려갔다가 아래로 떨어지면서 지붕에 부딪히고, 다시 바람에 날려 허공으로 뜨기를 되풀이하는 중이었다. 쿵 소리가 난 게 전구 때문이란 걸 확인하자 갑자기 마음이 놓이는 바람에 어지러워졌다. 깜깜한 밤하늘을 배경으로 한 줄로 이어진 전구가 나풀거리는 모습이 아름답기도 했다.

"무슨 일이었니, 스펑키?" 할머니가 뒷문으로 나와서 나에게 소리쳐 물었다.

"조명이었어요!" 나도 소리쳐서 대답했다.

"뭐라고?" 할머니가 다시 고함을 쳤다.

"와서 보세요." 나도 고함을 질렀다.

할머니가 뒤뜰로 내려왔다. 아프간 숄을 몸에 두르고 커다란 슬리퍼를 신은 채였다. 할머니가 내 옆에 서서 지붕 위를 올려다보더니 미소를 지었다. "저것 좀 봐라." 할머니의 입에서 하얀 입김이 뿜어져 나왔다. "아직도 켜져 있구나."

"그러게요. 아기자기하네요."

"아기자기하다라." 할머니가 말했다. "그것도 딱 맞는 표현이구나."

나는 한 팔로 할머니를 감쌌다. 할머니도 한 팔로 나를 감쌌다. 우리 두 사람은 그렇게 뒤뜰에서 살을 에는 바람을 맞으며 한참이나 선 채로, 불이 켜진 전구 한 줄이 바람에 날려 위로 들렸다가 지붕에 부딪히고, 다시 솟는 모습을 지켜보았다.

나중에 할머니와 잘 자라는 인사를 나누고 침실로 들어온 뒤에도 내 방 바로 위 지붕에 전구가 부딪히고 긁히는 소리가 들렸고, 심지어 바람에 전구 줄 끝이 몇 번이나 내 방 창문 앞까지 날려 오기도 했던 탓에 자잘한 불빛들이 내 눈앞을 스쳐가기까지 했다. 다음 날 오후, 기진맥진해진 신혼부부가 집으로 돌아오자마자 레이는 사다리를 꺼낸 뒤 두꺼운 작업용 가죽장갑을 끼고 지붕에 올라가 이탈한 전구를 제자리에 달았다. 이 전구들은 다른 사람들이 *부활절이 다 될 때까지* 크리스마스 장식을 치우지 않는 모습을 보면 *진절머리가 난다*던 레이가 새해 첫날을 맞아 최대한 신속하게 모든 전구를 떼어낼 때까지 얌전히 제자리를 지켰다.

결국 나는 콜리를 만나지 못했다. 제이미도 만나지 못했다. 제이미가 자기 아빠 집에서 전화를 한 번 걸어서 10분 정도 통화를 하긴 했지만 루스 이모가 그 자리에 같이 있었고, 아무런 말도 표정도 없었지만 통화를 듣고 있는 게 분명했기에 결국 중요한 이야기는 전부 제이미가 했다. 제이미는 앤드리아 딕슨과 사귀고 있었고 믿기지 않았지만 그의 말에 따르면 앤드리아는 *섹스 실력이* 챔피언급이었다. 제이미가 이만 끊어야 한다며, 내 *게이 얼굴*이 그립다고 했을 때 나는 슬퍼졌다. 그 밖에는 크로퍼드 목사를 두 번 만났다. 레이와 둘이서 모노폴리 게임도 여러 번 했는데 매번 레이가 이겼던 것 같다. 어느 날 오후 루스 이모는 리디아가 주었다는 과제를 전해주었다. 하나님의 약속에서 주야장천 하던 과제와 다를 바 없는 것들이었다. 과제 중에는 존 스미드 목사가 쓴 '동성애라는 미신을 탐구하기'라는 에세이를 읽고 내용을 이해했는지 확인하기 위해 기초적인 질문에 답하는 것도 있었다. 오래 걸리지는 않았다. 루스 이모는 숙제를 끝내면 거실로 가져오라고 했다. 그래서 나는 그 말대로 했다. 거실에는 레이가 루스 이모와 함께 앉아 있었다. TV가 꺼져 있었기에 나는 두 사람이 나를 기다리고 있었다는 것을, 또 나에 대한 *대화*를 나눌 작정이라는 것을 알 수 있었다. 부디 지난 8월에 나눈 대화만큼 눈물과 폭로로 가득한 대화가 아니기만을 바랄 뿐이었다.

알고 보니 울 일은 전혀 없었다. 루스 이모도 나도. 루스 이모는 무척 차분한 목소리로 지금까지 *여러 번* 리디아 그리고 릭 목사와 함께 내 발전 상황에 대해 이야기를 나누었는데, 이모는 내가 다가올 봄 학기를 *당연히 잘 보내리라고 믿지만*, 그래도 내가 여름방학 동안에도 그곳에 남아 하나님의 약속 여름캠프에 참여하는 게 좋겠다는 데 의견을 모았다고 했다.

"지난해 여름이 너한테 특별히 힘들었잖니." 루스 이모가 말했다. 결혼식이 끝났는데도 이모는 아직도 피곤해 보였다. 머리는 한쪽으로 눌린 채 헝클어져 있고, 얼굴은 늙어 보였다. 하지만 레이는 축제에서 가장 큰 동물 인형을 따낸 것 같은 밝은 얼굴이었다. 레이는 내가 집으로 돌아온 뒤부터 쭉 그런 얼굴이었다.

"전 지난해 여름이 특별히 좋은 시간이었다고 생각하는데요." 내가 대답했다.

그러자 루스 이모가 나를 보고 얼굴을 찌푸렸다. "내 말은 지난여름에 네가 지나친 자유를 누렸다는 뜻이야. 그렇기에 문제를 일으킬 기회도 아주 많았지. 물론 어느 정도는 내 탓인 걸 나도 안다. 그래도 여름 내내 나와 레이가 집에서 너를 지켜볼 수는 없어."

"할머니가 계시잖아요." 내가 말했다. "할머니가 절 보살피면 되죠. 누가 저를 줄곧 지켜봐야 한다니까 말이에요."

루스 이모가 입을 일자로 굳게 다물었다. "안 돼." 그러더니 이모는 자기 무릎을 양손으로 매만졌다. 이모가 그런 모습을 보이는 건 아주 오랜만이었다. "그럴 순 없다. 네가 하나님의 약속에 있기 싫다면 다른 기독교 여름 캠프에 가도록 하렴. 릭 목사님도 여러 곳을 추천해주셨으니까."

"그럼 그냥 하나님의 약속에 있을게요." 내가 말했다.

"글쎄다, 릭 목사님이 추천해주신 다른 곳 중 괜찮은 곳도 많던데. 어떤 데는—수영 관련된 활동이 있었던 데가 어디였죠?" 이모가 레이에게 물었다.

"사우스다코타였던 것 같네요. 브로슈어 아직 가지고 있지요?" 레이가 말하더니 나에게 웃어 보였다. "거기 아주 좋아 보이던걸."

"맞아, 사우스다코타였어." 루스 이모가 말했다. "야외 수영장도 있고, 호수도 있고, 또—"

"됐어요." 내가 말했다. "그냥 하나님의 약속에 있겠다니까요."

"그래, 네 결정이 그렇다면야." 루스 이모가 말했다.

나는 코웃음을 쳤다. "내 결정은 무슨."

"방금 네가 네 입으로 하나님의 약속에 있겠다고 했잖니." 이모가 말했다.

"저한테 몇 개 없는 선택지 중에서야 그렇죠." 하지만 이모가 또다시 다른 기독교 여름 캠프 이야기를 주워섬길 것 같아서 덧붙였다. "아무튼, 전 괜찮아요. 상관없어요." 그리고, 대답이 두려웠음에도 물었다. "그럼 내년 가을부터는 어떻게 되는 거예요?"

"글쎄다. 내년 여름을 어떻게 보내느냐에 따라 다르겠지." 루스 이모가 대답했다. "그건 지켜보자꾸나."

그해의 마지막 날, 신혼부부는 시내로 놀러 나갔고 할머니와 나는 집에 남아 피자를 주문하고 팝콘을 잔뜩 만든 다음 「뉴 이어스 로킹 이브」가 아닌 CBS의 새해 특집 프로그램을 보았다. 오래전, 심지어 내가 태어나기도 전에 「아메리칸 밴드스탠드」에서 보였던 어떤 행동 때문에 할머니가 딕 클라크를 치를 떨며 싫어하기 때문이었다. 인기 프로그램이 아니어도 나는 아무 상관 없었다. 몇 달 만에 처음으로 보는 TV인 데다가 나중에 펄 잼과 U2도 출연한다고 했다.

"줄 게 또 하나 있단다." 할머니가 TV 앞에 먹을 것들을 차려 놓다가 말했다. 종이 접시와 냅킨을 들고 있었기에 나는 그것들을 주겠다는 말로 알아들었지만, 할머니는 손에 든 것을 커피 테이블 위에 내려놓은 다음 두툼한 우편 봉투 하나도 같이 내려놓았다. "내가 주는 건 아니지만, 그래도 널 위해 몰래 챙겨두긴 했단다."

나는 봉투를 집어 들었다. 봉투에는 회사에서나 쓰는 주소 라벨이 인쇄되어 붙어 있고 구석에 은색 네모진 글씨체로 MMK 라는 로고가 쓰여 있었다. 보낸 주소는 캘리포니아였다.

"마고가 이제는 독일에 있지 않나 봐요." 마고와의 저녁 식사와 훔쳐 온 사진이 떠올랐다. 아주 오래전의 일인 것만 같았다.

"난 그 물건이 뭔지는 모른단다." 할머니가 말했다. "하지만 안에 든 게 뭐든 루스가 봤으면 너한테 주지 않을 테고, 마고는 네 엄마랑 아주 친한 친구였으니 내가 챙겨놨지. 한 일주일 전에 와 있기에 내가 먼저 보고 숨겼다. 어서 열어보려무나, 하지만 안에 들어 있는 물건이 불법인지 아닌지는 내가 확인해봐야겠다." 할머니가 나에게 찡긋 윙크했다.

"엉큼하시긴." 내가 말했다.

"엉큼한 건 너지." 할머니의 대답이었다.

봉투 안에 든 것은 그날 저녁 식사 자리에서 마고가 보내주겠다고 했던 걸스카우트 교본, 그리고 한동안 연락하지 못해 미안하고, 내가 잘 지냈으면 좋겠고, 조만간 다시 몬태나에 오고 싶다는 내용의 멋진 편지였다. 그리고 백 달러짜리 지폐로 총 3백 달러가 들어 있었는데 책갈피 사이에 숨겨져 있어서 처음에는 있는 줄도 몰랐다가 광고가 나오는 동안 책을 넘겨보던 중에야 알게 되었다. 이미 할머니가 교본을 확인하고 "가져도 되겠다. 아무 문제 없어"라고 했기에 나는 할머니에게 돈 이야기는 하지 않았다. 지폐는 '성화봉송자 기능장'을 받기 위해 필요한 것들이 적힌 페이지와 시가 쓰인 페이지 사이에 꽂혀 있었다. 시 아니면 만트라*인 것 같은, '성화봉송자의 바람'이라는 제목의 그 글은 너무 짧아서 하얀 백지의 호수에 동동 떠 있는 것 같았다.

> *나에게*
>
> *주어진*
>
> *이 빛을*
>
> *꺼뜨리지 않고*
>
> *다른 이들에게*
>
> *전하리라*

그리고 그 글 아래 마고가 연필로 아주 작게 적어둔 글씨가 보였다. *이 돈이 빛만큼이나 유용하길 빈다. 잘 쓰길. MMK.*

가끔 잠이 잘 오지 않을 때 마고를 생각한 적이 있었다. 무엇을 하고 있을지, 또 어느 낯선 나라에 있을지. 그러다 내가 하나님의 약속으로 추방당한 걸 알면 마고는 무슨 생각을 할까 생각

---

* 기도나 명상 때 외는 주문.

해보기도 했지만 결론은 늘 마고는 나에 대해 그리 많이 생각하지 않으리라는 것이었다.

"마고가 너에게 왜 그 책을 보냈을까?" 할머니는 내 접시에 피자를 넘칠 만큼 듬뿍 덜어주면서 교본을 향해 고갯짓했다.

"엄마랑 마고가 같이 걸스카우트 활동을 했대요." 내가 대답했다. "내가 걸스카우트에 들어가면 잘했을 거라고 했어요."

"정말 자상하구나." 할머니가 말했다. "고맙다는 편지를 써두면 내가 보내주마." 그러더니 할머니가 덧붙였다. "물론 그 편지에 네가 치료받는다는 이야기는 쓸 필요 없다."

"안 쓸 거예요." 나는 그렇게 말했다. 마고가 하나님의 약속 같은 곳을 인정하지 않을 사람이라는 걸 알면서도, 고맙다는 인사를 담은 편지에 하나님의 약속에 대해 구구절절 털어놓을 생각을 하자니 너무나도 수치스러웠다. "내가 그럴 리가 없잖아요."

"맞다." 할머니가 말했다. "그럴 리가 없지. 널 한동안 못 봤더니 네가 어떤 아이인지 잊어버리고 말았구나."

그 대화가 끝난 뒤 우리는 이따금 사람이 정말 많이 모였다거나 정말 추울 것 같다고 한마디씩 거드는 것 외에는 거의 아무 말도 없이 TV를 보았다. 하지만 그러다가—제이 토머스라는 코미디언인지 배우인지 하는 진행자가—갑자기 《TV 가이드》를 읽는 흉내를 내면서 혹시 채널을 돌리고 싶은 시청자들이 있다면 다른 채널에서는 이런저런 프로그램을 하고 있다며 시시한 코믹 연기를 시작했다. 그가 지어내서 이야기하는 가짜 프로그램들은 섀넌 도허티라든지 수전 서머스가 나온다는 별로 우스울 것 없는 내용이었는데, 그러다가 그의 입에서 「앤디 그리피스 쇼」 미방영분 이야기가 나왔다. 고머*가 여자 옷을 걸치고 시내로 나갔다가 결국은 정상이 되기 위해 straighten out 해군에 입대하게 된다는 내용이었다. 바보 같은 내용이라서 아무도 웃지 않았지만 *정상으로 만든다*는 말을 듣자마자 내 옆 소파에 앉은 할머니가 바짝 긴장했다. 느낄 수 있었다. 그것으로 끝인가 싶었는데, 10분쯤 뒤 이번에는 제이 토머스가 공동 진행자인 니아 피플스를 연결했다. 제이 토머스가 따뜻한 하드 록 카페 안에 있는 내내 니아 피플스는 가죽 코트와 모자에 장갑 차림으로 타임스퀘어에 서서 덜덜 떨고 있었다. 제이 토머스는 이렇게 말했다. "타임스퀘어의 법칙을 기억하라고요, 니아. 남자는 남자다. 여자 중에는 남자도 있다. 남자 중에도 여자가 있다. 그러니까 상대방을 포옹할 때는 몸조심하라고요."

그러자 니아라는 여자는 그냥 자기 몸은 자기가 알아서 조심할 거라고만 대답했고, 농담을 끝낸 두 진행자가 다시 대화를 이어갔다. 그때 할머니가 나를 보더니 이렇게 말했다. "사람들이 왜 다들 퀴어에 대한 농담이 웃기다고 생각하는지 모르겠구나."

"저 사람 진짜 최악이에요." 나는 대답했다.

할머니는 잠시 뜸을 들이다가 낮은 목소리로 입을 열었다. "스펑키, 거기가 그렇게까지 나쁘지는 않지?"

"타임스퀘어요?" 내가 물었다. "제가 어떻게 알아요?"

---

* 「앤디 그리피스 쇼」의 등장인물.

"네 학교 말이다." 할머니는 애써 내 눈을 피한 채 커피 테이블과 소파에 흩어진 팝콘을 주워 다시 그릇에 담으면서 말했다. "거기 많이 힘드냐?"

그래서 나는 대답했다. "그렇게 나쁘진 않아요, 할머니. 사실 꽤 잘 지내고 있어요."

그러자 할머니는 잠시 가만히 있었다. TV에서 밴드가 어마어마하게 시끄러운 음악을 연주하고 있었는데 술에 취한 것 같았고, 할머니가 볼륨마저 높여놓아 일렉트릭 기타 소리가 듣기 괴로울 정도였다. 할머니가 말했다. "그런데 그 안에서 좀 달라진 기분이 들긴 하니?"

나는 할머니의 달라졌다는 말이 무슨 말인지 알아들었다. 나아졌는지, 고쳐졌는지, *정상이 되었는지* 묻는 거였다. 하지만 나는 할머니의 의도가 아니라 할머니가 쓴 표현에 대해서만 답했다. "달라진 것 같아요. 정확히 뭐라고 설명해야 할지는 모르겠어요."

할머니는 안심한 표정으로 내 손을 토닥였다. "그래, 잘된 거지? 그게 가장 중요하니까 말이다."

우리는 공이 아래로 떨어지며 1993년이 오는 순간을 지켜보고 있었다. 수십 년 동안 금지되었던 색종이 조각 제약이 풀린 덕분에 타임스퀘어를 둘러싼 건물의 위층 창문과 옥상에서 온갖 색깔과 크기의 기다란 리본과 반짝이 조각이 쏟아져 내리고 있었다. TV 화면 속에서 색종이 조각이 몇 분 동안 비처럼 내렸고, 그 뒤에는 반짝이가 비처럼 쏟아졌다. 그뿐만 아니라 카메라의 플래시, 광고판의 불빛, 번쩍이는 모자를 쓰고 번쩍이는 이를 드러내며 웃는 군중까지 합세해 온 세상이 반짝이는 빛을 팡팡 터뜨리며 흐려지는 것 같았다. 그런 장면을 TV로 보고 있다고 해서 카메라가 이 생기 넘치는 세상을 우리 집 거실로 가져다주는 것은 아니다. 그저 파자마를 입고 오렌지색 기름에 전 피자 크러스트 두 조각이 담긴 종이 접시와 탄산이 다 빠지고 얼음이 녹아 밍밍해진 탄산음료가 담긴 컵과 함께 소파에 앉아 있는 내 앞에 그 장면이 들이밀어지는 것이다. 내가 이렇게 많은 것을 잃어버리고 있다는 것을, 근사한 일들은 지금 내가 있는 곳으로부터 너무나도 먼 곳에서만 일어나고 있다는 것을 상기시켜주기에 슬퍼진다. 적어도 그해를 맞는 순간 나는 그런 기분이 들었다.

17

크리스마스 휴가를 마치고 돌아온 애덤 레드 이글은 그 아름다운 머리카락을 두피가 드러나게 박박 밀린 채였다. 금세 새로 자라나긴 했지만 정말 뿌리만 남을 만큼 바짝 깎여 있었다. 애덤의 말에 따르면 아버지가 고집을 부렸는데 아버지의 고집은 누구도 꺾을 수 없었다. 묘한 건 애덤이 거의 대머리가 되어버렸다고 해서 덜 여자처럼 보이는 것도, 애덤이 지닌 여성성이 옅어진 것도 아니었다는 점이다. 굳이 따지자면 오히려 머리카락이라는 커튼이 걷히니 애덤의 선명한 광대뼈와 고운 피부, 마를레네 디트리히*처럼 곡선을 그리는 눈썹, 도톰한 입술 같은 아름다움이

---

* Marlene Dietrich(1901~1992). 독일 출생의 미국 영화배우. 유성영화 초기의 많은 영화에 출연하며 할리우드 여왕으로 인기를 누렸다.

스포트라이트를 받은 듯 더 부각되는 효과를 낳았다.

우리가 하나님의 약속으로 돌아온 뒤 몇 가지 변화가 더 생겼다. 이제 나에게도 방을 꾸밀 수 있는 특권이 생겼다(물론 방을 꾸밀 물건은 모두 리디아의 허락을 받아야 하는데 내가 스카치테이프로 붙이고 싶은 것은 전부 허락이 떨어지지 않았기에 나는 나의 외로운 빙산이 홀로 텅 빈 벽이라는 바다를 떠돌게 내버려두었다). 또 내가 프로그램을 이수한 기간도 길어져 일주일에 한 번 그룹 면담에 들어가게 되었다. 그 시간은 릭과의 일대일 면담을 대신하는 것으로, 안타깝게도 리디아와의 일대일 면담은 계속해야 했다. 제인은 아이다호의 집에 가 있는 동안 그 애의 수수께끼 같은 묘사에 따르면 *비극적인 운명을 가진 불꽃같은 여인*에게서 끝내주는 대마초를 상당히 많이 사 왔고, 동나가는 우리의 비축분을 채워 넣었다. 그리고 마지막은 바이킹 에린이 새해를 맞아 크리스천 유산소 운동을 시작했다는 소식이었는데, 그런 새해 목표들은 작심삼일로 끝나는 법인데도 에린은 벌써 일주일 넘게 지속하고 있었다.

에린은 하나님의 약속으로 돌아올 때 비디오테이프 두 개, 새로 산 운동복 세 벌, 그리고 마찰력을 더하는 검은색 패드가 붙어 있는 파란색 플라스틱 에어로빅용 스텝을 가져왔다. 에린은 진지했다. 페이스풀리 핏*에서 만든 비디오에는 일명 '예수님을 위한 치어리더'라는 생기발랄한 갈색머리의 탠디 캠벨이라는 여

---

* 1990년대 초반 시작된, 기독교 영성과 다이어트를 접목시킨 프로그램.

자가 나왔는데, 다부지고 말쑥한 데다가 반들거리는 스판덱스 탱크톱에 검은 라이크라 쫄쫄이 바지를 입은 모습이 정말 기가 막혔다.

에린은 엄청 들떠 있었다. 내가 짐을 채 풀기도 전에 비디오테이프를 내 얼굴 앞에 들이밀었던 것이다. 미소 짓는 탠디 캠벨의 얼굴 아래로 제목이 보였다. *기쁨의 스텝—그리스도를 위한 유산소 운동.*

"같이 할래?" 에린이 손에 든 비디오테이프가 마치 아령이라도 되는 듯이 팔을 구부렸다 시늉을 해보였다. "리디아한테 아침에 일찍 일어나면 레크리에이션실을 써도 된다고 허락받았어."

"예수님이 유산소 운동 좋아하시는 건 처음 알았네." 내가 말했다. "난 예수님이 물 위로 경보하는 모습을 자주 상상했거든."

"어떻게 탠디 캠벨을 모를 수 있어?" 에린이 양손에 테이프를 하나씩 든 채 에어로빅 동작 비슷한 것을 했지만 내 눈에는 교통경찰의 수신호처럼 보였다. "탠디 캠벨은 정말 유명해. 진짜 대-단-한 사람이라고! 우리 엄마가 이모 둘이랑 같이 샌디에이고에서 열리는 파워 위켄드 행사에 가서 탠디를 만났대. 실제로 보면 체구는 정말 작은데 그래도 존재감만큼은 너무나도 엄청난 사람이래."

"루스 이모는 아실 것 같다." 내가 말했다. "분명 엄청 팬일걸."

"당연하지." 에린은 이제 팔 동작과 함께 다리를 구부렸다 펴기 시작했는데, 시작한 지 30초 만에 아까만 해도 과장되었던 팔 동작이 눈에 띄게 정확해졌다. "진짜 대단한 사람이라서, 다들 팬이 된다니까. 너도 같이 해주면 안 돼? 제발, 제발, 제발 같이 하자. 난 운동 친구가 필요하고 넌 어차피 당분간 달리기도 못하잖아. 달리기는 4월은 되어야 다시 시작할 수 있을걸."

에린의 말이 맞았다. 10월 중순부터 내리기 시작한 눈이 몇 주 만에 자꾸만 더 높이 쌓이더니 이제는 이웃 목장 사람들이 우리를 위해서 눈을 치워준 큰길 하나와 우리가 돌아가며 삽을 들고 직접 눈을 치운, 헛간으로 가는 길 하나 말고는 전부 눈으로 덮여버렸다. 우리가 쌓아놓은 눈 무더기 중 어떤 것은 아주 높은데다 바람에 깎여 이상한 모양을 이루기도 해서 그 아래에 무엇이 있는지, 어디서부터 눈이 끝나고 단단한 땅이 시작되는지 우리도 알 수 없었다.

나는 에린과 두어 번 운동하면서 제인과 애덤에게 말해주고 같이 비웃을 거리를 만들 정도로만 비디오를 보고 와야겠다고 생각했다(리디아는 에린에게 여자 사도 누구나 아침 운동을 함께해도 괜찮다고 했다. 물론 크리스천 유산소 운동이란 남자들에게는 성별 역할에 걸맞은 활동이 아니었다). 전지전능한 비디오테이프가 내가 자유로웠던 시절을 상기시키며 나를 유혹한 탓이었는지도 모르겠지만, 오래지 않아 탠디의 환한 미소와 활기찬 에너지로 아침을 시작하는 습관이 생겼다. 탠디는 일반적인 유산소 운동의 동작을 예수님과 관련된 단어로 바꾸어 말하는 귀여운 버릇이 있었는데, 물론 그렇게 바꾼 단어들이 다 말이 되는 건 아니었으며 기도라는 표현을 지나치게 남발하기도 했다. '다리를 지그재그로 움직이는 동작'='기도의 덩굴', '앞으로 씩씩하게 걷기'='기도의 행진', '온갖 종류의 발차기나 주먹질'='기쁨의 펀치'라는 식이었다.

이렇게 바꾼 동작의 이름이나, 당김음을 많이 사용해 흥겹게 리믹스한 가스펠 음악 외에 탠디의 운동 비디오 중 기독교와 관련된 것이라고는 준비 운동과 정리 운동을 대신하는 명상에서 우리의 운동 목표에 동기를 부여할 만한 성경 구절을 읊는 게 다였다. 탠디 캠벨이 제일 좋아하는 구절은 히브리서 12장 11절이었다. *무릇 징계가 당시에는 즐거워 보이지 않고 슬퍼 보이나, 후에 그로 말미암아 연단 받은 자들은 의와 평강의 열매를 맺느니라.* 처음 시작할 무렵에는 격한 운동에 진이 빠져 에린은 6분 만에 숨을 헉헉 몰아쉬었고 아침 식사를 하려고 줄을 설 때는 우리 둘 다 앞머리가 이마에 땀으로 찰싹 붙어 있었다. 심지어 에린은 아침 식사 때도 징계를 실천했는데 릭이 곁면에 라이스크리스피*를 입힌 시나몬 프렌치토스트를 만든 날조차도 코티지치즈와 복숭아 통조림을 선택했던 것이다. 가끔 헬렌 쇼월터가 레크리에이션실에 와서 우리와 함께 운동했다. 헬렌 쇼월터가 거친 동작으로 무거운 스텝을 쿵 내딛을 때마다 화분에 심은 식물의 잎사귀가 흔들리기도 했다. 제인도 한 번 왔는데, 폴라로이드 사진을 찍으러 온 것에 가까웠고, 리디아도 몇 번 왔는데 아마 우리의 행동을 감시하기 위해서였던 것 같다. 당연히 리디아가 우리와 함께, *스텝, 기쁨의 박수, 스쾃, 스텝*을 따라 할 리는 없었다.

---

* 켈로그사의 대표 시리얼.

그러니 결국 아침 운동을 한 건 주로 우리 두 사람이었다. 2주쯤 지나자 에린의 옷이 헐렁해졌고, 밸런타인데이가 되었을 때는 하나님의 약속 교복을 한 사이즈 작은 것으로 바꾸었으며, 에린의 어머니는 그레이하운드 고속버스 특송으로(보즈먼에 도착할 때까지 12일이나 걸렸지만 무거운 물건을 보낼 때는 이쪽이 저렴했다) 소포를 보냈다. 그 소포 안에는 표면을 보라색 고무로 코팅한 4킬로그램짜리 아령 한 쌍, 그리고 우리에게 동기부여를 해줄 새로운 테이프가 들어 있었다. *영성의 리프트─근육 그 이상의 것을 단련시켜요.*

일고여덟 살 때 나는 식료품점 자동문 앞에 줄지어 있는 장난감 자동판매기에서 25센트에 뽑을 수 있는 끈끈이 손 장난감에 중독되다시피 했다. 보통 형광색을 띤 이 장난감은 만화에서처럼 통통한 손 모양에 같은 소재로 된 기다란 끈이 달린 모양이었다. 나는 모든 종류를 다 모았다. 반짝이 끈끈이 손, 야광 끈끈이 손, 특대형 끈끈이 손 등등. 그것들을 내 방 문손잡이에 걸어두었다가 어떤 여자애들이 매일 새로운 액세서리를 고르듯 하루에 하나 또는 두 개만 골라서 가지고 나갔다. 사실 끈끈이 손으로 할 수 있는 일이라 해봤자 사람들에게 채찍처럼 휘두른 다음 끈끈한 장난감이 살갗에 닿는 순간 움칠하거나, 비명을 지르거나, 웃는 모습을 구경하는 게 다였다. 물론 끈끈이 손을 휘두르며 손의 무게 때문에 긴 끈이 곧 끊어지지 않을까 싶을 정도로 가느다랗게 늘어났다가 다시 원래 크기와 모양으로 돌아오는 모습을 보고 있으면 기분이 좋긴 했다. 끈끈이 손의 가장 큰 단점은 가느다란 섬유질이나 머리카락, 먼지, 때 같은 것이 잘 붙는데 일단 한번 붙고 나면 씻어내기 어렵다는 점이었다. 한번 더러워진 끈끈이 손을 깨끗하게 씻어내기는 거의 불가능에 가까웠다.

하나님의 약속에서 보내는 나날이 길어질수록 그들이 나에게, 우리에게 던져대는 것들이 마치 끈끈이 손에 달라붙는 먼지처럼 달라붙기 시작했는데, 처음에는 아주 작고 사소한 것이어서 별일 아니라고 생각했다. 예를 들면, 나는 불이 꺼진 뒤 침대에 누우면 콜리에 대해 생각하고, 콜리와 키스하는 상상을 했고, 때로는 콜리와, 어떤 때는 린지와, 그 밖에도 미셸 파이퍼라든지 온갖 상대와 그 이상의 행위를 하는 상상을 하기도 했다. 하지만 그럴 때면 머릿속에서 리디아의 목소리가 들렸다. *이런 죄악된 충동과 싸워 이겨야 한단다. 싸워야 해, 죄와 싸워 이기는 건 당연히 쉽지 않지.* 처음에 나는 그 목소리를 무시했고, 또 이런 말을 한 리디아가 정말 바보 같다고 생각하며 혼자 웃기도 했지만, 어느새 리디아의 목소리는 내 머릿속에 파고들어 떠나지 않고 있었다. 내 머릿속에는 이런 자잘한 원칙이며 성경 구절, 인생 조언이 떠돌고 있었다. 나는 그것들이 늘어나면 늘어날수록 어디서 온 것인지, 왜 내 머릿속에 각인된 것인지 의문을 품기를 그만두었음에도 짓눌리는 기분을 느꼈다.

짓눌리는 것 같은 압박감에는 물론 새로 시작한 그룹 면담이 한몫했다. 우리 그룹은 스티브 크롬프스, 헬렌 쇼월터, 마크 터너, 그리고 느릿느릿한 남부 억양을 쓰는 깡마른 데인 번스키로 이루어져 있었다. 데인에 대해서 더 알아가기까지는 그리 오래 걸리지 않았다(그룹 면담에서는 그런 일이 가능했다). 데인은 필로폰 중독에서 회복 중이었고 루이지애나에 있는 어느 초대형 교회의 장학금으로 하나님의 약속에 오게 되었다.

우리는 매주 화요일과 수요일 3시에 교실에 모여서 의자를 둥글게 배열했다. 이때 리놀륨 바닥에 철제 의자가 일제히 긁히는 바람에 꼭 칠판을 못으로 긁을 때처럼 소름끼치는 소리가 났다. 리디아는 매번 갑 티슈 하나, 그리고 음료 카트와 함께 교실에 들어왔다. 카트에는 뜨거운 물이 담긴 항아리, 머그컵, 인스턴트 핫 초코 가루, 그리고 릭이 탱*과 연한 홍차, 인스턴트 레몬 파우더를 섞어 대량으로 만들고는 철 지난 농담으로 러시아 티라는 이름을 붙인 중독성 있는 음료수가 담겨 있었다. 하지만 우리가 음료 카트에 다가갈 수 있는 것은 면담 중간 15분 동안의 휴식시간이 전부였다.

면담 전에는 항상 순서대로 기도를 했다. 리디아를 포함해 우리 모두 손을 잡고, 그날의 인도자가 된 사람이 다음과 같은 기도문을 읊는 것으로 시작했다. *저는 하나님께 나를 변화시켜달라고 기도하지 않겠습니다. 하나님은 실수하지 않으시며, 죄에 유혹된 것은 저이기 때문입니다. 변화는 하나님을 통해 오지만, 내 안에서 일어나는 것입니다. 내가 그 변화가 되어야 합니다.* 우리는 이 기도문을 토씨 하나 틀리지 않고 읊어야 했는데, 틀리기

---

* 오렌지 맛 주스 분말.

라도 하면 리디아가 끼어들어 완벽하게 읊을 때까지 계속 처음부터 다시 하게 했다. 나도 처음으로 기도를 인도할 때 자꾸 '때문입니다'라는 단어를 빠뜨리는 바람에 결국은 네 번이나 다시 해야 했다.

기도문을 완벽하게 읊고 나면 인도자는 한 사람씩 차례로 손을 잡았고, 손을 잡힌 사람이 각자의 기도를 했다. 보통은 하나님께 힘을 달라는 내용, 아니면 이렇게 함께할 수 있게 해주신 예수님께 감사하다는 내용이었다. 기도의 내용이 개인적이거나 구체적일 때도 있었지만 사실 이 기도는 면담의 시작 부분에 불과했기 때문에 그런 경우는 많지 않았다. 기도하는 동안 우리는 눈을 감고 오롯이 예수님께만 집중해야 했으나 나는 손의 촉감으로 상대방이 누구인지 알아차리곤 했다. 헬렌은 아귀힘이 세고 몇 달째 소프트볼 경기를 쉬었는데도 속구를 던지느라 생긴 굳은살이 완전히 사라지지 않았다. 데인의 손은 거칠고 갈라져 있었다. 리디아의 가느다란 손가락은 상상 속 그 느낌 그대로 얼음처럼 차가웠다. 기도가 한 바퀴 돌고 나면 다시 인도자가 이렇게 말해야 했다. *동성애의 반대말은 이성애가 아닙니다. 그것은 거룩함입니다. 그것은 거룩함입니다. 그것은 거룩함입니다.* 나는 데인이 인도자를 맡을 때가 좋았는데, 그 애의 느릿한 말투에 실리면 이 기도문이 이상하게도 유혹적으로 들리곤 했기 때문이었다.

이 그룹 면담 시간에는 어린 시절이 아니라 동성애 행위와 유혹이라는 죄와 관련된 최근 사건에 대해 이야기할 수 있었다. 그러나 리디아가 끼어들어 "그 정도면 충분하다―과거의 죄를 미화하려 모인 게 아니잖니. 우리는 죄를 인정하고 회개하기 위해 이 자리에 온 거야" 하거나, "너무 구체적이야, 스티브! 너무 과해!" 할 때도 많았다. 그 밖에는 그룹 면담 시간에 재미있는 구석이 단 하나도 없었다.

데인과 헬렌은 둘 다 성추행을 당한 경험이 있었는데, 리디아의 말에 따르면 그것은 *사람들이 자연의 법칙을 거슬러 동성에게 매력을 느끼게 만드는 흔한 사유*였다. 헬렌의 경우에는 성추행한 사람이 토미 삼촌이었고 이 때문에 그녀는 *여성스럽다는 것이 이러한 추행에 취약하다는 의미*라고 믿게 되었으며, 따라서 남성과의 성적 접촉을 두려워하게 되었다는 것이다. 데인의 경우에는 어린 나이에 아버지에게 버림받았기에 *남성에 대한 건강하지 못한 호기심*이 생겼으며, 같은 위탁 가정에 있던 훨씬 더 나이 많은 남자애의 강요로 두 사람이 관계를 가지게 되었을 때 *집착이라는 형태로 발현*되었다고 했다. 데인은 약물 중독 때문에 집을 나왔던 시절이 있었고, 연상의 남자들이나 그들의 더러운 아파트와 이동식 주택이 대거 등장하는 그 시절 이야기는 구체적인 성적 내용을 다 빼고서도 처참하기 그지없었다.

몇 회의 면담이 끝난 뒤 나는 아무리 내게 부모님이 없고, 스티브에게 전형적인 반골 기질이 있고, 마크의 아버지가 유명한 목사라 한들, 죄악된 동성애적 욕망을 정당화할 만한 과거에 대해서는 우리 셋이 헬렌이나 데인과 도저히 견줄 수 없다는 걸 알게 되었다. 헬렌과 데인의 과거는 두 사람이 저지른 죄를 거의 합리화할 만큼 심각했지만, 우리 셋은 자기 손으로 자신을 망친

거나 다름없었다. 특히 나는 마크 터너가 신기하다고 생각했다. 기독교 가정 교육 홍보 포스터에 나와도 될 것 같은 마크가 우리와 같이 하나님의 약속에 와 있다니. 마크는 우리와는 달랐다. 애덤과 제인과 나는 어쩌면 마크가 스파이는 아닐까 하는 농담을 했다. 실제로 *동성매력장애로 고통받는* 것이 아니라 우리 모두에게 이곳의 시스템을 받아들인 모범적인 사도의 모습을 보여준다는 성스러운 사명을 가지고 파견된 것이라는 농담이었다. 3월 초의 어느 목요일, 마크가 이야기하는 날이 찾아왔다.

리디아는 언제나처럼 작문 공책을 넘기며 지난번 그룹 면담에서 했던 메모를 살펴보았다. 평소라면 리디아는 상대에게서 긴 대답을 끌어낼 수 있는 질문을 하곤 했다. 하지만 그날 리디아는 말 그대로 수백 개의 책갈피와 메모지 끄트머리가 새의 깃털처럼 삐죽 튀어나와 있는 커다란 성경책을 무릎 위에 놓은 채로 차분하게 기다리던 마크에게 이렇게 말했을 뿐이었다. "이번 주에 특별히 집중하고 싶은 문제가 있니, 마크?"

내가 어안이 벙벙했던 것은, 리디아가 나쁜 경찰이 아니라 착한 경찰 같은 다정한 목소리로 질문했다는 것보다도, 리디아가 자신의 주도권을 사도에게 넘겨주는 그런 질문을 하는 모습을 처음 보았기 때문이었다. 마크 역시 놀란 것 같았다. 마크는 어깨를 으쓱하더니 미간을 찌푸린 뒤 나직한 목소리로 대답했다. "모르겠어요. 리디아가 듣고 싶은 이야기를 할게요."

지난번 마크는 자신의 차례에 아버지의 교회 보조 목사를 상대로 품었던 한두 가지의 *불순한* 망상을 털어놓았다. 내가 생각하기에는 순수하기 그지없는 망상이었다. 상상 속 두 사람은 손을 잡고 하이킹을 했다. 셔츠도 벗고 있기는 했지만, 그 밖에는 별다른 일도 저지르지 않았다고 했다. 어쩌면 마크가 우리에게 들려줄 수 있는 이야기로 만들기 위해서 세부적인 사항을 다 뺀 것일지도 모르지만, 내 생각엔 아닌 것 같았다. 내가 느끼기에 마크 터너의 고통은 생각과 감정에 불과했으며 마크가 남자에 대해 느끼는 감정—마음 한구석에서 남자에 대해 느끼고 싶어 하는 감정—을 다스리느라 괴로워하는 것일 뿐 실제로 무슨 일을 한 건 아닌 것 같았다.

"좋아." 리디아는 여전히 공책을 넘기고 있었지만 실제로 그 안에 적힌 내용을 읽는다기보다 그저 해야 할 말을 고르는 게 분명해 보였다. "지난 1, 2주간 네가 특별히 더 힘들었다는 것을 안다. 그래서 네가 더 압박감을 느낄 거라고 생각했지."

"한 주 한 주가 특별히 더 힘들어요." 마크는 리디아를 쳐다보는 대신 손가락으로 성경책 표지를 펼쳤다가 닫았다가 하며 대답했다. "모든 것에 압박을 느끼고요."

"그렇구나. 하지만 그중에서도 무언가가—"

"모든 것이라니까요." 마크가 말했다. "모든 것, 하나하나가요." 그러면서 마크가 목소리를 조금 높였는데, 마크가 목소리를 높이는 경우는 거의 없었기에 낯설었다. 마크는 온몸에서 분노를 뿜어내는 것만 같았다. 조그만 몸에 분노가 끓어올라 자제할 수 없는 것처럼 보였다. 마크의 목 근육이 팽팽하게 당겨진 것이, 그가 온몸을 불편하게 긴장시키고 있는 것이 건너편에 앉은 내 눈에도 보였다. "아버지 이야기를 듣고 싶으시면 그냥 그렇다고 말씀하세요."

리디아가 손에 쥔 펜 끝을 허공으로 들어 올린 채 말했다. "네 아버지의 결정에 대해 이야기하고 싶은 모양이구나."

"무슨 이야기를 해요?" 마크가 물었다. "리디아, 당신도 이미 편지를 읽었잖아요." 그러더니 마크는 둥글게 둘러앉은 우리를 한번 둘러보더니 입가에 묘한 미소를 지었다. "하지만, 중요한 부분은 모두에게 얘기해주도록 하죠." 그러더니 마크는 의자에 앉은 자세를 고치고는 목소리를 한층 낮추었다. "크리스마스를 맞아 집으로 돌아온 너를 보고서, 네가 여전히 무척이나 여성스럽고 나약할지도 모른다는 나의 두려움을 확인했다. 내 집에 나약한 아이는 들일 수 없다. 우리 교회의 신도들은 내가 너 같은 존재를 인정한다고 착각하게 되겠지. 여름을 그곳에서 보내도록 해라. 8월이 오거든 네가 얼마나 발전했는지 다시 상의해보도록 하겠다. 너는 집으로 돌아올 준비가 되어 있지 않다." 마크가 자세를 살짝 고치는 바람에 우리는 그 애의 이야기가 끝났다는 것을 알 수 있었다. 마크는 냉소적인 미소를 지으려 애썼지만, 잘되지 않았다. 그 순간 마크의 표정은 그저 참담해 보일 뿐이었다. "너는 집으로 돌아올 준비가 되어 있지 않다." 마크가 방금 한 말을 반복했다.

그 와중에도 리디아는 평소처럼 침착했다. 편지를 검열했다는 비난에 대해서도 아무런 반응을 하지 않았다. 리디아는 공책에 뭐라고 적더니 마크에게 물었다. "마크, 크리스마스에 구체적으로 무슨 사건이 일어난 거니? 어째서 아버지가 그런 결정을 내리셨을까?"

그러자 마크는 코웃음을 쳤다. "그 사건은 바로 저였어요. 그냥 저요. 언제나 그렇죠. 제가 이 모습 그대로 방 안으로 걸어 들어가는 모습을 본 것만으로도 충분했어요."

"이 모습이라니, 그건 무슨 뜻이지?" 리디아가 물었다.

"읽어주고 싶은 구절이 하나 있어요." 마크가 목소리를 높였다. 금방이라도 정신을 놓아버릴 것만 같은 목소리였다. "성경 구절을 하나 읽어도 될까요? 아버지가 제일 좋아하는 구절이에요. 틈만 나면 저에게 상기시켜 주던 구절이죠."

"읽어주려무나." 리디아가 말했다.

그리고 마크가 자리에서 일어서서 읽은 구절은 그날 이전까지는 존재하는지도 몰랐던 구절이었으나, 이후로는 내 머릿속을 떠나지 않게 되었다. 마크가 읽은 것은 고린도후서 12장 7절부터 10절까지였다. 어쩌면 읽었다는 건 맞는 표현이 아닌지도 모르겠다. 마크가 성경책을 펼쳐 손에 들긴 했으나, 거의 책을 보지도 않고 암송하다시피 했던 것이다.

"여러 계시를 받은 것이 지극히 크므로 너무 자만하지 않게 하시려고 내 육체에 가시, 곧 사탄의 사자를 주셨으니, 이는 나를 쳐서 너무 자만하지 않게 하심이라. 이것이 내게서 떠나가게 하기 위하여 내가 세 번 주께 간구하였더니."

마크는 여기까지 읊은 뒤 볼썽사납게 패널을 댄 교실 천장을 올려다보았다. 어쩌면 그 너머를 보고 있었던 건지도 모르겠다.

마크는 체구가 아주 작고, 언제나 차분하기 그지없었다. 예전에도 나는 마크가 성경을 읽는 것을 여러 번 들은 적이 있었다. 마치 일요일 아침 성경 프로그램에 나오는 진행자처럼 또렷하고 자신감 있는 목소리였다. 그러나 그날 성경을 읽는 마크의 목소리는 미친 듯이 떨리고 있었다.

"나에게 이르시기를 내 은혜가 네게 족하도다. 이는 내 능력이 약한 데서 온전하여짐이라 하신지라 그러므로 도리어 크게 기뻐함으로 나의 여러 약한 것들에 대해 자랑하니 이는 그리스도의 능력이 내게 머물게 함이라." 여기까지 읊은 마크가 다시 한번 말을 멈추더니 눈을 가늘게 뜨고 울음을 참으려고 얼굴을 마구 일그러뜨렸다. 마크가 고개를 앞뒤로 세차게 젓더니 발작을 일으키기 직전처럼 나머지 구절을 굳게 다문 이 사이로 힘겹게 내뱉었다. "그러므로 내가 그리스도를 위하여 약한 것들과 능욕과 궁핍과 박해와 곤고를 기뻐하노니 이는 내가 약한 그때에 강함이라."

성경 구절을 끝까지 읽은 마크는 마치 역기를 들어 올린 사람처럼 숨을 가쁘게 몰아쉬더니 성경을 덮고 그대로 바닥에 떨어뜨렸다. 성경이 바닥에 떨어지는 속도는 영화 속 편집된 장면처럼 말도 안 되게 느리게 느껴졌는데, 바닥에 떨어지는 순간 울려 퍼진 엄청나게 크고 거슬리는 소리만은 영화가 아니라 현실인 게 분명했다.

리디아는 평소처럼 냉정한 태도로 분위기를 수습하려 했다. "싸구려 연극은 그만둬라. 자리에 앉으면, 방금 네가 고른 구절에 대해 이야기를 나눠보자꾸나."

하지만 마크의 연극은 그것으로 끝이 아니었다. 또, 순순히 자리에 앉을 작정도 아니었다. "제가 고른 구절이 아니라니까요, 제 말 안 듣고 계셨어요?" 마크가 말했다. "저희 아버지가 고른 구절이에요. 만약 레위기 19장 28절, *죽은 자 때문에 너희의 살에 문신을 하지 말며 무늬를 놓지 말라 나는 여호와이니라*, 에서 문신을 금지하지만 않았더라도 아버지는 이 구절을 제 등에 문신으로 새겼겠죠."

리디아는 의자에서 반쯤 일어서다시피 한 자세로 마크에게 자리에 앉으라는 손짓을 했다. "앉아, 마크. 지금부터 이야기를 해보자니까."

그러나 마크는 자리에 앉는 대신, 원을 그리며 앉아 있는 우리 한가운데로 들어와 서더니 입을 열었다. "우리 아빠가 고른 구절이 왜 멋진지 알아?" 그러더니 대답을 기다리지 않고 말을 이었다. "'그리스도를 위하여for Christ's sake'라는 표현이 있다는 점이야. 그 표현이 그대로 들어 있다니까."

그러더니 마크는 갑자기 팔 벌려 뛰기를 시작했다. 완벽한 자세를 갖추고 팔 벌려 뛰기를 하며 머리 위로 손뼉까지 치면서 고함을 질렀다. "'내가 약한 그때에 강함이라!' 이 구절에 따르면 약한 것과 강한 것은 동급이라지! 즉 나는 마크 열 명만큼 강하단 거야. 스무 명! 여든다섯 명! 내가 약하기 때문에 나는 세상에서 제일 강한 사람이기도 한 거라고!"

마크는 갑자기 팔 벌려 뛰기를 멈추고 그 자리에 얼른 쪼그리고 앉더니 군인처럼 정확한 동작으로 양 손바닥을 바닥에 댄 다음 가느다란 다리를 뒤로 보내서 자세를 일자로 만든 채로 팔굽혀펴기를 하기 시작했고, 제자리로 돌아올 때마다 "그리스도를 위하여! 그리스도를 위하여!"라는 말을 반복했다.

리디아가 "그만해, 마크. 지금 당장 멈춰라!"라고 외쳐도 굴하지 않고 마크가 팔굽혀펴기를 다섯 번 정도 했을 때, 그가 자세를 낮추는 순간 리디아가 검은 로퍼를 신은 오른발을 들어 마크의 등에 올렸다. 마크가 다시 몸을 밀어 올리지 못하도록 힘주어 누르고 있는 것 같았다. 리디아는 그 자세를 취한 채로 입을 열었다. "네가 일어서서 정신을 추스를 수 있을 때까지 이대로 밟고 있을 거야."

그러나 그 순간, 여든다섯 명의 마크만큼의 힘을 가진 마크가 이를 악물고 구부렸던 팔꿈치를 펴면서 몸을 허공으로 밀어 올렸다. 리디아는 잠시 균형을 잃고 비틀거리다가 다시금 마크의 등을 밟았던 발에 무게를 실으려 했다. 하지만 너무 늦었다. 마크는 힘을 주어 몸을 쑥 일으켰고 그의 등에 발을 올리고 있던 리디아는 마치 커다란 바위에 한쪽 발을 올리고 포즈를 취한 사진 속의 탐험가처럼 우스꽝스러운 자세가 되었다.

그러나 마크는 몸을 일으키자마자 다시 바닥에 쓰러지더니 울면서 바닥에 얼굴을 온통 짓이겼다. 마크는 울면서 자꾸만 무슨 말을 중얼거리고 있었는데, 정확히 알아들을 수는 없었지만 *잘못했어요, 그리고 못하겠어, 못하겠어,* 라는 말이 여러 번 나왔다. 리디아가 마크 옆에 쪼그려 앉아 그의 등에 손을 댔다. 리디아는 손으로 등을 어루만지거나 하지는 않았고 그대로 가만히 손을 댄 채로 마크가 아니라 우리에게 말했다. "저녁 시간까지 각자의 방에 있도록. 지금 곧바로 방으로 돌아가라."

그 말에 아무도 움직이지 않자 리디아가 다시 입을 열었다. "지금 당장 방으로 돌아가." 그래서 우리는 자리에서 일어났다. 우리는 각자 공책을 챙기면서 바닥에서 울고 있는 마크를 쳐다보지 않는 척하려고 애썼다. 문 쪽으로 걸어갈 때 데인이 교실을 떠나지 않으려고 자기 자리 근처를 얼쩡거리는 모습이 보였지만, 리디아가 안 된다는 듯 고개를 젓자 데인 역시 우리를 따라 복도로 나왔고, 우리는 입을 쩍 벌리고 눈을 휘둥그레 뜬 표정을 주고받았다. 다 함께 방으로 돌아가는 동안에도 우리는 조용했다. 무슨 말을 해야 할지, 방금 눈앞에서 벌어진 일을 어떻게 받아들여야 할지 알 수 없어서였다.

한참 만에 스티브가 낮은 목소리로 입을 열었다. "강렬했어― 태어나서 이렇게 강렬한 장면은 처음 봤어."

"너한테는 강렬한 장면이겠지만 당사자는 어떻겠어?" 데인이 쏘아붙였다. "우리가 왈가왈부할 일이 아니라고."

"그런 뜻이 아니었어." 스티브가 말했지만 데인은 스티브를 밀치고 앞서서 걸어가 버렸고, 그 뒤에는 누구도 입을 열지 않았다. 우리는 그냥 리디아가 시킨 대로 각자의 방으로 돌아갔다.

저녁 시간에 마크의 모습은 보이지 않았다. 그때는 모든 사도에게 아까 있었던 일이 전해진 뒤였기에, 모두가 마크가 나타나기를 기다리고 있다는 게 느껴졌다. 애덤이 혼자 식당으로 들어오자 음식을 가져오려고 줄에 선 아이들도, 이미 식탁에 앉아 맥앤치즈며 작게 자른 소시지, 껍질콩과 통조림 배를 먹던 아이들도 다들 애덤을 보면서 수군거리기 시작했다.

"어떻게 됐어?" 애덤이 음식 접시를 들고 우리가 앉은 테이블을 찾아와 앉자 제인이 물었다.

"몰라." 애덤이 대답했다. "난 무슨 일이 있었던 건지도 몰라. 복음특무를 마치고 돌아오니 릭이랑 리디아가 우리 방에 와 있었고 마크는 제정신이 아닌 것 같더라. 거의 좀비 같았어. 침대에 걸터앉아 있는 마크를 두 사람이 내려다보면서 온갖 헛소리를 해댔는데 마크는 아예 정신이 나가 있었다니까? 그다음에 난 곧바로 방에서 나왔어. 도대체 무슨 일이 있었던 거야?"

"릭이랑 리디아가 마크한테 뭐라고 말했는데?" 내가 물었다.

"그냥 늘 하는 헛소리였어. *다 괜찮을 거야. 너의 죄를 직면하려면 용기가 필요하니까. 휴식을 취하면서 기도하렴.* 이딴 소리였어. 내가 듣기에 중요한 얘긴 하나도 없었어." 애덤은 자리에 앉은 뒤부터 줄곧 포크에다가 마카로니를 꽂는 중이었다. 나는 애덤이 맥앤치즈처럼 마카로니가 들어간 음식을 먹는 모습을 보는 게 재미있었다. 아주 오래 걸렸기 때문이다. 애덤은 포크 날에 조그만 튜브 모양 마카로니를 하나씩 총 네 개 꽂은 다음 소시지 한 조각을 포크에 올려 한입에 먹었다. 하지만 그날은 애덤이 그렇게 열심히 음식을 먹는 모습이 왠지 거슬렸다.

애덤은 마카로니 네 개를 꽂은 포크를 입에 넣으면서 말했다.

"별로 많이 듣지는 못했어. 내가 들어가자마자 리디아가 나한테 스티브와 라이언네 방으로 가 있으라고 했거든. 스티브 말로는 걔가 힘자랑을 했다던데, 진짜로 마크가 리디아를 등에 태운 채로 팔굽혀펴기를 한 게 맞아?"

"리디아가 마크의 등에 올라타지는 않았어." 내가 말했다. "그냥 체중을 실어서 한 발을 올린 거야."

"우리 그룹 면담에선 그런 재밌는 일은 안 일어나는데." 애덤은 그러면서 그 볼거리를 놓친 게 마치 제인의 탓이기라도 한 듯 제인에게 얼굴을 찌푸렸다. "너 공중제비 돌 줄 알아?" 애덤은 다시 포크로 마카로니를 집기 시작했다.

"나 예전에는 크랩워크* 엄청 잘했어." 제인이 대답했다. "바닥은 물론 벽까지 타고 다녔다니까?"

"그것도 재밌겠네." 애덤이 말했다.

나는 두 사람이 농담하는 이유가 이곳에서의 나날이 지긋지긋해서, 이곳에서 일어나는 일에 관여하고 싶지 않아서, 이곳에서 우리를 감독하는 멍청이들이 하는 모든 일을 비웃고 싶어서라는 것을 잘 알고 있었다. 하지만 이번에는—모르겠다, 내가 실제로 그 자리에 있었고, 마크가 이성을 잃고 바닥에 얼굴을 묻은 채로 흐느껴 우는 장면을 직접 보았기 때문이었는지 몰라도, 두 사람이 마크 일을 가지고 농담하는 게 짜증 나고 화도 났다.

"나 저글링도 좀 할 줄 알아." 제인이 통조림 배 그릇을 들어

---

* 위를 보는 자세로 두 손과 두 발을 바닥에 대고 게처럼 걷는 동작.

바셀린색 국물을 들이마신 다음 입을 닦고 다시 말을 이었다. "그룹 면담 때 저글링을 선보여볼까?"

"괜찮은데—" 애덤이 입을 열었지만, 내가 곧바로 그의 말을 잘랐다.

"무서웠어." 나는 두 사람을 쳐다보지 않은 채 평소보다 목소리를 높였다. "마크는 완전히 이성을 잃었어. 보고 있기 힘들었어. 처음에는 우스웠고, 리디아가 멈추라고 해도 멈추지 않는 것도 재밌었지만, 그렇게 계속 팔굽혀펴기를 하는 모습을 보다 보니까 나중에는 하나도 우습지 않았어."

"웃겼을 거 같은데." 제인이 말했다.

"아니." 나는 제인을 똑바로 바라보았다. "만약 네가 그 자리에서 두 눈으로 봤더라면 너도 우습다고 생각 못 했을 거야."

그러자 제인은 특유의 무표정으로 일관했지만, 이제 나는 그 애의 무표정이 뜻하는 바가 의심이나 불만이라는 것을 알고 있었다.

"무슨 소린지 알겠어." 애덤이 말했다. "실제로 보지 못한 이상, 너무 미친 짓 같으니까 진지하게 받아들여지지 않는 것 같아."

"미친 짓 맞았어." 내가 말했다. "그리고 진지한 것도 맞아."

제인은 식사를 마칠 때까지 무표정을 유지했지만, 그렇다고 크랩워크나 저글링 이야기를 더 이상 하지도 않았다.

방으로 들어가자 바이킹 에린이 안아 달라고 했고, 나는 그 말대로 그 애를 안아주었고, 의외로 그렇게 싫지 않았다. 오히려 꽤 괜찮았다. 에린이 마크를 위해 기도할 건데 나에게도 같이 하겠

느냐고 해서, 나는 그러겠다고 대답했다. 그리고 나 역시 마크를
위해 기도했다. 꽤 괜찮았다. 기도 자체가 좋았다기보다는, 마크
에게 있었던 일을 어느 정도 존중하는 행위라는 생각이 들어서
좋았던 것 같다. 적어도 그 일을 농담거리로 치부하는 것보다는
낫다는 생각이 들었다.

18

다음 날, 마크와 애덤이 아침 기도 시간에도, 아침 식사 시간에도, 수업 시간의 교실에도 나타나지 않았고, 심지어 제인조차 두 사람이 어디로 갔는지 모르고 있었다. 점심시간에 애덤을 얼핏 보긴 했지만 그때는 릭이 애덤의 어깨에 팔을 두르고 복도를 바삐 걸어 사무실로 가는 중이라 차마 끼어들 수가 없었다.

그룹 면담 시간이 되자 스티브, 헬렌, 데인과 나는 자리에 앉아 리디아가 오기를 기다렸다. 리디아가 늦게 나타난 것은 처음이었다. 평소에 늘 교실의 벽에 붙어 서 있던 음료 카트도 보이지 않았다. 심지어 불도 켜져 있지 않았지만 우리는 아무도 불을 켜지 않은 채 서쪽 벽에 난 커다란 창을 통해 들어오는 늦겨울에서 이른 봄까지의 햇살이 만들어내는 오후의 촉촉한 평행사변형 속에 앉아 있었다. 그렇게 별말 없이 10분, 어쩌면 15분가량을 기다린 뒤에야 리디아가 릭과 함께 나타나 우리가 만든 원 속에 의자를 끌고 들어와 앉았다. 곧 릭이 다시 일어서 입구 쪽으로 가서 스위치를 올렸고 지직 소리를 내며 형광등이 켜졌지만 방은 아주 조금 밝아질 뿐이었다.

릭이 의자를 반대 방향으로 돌리더니 카우보이처럼 등받이 쪽으로 거꾸로 앉아 손으로 플라스틱 등받이를 툭툭 두드리며 입을 열었다. "참 고된 하루였다."

그 말을 듣자마자 헬렌이 울기 시작했다. 울음소리가 크지는 않았지만 굵은 눈물이 헬렌의 뺨으로 느릿느릿 흘러내렸다. 헬렌이 울다가 코를 훌쩍이는 바람에 얼굴이 곧 너저분해졌고 리디아는 이틀 연속으로 티슈 상자를 꺼내 헬렌에게 건네야 했다. 물론 어제 마크가 티슈를 받아 드는 모습은 못 봤지만 말이다.

"죄송해요." 헬렌이 큰 소리를 내며 휴지에 코를 풀었다. "제가 왜 우는지는 모르겠는데 눈물이 나요."

"괜찮다." 릭이 말했다. "울어도 괜찮아." 하지만 리디아는 괜찮은 것 같지 않았다. "어제의 면담이 너희 모두에게 정말 힘들었을 거야. 어젯밤에 각자 소화할 시간이 필요했을 거다. 우리는 마크 옆에 있어야 했어."

"마크는 어디 있어요?" 평소에는 느릿하던 데인의 말투가 조금 날카로워져 있었지만 전날 스티브에게 그랬던 만큼 공격적인 말투는 아니었다.

"마크는 보즈먼의 병원에 입원했다." 리디아가 말하자 릭이 그렇게 불쑥 이야기하면 어쩌느냐는 듯 표정으로 주의를 주었기에 리디아는 다시 입을 열었다. "애초에 이 이야기를 꺼낼 필요는 없었죠."

"같잖은 연기는 할 필요 없잖아요." 데인이 혼잣말처럼 중얼거렸지만 리디아가 충분히 들을 수 있을 정도였다.

"그래, 그럴 필요 없지." 리디아가 대답했다. "나도 동의한다."

헬렌이 아까보다 더 세게 코를 쿵쿵거리기 시작했고, 이미 무릎에 티슈 상자가 있었던지라 그 애는 손이 휴지로 가득 찰 때까지 데이지 꽃잎을 한 장 한 장 뜯듯 얼굴 전체를 묻을 수 있을 만큼의 티슈를 끄집어냈다.

"마크가 자살 시도를 했죠, 맞죠?" 데인은 우리 모두가 짐작했을, 최소한 내 경우에는 짐작했던 그 질문을 꺼냈다. 데인이 고개를 젓더니 리디아에게 삿대질을 했다. "그날 이 방을 떠나기 전부터 최악의 사태가 일어날 것 같다고 예감했다고요." 데인의 말투가 낯설었다. 그룹 면담에서 데인은 필로폰을 한 모금 빼는 대가로 제타 뒷좌석에서 40대 남자 세 명과 집단 성관계를 한 이야기(물론 세부적인 이야기는 빠져 있었다) 따위를 했지만 그런 이야기조차도 데인의 느릿한 억양 때문에 마치 캠프파이어의 추억처럼 누구에게나 흔히 일어나는 일인 양 들리곤 했다. 하지만 이제 데인의 말투에서 무심함은 사라지고 없었다.

리디아는 곧장 대답하지 않았다. 어떤 표현을 써야 할지 고심하는 것 같은 릭이 먼저 입을 열기를 기다리고 있을 뿐이었다.

한참 뒤에야 릭은 결심한 듯 입을 열었다. "아니, 자살 기도가 아니었다. 적어도 내 생각에는 그래. 하지만 스스로에게 상당히 심각한 상해를 입혔다."

나는 릭이 설명을 이어갈 거라고 생각했다. 다른 아이들도 그렇게 생각했을 것이다. 하지만 릭은 그것으로 입을 다물었고, 리디아 역시 정확히 설명하려고 나서지 않자, 스티브가 입을 열었다. "그럼, 사고라도 난 거예요?"

그리고 리디아가 "아니"라고 말하는 동시에 릭이 "굳이 말하자면 그렇게 볼 수도 있다"라고 말했다.

"아니라는 거예요, 그렇다는 거예요?" 데인이 물었다. "대체 이게 말이 되는 소리예요?"

"미안하구나." 릭이 말했다. "혼란스럽지. 마크가 입은 상해가 사고라고 한 건 그때 마크가 온전히 제정신이라고 보기엔 힘든 상태였기 때문이다." 하지만 릭은 그 말을 입 밖에 낸 순간 평소답지 않게 우리에게 있는 그대로 말하지 않는 스스로에게 화가 난 것 같았다. "그러니까 어제 마크는 무척 혼란스러워했어. 굳이 내가 설명을 덧붙이지 않아도 알겠지. 너희들 모두 보았으니까. 마크는 무척 심한 정신적, 영적 고통을 느끼고 있었다. 그래서 그 고통을 끝내고자 자해를 하게 된 거야."

"자해는 탈출구가 아니야." 리디아가 날카롭고 선명한 목소리로 말했다. "마크에게도 그랬고, 너희에게도 마찬가지일 거다."

리디아가 말을 잇기 전에 릭이 다시 입을 열었다. "중요한 건, 우리는 마크를 곧바로 병원으로 데려갔다는 거다. 마크의 아버지가 네브라스카에서 오셔서 같이 계시고, 마크의 상태는 안정적이야. 무사할 거다."

"씨발, 헛소리 집어치우라고요." 데인이 주먹을 쥐어 허벅지 옆을 두 번 세게 쳤다. "무슨 햄스터 쳇바퀴처럼 이야기하고 있어. 도대체 마크가 뭘 어쨌는데요? 자살 시도를 한 게 아니면 대체 뭔데요?"

"그렇게 욕하고 소리를 지른다고 해서 기분이 나아지지는 않아." 리디아가 말했다.

그러자 데인이 빈정거리듯 픽 웃었다. "아뇨, 틀렸어요. 왜냐하면 솔직히 기분이 나아졌거든요. 씨발, 씨발, 씨발! 외치니까 기분이 존나 괜찮아졌다고요."

아마 교실 안의 긴장감이 너무 컸기 때문이었는지도 모르겠다. 티슈 뭉치에 대고 훌쩍이던 헬렌이 갑자기 낄낄 웃기 시작했던 것이다. 의외로 헬렌의 웃음소리는 꼭 10대 영화에 나오는 치어리더처럼 여성스러웠다. "죄송해요." 헬렌은 계속 웃었다. "죄송해요, 멈출 수가 없어요." 그러면서 또 낄낄 웃었다.

결국 릭은 의자를 뒤로 밀고 일어서더니 손뼉을 치고는 *이렇게는 진행이 어려우니까* 오늘은 그룹 면담 대신 일대일 면담을 할 테니 모두 각자 방으로 돌아가서 자기나 리디아가 오기를 기다리라고, 그러나 데인과 헬렌은 첫 순서니 기다리지 않아도 된다고 말했다. 리디아는 릭의 계획이 마음에 들지 않는다는 표정으로 그를 바라보았지만, 적어도 나는 이 자리를 떠날 수 있다는 사실이 다행스럽게 느껴졌다.

바이킹 에린이 저녁 식사 당번이라 방 안에는 아무도 없었다. 겨울이 끝나갈 무렵이면 방에서는 창문을 너무 오래 닫아둔 집에서 나는 쾌쾌한 냄새가 풍겼기에 나는 창문을 열어 날카로운 바람 때문에 몸이 덜덜 떨려올 때까지 환기를 했다. 산 뒤에는 먹구름이 무더기를 이루고 있었는데 루스 이모가 밤 외출을 마치고 돌아와 마스카라와 아이섀도를 지워낸 뒤의 화장품처럼 시커먼 색이었다.

나는 책상 의자에 앉아 의자 다리가 두 개만 바닥에 닿을 때까지 등받이를 젖힌 채로 한쪽 발을 책상 모서리에 대고 균형을 잡았다. 스페인어 연습 문제를 풀어보려고 했지만, 마크가 자신에게 저질렀을지도 모르는 온갖 끔찍한 일이 떠올라서 집중이 잘 되지 않았다.

릭이 올지, 리디아가 올지 몰랐기 때문에 30분쯤 뒤 열려 있는 우리 방문을 두드린 게 릭인 것을 보고 다행이라고 생각했다. "캐머런, 잠시 시간 좀 내주겠니?"

마치 중요한 이야기를 위해 우리를 각자의 방으로 보낸 게 아니라 평소처럼 지나가다가 들러서 이야기를 나누려는 것처럼 구는 게 정말이지 릭다웠지만 그래도 한결같이 다정한 태도였다. 릭이 어디에 앉으려나 내가 쳐다보고 있는 가운데 그는 내가 앉아 있는 방 안쪽으로 들어오더니 내 어깨를 꾹 한번 밀어서 내 의자를 제자리로 돌려놓은 뒤 남은 공간에 에린이 아래로 밀어놓은 의자를 가져와서 앉았다. 친구처럼 허물없는 몸짓이었다.

"그렇게 앉으면 다리 부러진다." 릭이 말했다. "우리 어머니가 늘 그렇게 잔소리를 하셨지."

"우리 엄마도 그러셨어요. 물론 진짜로 다리가 부러진 적은 한 번도 없었지만요." 내가 대답했다.

"말 되는구나." 릭은 그렇게 대답하더니 에두르지 않고 곧장 본론으로 들어갔다. "자, 나에게 하고 싶은 말 있니?"

"마크에 대해서요?"

"마크에 대해서든, 어제의 그룹 면담에 대해서든, 무엇이든 좋단다."

"마크는 괜찮대요?"

릭은 고개를 끄덕이더니 귀 뒤로 머리카락을 정리해 넘겼다. "그럴 거야. 마크는 자해를 했다. 아주 심각했어. 치료가 오래 걸릴 거다. 여러 가지 의미의 치료 말이다."

자세히 알고 싶기도 하고 아니기도 한 끔찍한 사건에 대해서 이런 식으로 대화를 주고받는 게 말도 안 되는 일처럼 느껴졌다. 머릿속으로 자꾸만 성경에 나오는 온갖 고문을 당하는 마크의 모습이 보였다. 눈이 튀어나오거나 손을 관통당하는 식이었는데, 정확히 무슨 일이 일어났는지 모르니 훨씬 상상하기 쉬웠다.

"목사님 앞에서 자해를 한 거예요?" 마크가 직원들 보란 듯이 그런 짓을 했거나, 너무 몰입한 나머지 직원들이 보고 있는 줄도 몰랐다고 생각하면 더 끔찍했다.

"아니, 자기 방에서였어." 릭이 말했다.

"그렇게 마크를 걱정했다면서 그 애를 방에 혼자 뒀단 말이죠?" 못되게 굴려던 건 아닌데 뱉고 보니 그렇게 들렸지만 물은 걸 후회하지는 않았다.

"뭐라고 대답할 말이 없구나." 그러면서 릭은 잠자코 자기 손을 내려다보았다. 그는 한 손으로 다른 손 손바닥을 어루만지면서 기타를 치느라 생긴 굳은살을 만지작거리기만 했다. "오늘 하루 종일 나도 스스로에게 묻고 또 물었던 질문이다."

나는 릭의 말을 기다렸다. 릭은 한참 뒤에야 입을 열었다. "어제 마크는 상당히 진정된 상태였어. 우리가 사무실에서 마크를 데리고 나갔던 건 상당히 늦은 밤이었다. 애덤은 이미 잠들어 있었지. 나와 리디아는 마크 역시 곧 잠들 거라고 생각했다."

우리는 그 뒤로 한참 동안 가만히 있었다. 우리가 입 밖에 내지 않은 모든 것이 머리 위에서 말없이 맴돌고 있었다. 나는 오하이오의 '살아 있는 성경 박물관' 앞에서 에린이 부모님과 함께 찍은 사진을 뚫어지게 바라보았다. 세 사람 모두 카키색 반바지 허리춤에 티셔츠를 집어넣어 입은 채로 모세 조각상 앞에서 포즈를 취하고 함박웃음을 짓고 있었다. 나는 지난 1년 내내 그 사진을 바라볼 때마다 그들이 정말로 행복해 보인다고 생각했다. 그곳에 있어서 행복하고, 함께 있어서 행복한 거라고. 하지만 이제 와서 보니 그들의 미소가 가면에 그려진 가짜 미소처럼 끔찍해 보였다. 모르겠다. 그 사진을 보니 머리가 아팠다. 나는 다시 릭을 보면서 입을 열었다. "더 이상 뭘 여쭤봐야 할지 모르겠어요. 마크에게 있었던 일 이야기를 하시고 싶은 건지 아닌지도 모르겠어요. 일어난 일 그대로를 말해주지 않으면 어차피 다 가짜라고요."

"말해주마." 릭이 대답했다. "네가 원한다면 말해주마. 그건, 아……" 릭이 말을 멈추었고 미소와 찡그림 사이의 그 무엇과 같

174

은 입모양을 했다. "글쎄, 이 문제에 대해서 리디아와 나는 생각이 다르다만, 그래도 나는 너희들에게 솔직해야 한다고 생각한다. 루머도, 가십도 없이 있는 그대로의 사실을 알려야 한다고 말이다. 하지만 캐머런, 상당히 불쾌한 이야기란다."

"불쾌한 건 참을 수 있어요." 내가 대답했다.

릭은 고개를 끄덕였다. "하지만 참을 수 있다고 해서 꼭 참아야 하는 건 아니란다."

나는 헤이즐이 스캘런 호수에서 완전히 똑같은 논리로 수상안전요원 일을 하지 못하게 설득하려던 기억이 머릿속에 스쳐 지나갔다. 하지만 나는 그때보다 나이 들었고, 그때와 지금 사이에 놓인 몇 달의 무게가 크게 느껴졌다. "솔직해지는 게 중요하다고 하셨으면서 주춤하시네요." 내가 말했다. "데인이 했던 말대로예요. 진짜 햄스터 쳇바퀴 돌리듯이 말씀하신다고요."

릭은 그럴 필요가 없는데도 반대쪽 귀 뒤로 머리카락을 넘겼다. "데인이 표현력이 참 뛰어나지?"

"이것 보세요. 빙글빙글 돌리기만 하시잖아요."

"그런 게 아니다." 릭이 말했다. "최소한 내 의도는 그런 게 아니란다. 미안하다. 말하기가 참 힘든 이야기구나." 릭이 숨을 짧게 들이마셨다가 내쉬더니 입을 열었다. "어젯밤 마크가 면도날로 자기 성기를 여러 번 벴다. 그다음엔 상처에 표백제를 들이부었어."

"하느님 맙소사." 내 말에 릭은 눈도 깜빡하지 않았다.

"그 뒤 마크는 의식을 잃었고 표백제 병이 바닥에 떨어지는 소리를 애덤이 들었지. 어쩌면 마크가 바닥에 쓰러지는 소리도 들었는지 모르겠다. 나에게 찾아와서 상황을 알린 것도, 나와 케빈을 도와 마크를 차에 태운 것도 애덤이었어. 그 애는 내내 의식이 없었단다. 그러니까 마크 말이야."

"왜 애덤이 케빈에게 가지 않았을까요?" 케빈은 야간 순찰 업무를 맡고 있는 대학생이었다. 일주일에 두세 번 왔는데, 저녁 자습 시간에 와서 아침 식사 전에 떠났기 때문에 한밤중에 화장실에 가거나 몽유병이 있어서 마주치지 않는 한 케빈을 만날 일은 거의 없었다. 한번은 소등 시간 이후에 제인과 애덤을 만나러 가려다 케빈한테 걸린 적이 있었는데, 케빈은 나를 그저 내 방으로 돌려보냈을 뿐이었다. 나에게 *어서 자라*고 한 게 전부였다. 아마 내가 규칙을 어긴 걸 릭이나 리디아에게 보고하지도 않았을 것이다.

"못 찾았다는구나." 릭이 말했다. "아마 그때 케빈이 부엌에서 샌드위치를 만들고 있었어서 둘이 엇갈렸던 것 같아. 케빈 역시 자책하고 있단다."

"앰뷸런스를 불렀어야 하지 않나요?" 내가 물었다. 하지만 나는 왜 그들이 앰뷸런스를 부르지 않았는지 알고 있었다. 앰뷸런스가 하나님의 약속까지 오기를 기다리느니 그냥 차에 태우고 병원으로 가는 게 훨씬 빨랐을 테니까. 하지만 나는 무슨 말을 해야 할지 알 수 없었고, 릭이 나를 가만히 바라보는 가운데 말 없이 앉아 있고 싶지도 않았기에 애써 할 말을 찾았다.

"너무 오래 걸렸을 거야." 릭이 말했다. "내가 태우고 가는 게 빨랐지."

나는 고개를 끄덕인 뒤 말했다. "그렇군요, 아, 왜 그 생각을 못했지?"

"괜찮다." 그가 말했다. "이제 진짜 묻고 싶은 걸 물으렴."

나는 잠에서 깬 애덤의 눈에 들어왔을 광경을 상상하고 있었다. 바닥에 플라스틱 표백제 병이 떨어지는 소리, 화학약품 냄새, 바지를 내리고 쓰러져 있는 마크의 뒷모습, 애덤은 잠이 덜 깬 채로 그 피투성이의 역겹고 끔찍한 장면을 멍하고 혼란스럽게 지켜보았으리라. "모르겠어요." 나는 잠시 입을 다물었고, 릭도 가만히 기다렸고, 나는 천천히 입을 열었다. "애덤은 괜찮아요?"

릭이 묘하게 슬픈 미소를 짓더니 대답했다. "일어난 일에 비해서는 괜찮단다. 애덤도 너와 이야기를 나누고 싶어 할 거다. 처리할 시간이 좀 필요할 거야."

내 버튼을 누른 것은 그 말이었다. 릭과 함께 있는 내내 서서히 반발감이 차오르고 있었던 것은 아니다. 적어도 나는 그렇게 생각하지 않았다. 오히려 무감각하다고 느낄 정도로 당혹스러운 상태였지만, 릭이 '처리할 시간'이라는 말을 하자마자 갑자기 화가 났고, 릭과 이 바보 같은 하나님의 빌어먹을 약속이라는 장소에 대한 분노를 참을 수 없었다.

"도대체 왜 말을 그딴 식으로 해요?" 너무 화가 나서 눈물조차 나지 않고 목구멍 안쪽만 화끈 달아오를 때 나오는 새된 목소리가 났다. 내 목소리가 신경을 거슬렀지만 나는 말을 이었다. "걔는 눈을 뜨자마자 성기가 피투성이가 된 룸메이트를 발견했어요. 그런 상황에서 애덤한테 무슨 과제라도 내줄 셈이에요? 아, 빙산 그림에다가 적으면 되겠네요." 나는 너무나도 화가 났다. 태어나서 이렇게 화가 난 것은 처음이었다. 나는 입에서 나오는 대로 아무렇게나 내뱉기 시작했다. "어차피 당신들도 지금 하는 일이 무슨 의미가 있는지 모르는 거 아닌가요? 그냥 그때그때 되는대로 적당히 지어내다가, 이런 사건이 일어나면 마치 처음부터 해답이 있었던 것처럼 구는 거잖아요. 전부 가짜잖아요. 어차피 우리를 어떻게 고칠 수 있는지 모르잖아요. 그냥 솔직히 말해요. 당신들이 다 망쳤다고요." 나는 그 밖에 다른 말도 했다. 내가 한 말이 다 기억나지는 않는다. 다만 화가 난 채로 뭐라고 고래고래 계속 소리를 질렀다는 것만 기억날 뿐이다.

릭은 나에게 욕설을 그만두라고도, 얼간이처럼 굴지 말라고도 하지 않았다. 물론 릭은 평소에 얼간이라는 단어를 쓴 적이 없지만 나는 내 말이 사실인지와 별개로 내가 얼간이처럼 굴고 있다는 걸 알고 있었다. 릭은 내 말을 끊지 않았고 리디아라면 했을 법한 방식으로 내 말에 끼어들지도 않았다. 왜냐하면 릭은 언제나 침착한 사람이었으니까. 릭이 울기 시작하는 바람에 나는 깜짝 놀랐다. 릭은 얼굴을 가리지 않은 채 그대로 의자에 앉아 나를 바라보면서 소리없이 눈물을 흘렸다. 릭이 우는 것을 보고 나는 재빨리 비난을 멈췄다. 그리고 릭이 울면서 "지금은 네게 뭐라고 대답해야 할지 모르겠구나, 캠. 미안하다" 했을 때 나는 아까보다도 더 끔찍한 기분이 되고 말았다.

릭은 나를 '캠'이라고 부르지 않았다. 하나님의 약속에서는 아무도 나를 캠이라고 부를 수 없었는데, 리디아의 말에 따르면 *이미 중성적인 이름을 더 남성적으로 들리게 하는 애칭*이기 때문이었다. 가끔 제인이나 애덤, 스티브가 무심코 나를 캠이라고 부르는 경우가 있긴 했지만 릭이나 리디아 앞에서는 그러지 않으려고 노력했고, 릭은 여태 한 번도 나를 캠이라고 부른 경우가 없었다.

릭은 원래 잘생긴 얼굴이었지만 그 순간에는 무시무시할 정도로 아름다웠다. 어쩌면 그가 취약한 순간이었기에 그랬는지도 모르겠다. 모든 것이 날것이고, 환히 열려 있으며, 감정으로 들끓어 도저히 견디기 어려운 그 순간, 나는 아직까지도 설명할 수 없는 이유로 일어서서 릭에게 다가가 그를 끌어안았다. 릭은 앉아 있고 나는 서 있었기 때문에 한층 더 어색한 포옹이었다. 하지만 내가 릭을 끌어안자, 잠시 후 릭이 자리에서 일어나더니 나를 마주 안아서 포옹은 아까보다는 덜 어색해졌다.

잠시 후 릭은 내 어깨에서 손을 풀지 않은 채로 뒤로 조금 물러서더니 입을 열었다. "원래 내가 너를 위로하러 온 거였는데 거꾸로 되어버렸구나."

"괜찮아요." 내가 말했다. "저도 기분이 좀 나아졌거든요."

"네가 화를 내는 것도, 이곳에서 하는 일이 실제로 변화를 가져오는 게 맞는지 의심하는 것도 모두 그럴 만하다고 생각한다. 하지만 지금 내가 해줄 수 있는 말은 예수님이 우리를 해답으로 이끌어주시리라는 말밖에 없구나. 의심이 찾아올 때면 따를 이는 그분뿐이니까, 그렇지?"

"맞아요." 나는 그렇게 대답했지만, 사실 진심은 아니었다. 내가 기분이 나아진 건 릭이 내게 해답을 주려고 노력하지 않고, 자신도 답을 모른다고 털어놓고, 울음을 터뜨리고, 의심스러워하고, 확신을 잃어버린 모습을 보여주었기 때문이다. 그 모든 것이 지금까지 릭이(그리고 리디아가) 예수님이 *이끌어주신 대로* 했던 그 어떤 일보다도 솔직해 보였다. 다른 모든 일들은 오히려 상황을 악화시킬 뿐이었다.

"나에게는 참 의미 있는 순간이구나." 릭이 그렇게 말하더니 나를 다시 한번 가볍게 끌어안은 뒤 놓아주었다. "함께해주어서 고맙다. 쉬운 일이 아니었을 텐데."

"누구에게도 쉬운 일은 아니에요." 내가 말했다. "저한테만 더 힘든 것도 아니죠. 바닥에 쓰러진 마크를 발견한 건 제가 아니었으니까요."

"솔직하게 말해주어서 고맙다. 참 용감한 행동이었어."

"그래요." 내가 대답했다. "그렇다고 쳐요." 나는 더 이상 방금 있었던 일에 대해 이야기하고 싶지 않았다. 하나님의 약속이 싫은 이유 중 하나였다. 방금 우리 사이에 있었던 것 같은 순간을 왜 그냥 지나가게 놔두지 못하고 자꾸만, 영원히 의견을 덧붙여야 직성이 풀리는 걸까?

"그 밖에 묻고 싶은 건 없니?" 릭이 물었다.

전혀 계획한 바가 아니었음에도 나는 뜬금없이 이렇게 물었다. "그런데 진짜 리디아가 릭의 이모예요?"

릭이 *도대체 무슨 소리야?* 하는 표정을 짓더니 웃음을 터뜨렸다. "상상도 못 한 질문이구나." 그러더니 곧 덧붙였다. "사실, 맞단다. 제인한테 들었겠지?"

"맞아요. 여기 오자마자 들었어요. 제인의 말을 믿어도 되는지 몰라서 다시 여쭤본 거예요."

"그 말은 믿어도 된단다." 릭이 말했다. "리디아는 우리 어머니의 동생이었단다."

"'이었다'고요? 이제는 아니라는 뜻인가요?"

"어머니는 몇 년 전에 돌아가셨거든."

나는 고개를 끄덕였다. "그렇군요, 죄송해요." 리디아 그리고 두 사람의 관계에 대해, 돌아가셨다는 릭의 어머니에 대해 묻고 싶은 것이 많았지만 적당한 때가 아닌 것 같았고, 어차피 그 순간 에린이 릭이 있는지 모르고 방 안에 들어오는 바람에 그 이야기는 그대로 끝나버렸다. 에린은 들어오고 나서야 릭의 존재를 알아차렸다. "아, 죄송해요. 끝나면 다시 올게요."

릭이 말했다. "끝난 것 같구나, 맞지?"

나는 고개를 끄덕였다.

릭이 문 쪽으로 걸어가면서 에린에게 말했다. "안 나가도 된다. 어차피 스티브한테 가봐야 하거든." 그러더니 한 팔을 에린의 허리에 힘주어 감았다. "오늘 참 힘들지?"

에린은 고개를 끄덕이며 가만히 있었다.

"20분 뒤에 예배당으로 모두 모이자." 릭이 한 손으로 문틀을 붙잡은 채 다른 손에 찬 단순하게 생긴 손목시계를 확인하며 말했다. 시계판이 흰색이고 줄은 황갈색과 남색 캔버스로 되어 있는, 내가 보기 좋다고 생각한 시계였다.

"그래요?" 내가 물었다.

"맞아. 리디아가 아까 부엌에 와서 말했어." 에린이 말했다.

릭을 바라보자 그는 고개를 끄덕이며 웃더니 손으로 문틀을 두 번 툭툭 친 다음에 밖으로 나갔다.

에린은 마크 이야기를 하고 싶어 했지만 나는 그 이야기는 이제 그만하고 싶었다. 나는 옷을 입은 채로 곧장 침대에 올라가서 잠들고 싶었다. VCR과 비디오테이프가 있었으면 좋겠다고 생각했다. 비디오를 차례대로 끝없이 보고 싶었다. 에린은 마크에게 일어난 사건에 대해 자세히는 듣지 못한 채였다. 그저 마크가 *자해*를 했으며 지금은 안정적인 상태라고만 알고 있었다. 어차피 얼마 지나지 않아 다른 사도가 알려줄 테니 나는 굳이 자세한 이야기를 에린에게 해주지 않기로 했다. 그저 이 이야기를 더 이상은 하고 싶지 않을 뿐이었다.

하지만 그날 밤 내내 화제는 온통 마크 이야기였다. 마크와 그 애의 가족, 그리고 애덤을 위해 기도하는 예배가 급조되었다. 나는 심지어 애덤과는 아직 둘이서 대화를 나눠보지도 못한 상태였다. 그다음에 우리는 우리 자신을 위해서 기도했다. 기도가 끝난 뒤 하고 싶은 말이 있는 사람은 한마디씩 할 수 있는 시간이 주어졌는데, 나와 제인을 빼고 모두가 입을 열었다. 데인의 차례가 되었을 때 그는 조금 전 그룹 면담 시간보다 훨씬 차분해져 있었다. 너무 차분해서 혹시 리디아가 데인에게 약이라도 먹인 게 아닌가 하는 생각이 들 정도였다. 물론 리디아가 남몰래 진정제를 가지고 있다는 건 말도 안 되는 일 같았지만, 다시 생각해보면 말이 안 될 것도 없었다. 그다음에는 자유 시간이 주어졌고, 저녁 당번들이 식사 준비를 끝내기 전에 예배가 소집되었던 터라 저녁 식사 대신 간식이 마련되어 있었다. 릭 목사가 피자를 사러 에니스에 갔으니, 마크의 비극 덕분에 우리가 특식을 먹게 된 셈이었다. 누군가가, 아마도 리디아가 공동 활동 공간에 「사운드 오브 뮤직」을 틀어두었다. 하나님의 약속에 세 개밖에 없는 세속적 영화 중 한 편이었다. 하지만 도저히 그곳에서 눈이 새빨갛게 부은 다른 사도들과 함께 영화를 보고, 숨을 쉬고, 소파를 옮겨 다닐 수 없었던 나와 애덤과 제인은 일어서서 밖으로 나왔다. 당연히 대마초를 피울 작정이었다. 심지어 서로에게 물어볼 필요도 없었다. 우리는 외투를 걸치고 헛간으로 향했다. 눈이 내리고 있었지만 그리 세차게 내리지는 않았고 우리 할머니였다면 *기분 좋게 고요한* 눈이라고 표현했을 법했다. 두툼한 눈발이 천천히 내려앉고 있었다. 땅에는 겨우내 내린 눈이 아직 쌓여 있었는데, 낮 내내 이른 봄의 햇볕을 받아 단단하게 얼어붙은 눈이 윗부분만 녹아서 길이 엄청나게 미끄러웠다. 나는 몇 미터 걷다가 세게 넘어지면서 오른쪽 엉덩이는 바닥에 찧었고 땅에 닿은 카키색 바지가 금세 젖어들었다. 애덤이 내 팔꿈치를 잡고 일으켜주었다. "괜찮아, 트윙클 토즈*?"

그 말에 나는 웃음이 났다. "괜찮아. 넌 좀 어때?"

---

* 발재간이 뛰어난 사람을 가리키는 속어.

그러자 애덤이 대답했다. "아까보다 나아." 애덤이 내 팔에 단단히 팔짱을 꼈고, 우리는 그 상태로 헛간까지 계속 걸었다. 기분이 좋았다.

헛간 안은 춥고 축축했고 젖은 건초 더미에서는 악취가 났다. 우리는 한데 모여 앉아 지난 가을에 갖다놓았던 담요로 다리를 덮었다. 헛간은 어두웠고 몇 개 없는 전구를 켜도 그리 밝아지지 않았다. 나는 머리와 넘어질 때 부딪힌 엉덩이가 아팠고, 손은 빨갛게 얼어 있었다. 엉망진창이었다. 모두 꼴이 말이 아니었다.

잠시 동안 우리는 말없이 제인이 가져온 조인트를 나눠 피웠고, 두 모금쯤 남았을 때에야 제인이 입을 열었다. "나는 마크가 면도를 하는 줄도 몰랐어."

"걘 면도 안 해." 애덤이 제인에게서 조인트를 받아들고 가느다란 손가락 사이에 우아하게 끼웠다. "걘 솜털밖에 없어서 면도를 할 필요가 없어. 걔가 사용한 건 내 세면용품 속에 있던 내 면도날이야. 비싼 거야. 일회용도 아니고, 묵직한 거야. 작년에 아빠한테서 생일 선물로 받은 거야. 가끔 그 면도날로 다리털을 밀곤 했는데, 내가 여성스러운 행동을 할까 봐 리디아가 눈에 불을 켜고 지켜보고 있으니 요즘은 못 했지." 애덤은 대마초를 빨아들이더니 채 약효가 돌기도 전에 다시 연기를 뱉은 다음 얼른 덧붙였다. "당연히 다시는 안 쓸 거야. 어디 있는지도 몰라. 어젯밤에 리디아가 와서 청소한 다음에 가져가버렸거든."

"미안." 내가 말했다.

"나도." 제인도 말했다.

애덤은 고개를 끄덕이더니 입을 열었다. "온 사방이 표백제 투성이였어. 새 거였나 봐. 바닥에 흥건하게 웅덩이가 생겼거든. 아직도 침대 밑 같은 데는 표백제가 그대로 고여 있을 거야. 자다가 큰 소리가 나는 바람에 깼는데, 뭔가 이상하다는 생각이 들었고, 표백제 냄새가 났어. 알잖아? 자다가 막 깼을 땐 정신이 없는 거. 그러다가 일어나려고 침대 아래 바닥에 발을 디뎠는데, 양말이 다 젖어버렸어."

제인과 나는 그저 고개만 주억거리고 있었다. 할 수 있는 말이 뭐가 있겠는가?

애덤은 마지막 한 모금 정도만 남은 조인트를 나에게 건넸고, 나는 할 일이 생겨 다행이란 심정으로 조인트를 빨아들였다.

"바닥에 쓰러져 있었으니까 마크의 옷에도 표백제가 스며들었겠네?" 제인이 물었다.

"마크는 벌거벗고 있었어." 애덤이 대답했다. "엉덩이를 드러낸 채로 완전히 벌거벗은 채였어. 불을 켜려고 스위치 쪽으로 가다가 그 애의 몸에 걸려 넘어질 뻔했지. 그리고 불을 켰을 땐, 모르겠어, 그냥, 끔찍하다는 생각밖엔 들지 않았어. 엎어져 있어서, 걔의…… 그게 보이지는 않았어." 거기서 애덤은 말을 멈추더니 고개를 절레절레 저었다. "그 애의 좆 말이야. 그래, 좆이라고 말 못 할 게 뭐야. 제길. 내 눈에는 보이지 않아서 그 애가 무슨 짓을 했는지는 알 수 없었어. 내가 안 건 마크가 벌거벗은 채로 바닥에 쓰러져 있고, 표백제가 쏟아져서 웅덩이를 이루고 있었다는 것뿐이야. 그리고 얼마 지나지 않아 표백제 속에 피가 흘러들고 있는 게 눈에 들어왔고, 나는 릭에게 달려갔어. 나는 마크가 표백제를 마셨거나 손목을 그었다고 생각했어. 마크가 죽었다고 생각했지. 정말로, 그 애가 죽은 줄 알았어. 그래서 나는 릭한테 그렇게 말했어. '마크가 죽었어요. 죽어서 바닥에 쓰러져 있어요'라고 말이야." 애덤은 말을 멈추고 우리 두 사람에게 번갈아 눈길을 주었다. "진짜 멍청하지?"

"아니." 내가 대답했다. "그 장면을 보고 달리 뭐라고 생각할 수 있었겠어?"

"모르겠어." 애덤은 담요 한쪽 끄트머리에 튀어나온 털실 한 가닥을 잡아당기더니 자기 손가락에 세게 감았다. 곧 피가 통하지 못한 손끝이 벌겋게 부풀고 털실이 감겨 옴폭 들어간 부분은 새하얘졌다. "오늘 마크네 아버지랑 통화했어." 애덤이 말했다. "이 얘기 들었어?"

우리는 못 들었다는 의미로 고개를 저었다.

애덤이 손가락을 감았던 털실을 느슨하게 풀었다. 그다음에는 내가 들고 있던 다 타버린 조인트를 가져갔다. 내가 그걸 손에 든 채 가만히 앉아 있었던 것이다. 애덤은 그것을 혀끝에 올려놓았다. 그 애의 습관이었다. 그러더니 입을 열었다. "마크의 병문안을 가고 싶었는데, 마크 아버지가 오지 말라고 했대. 릭도 공항에 내리자마자 돌려보냈대. 그런데 나중에 나한테 전화를 걸어서 이렇게 말하더라고. '마크를 위해 해준 일에 감사한다. 기도할 때 너를 떠올리마. 너도 마크를 위해 기도해다오.' 그게 끝이었어. 그 사람이 한 말을 그대로 옮긴 거야."

"아들의 상태가 심각하니까 그런 것 아니겠어?" 제인이 말했다.

"아들을 그 지경으로 만든 건 그 사람 본인이잖아." 애덤이 코웃음을 치더니 일어서서 건초 무더기를 걷어찼다. "그 사람이 마크를 여기에 보내놓고 바뀌지 못하면 소돔 사람들처럼 지옥에 갈 거라고 했겠지. 그래서 마크는 노력했지만, 너희도 알다시피 실패했어. 왜냐하면 애초에 그건 고칠 수 있는 게 아니니까. 그래서 마크는 생각했겠지. 그렇다면 문제가 되는 부위를 잘라버리자고. 정말 좋은 생각 아니야?"

"네 말이 맞아." 제인이 말했다. "이 모든 게 애초에 다 말도 안 되는 짓인데 마크 아버지의 생각은 달랐겠지. 그 사람은 진심으로 자기가 아들을 영원한 저주에서, 지옥의 불구덩이에서 구해낼 방법은 이것뿐이라고 생각했을 거야. 정말 진심으로 그렇게 믿었을걸."

애덤은 여전히 비웃음을 흘리며 고함을 치다시피 목소리를 높였다. "그렇다 쳐. 하지만 이제 마크는 누가 구해주지? 신앙이라는 말도 안 되는 헛짓거리를 배반하는 몸을 지니는 것보다는 자기 좆을 잘라내는 게 낫다고 생각하며 살아가는 그 지옥에서 누가 어떻게 그 녀석을 구해주겠어?"

"그런 사람들은 거기까지는 생각하지 않아." 제인은 여전히 차분한 목소리였다. "그 모든 게 구원받기 위해서 치러야 할 대가라고 생각할 거야. 그런 대가를 치러서라도 구원받을 수 있음에 감사해야 한다고 말이야."

"현명한 조언 고맙네." 애덤이 말했다. "너의 차분한 통찰력은 이런 상황에서 특히 더 빛을 발하는구나."

그러자 제인이 잠시 상처받은 듯 얼굴을 찌푸렸지만, 그 표정은 금세 사라졌다. 하지만 애덤 역시 그 표정을 본 게 틀림없다. 곧바로 "미안"이라고 덧붙였던 것이다.

"괜찮아. 나도 설교하려던 건 아니었어."

"그렇게 곧바로 괜찮다고 할 필요는 없어." 애덤이 몸을 숙여 제인의 뺨에 입을 맞췄다. "룸메이트가 자기 좆을 잘났다고 해서 내가 너한테 공격적으로 굴어도 되는 건 아닌데."

"그래도 돼." 제인이 말했다. "지금 당장은 뭐든지 하고 싶은 대로 해도 괜찮아."

"그러면 우주비행사도 될 수 있을까?" 애덤이 내 옆에 앉아 내가 덮은 담요를 자기 쪽으로 끌어다 덮으며 물었다.

"여부가 있겠어?" 제인이 대답했다. "닐 암스트롱도 될 수 있을걸."

"너 암스트롱이라는 이름이 아메리카 원주민 이름 같아서 그러는 거지?" 애덤은 그렇게 말하면서 슬며시 미소를 지었다.

"난 하나님의 약속에 더 이상 못 있겠어." 나는 문득 그렇게 말했다. 거의 그 말을 뱉은 순간에야 결심한 거나 마찬가지였다. "더는 안 돼. 난 떠날 거야."

"나랑 같이 우주비행사 될래?" 애덤이 내 정수리를 손바닥으로 감싸더니 내 귀가 자기 어깨에 닿도록 끌어당겼다. "달에다가 제일 먼저 세븐일레븐을 차리는 거야." 그러더니 두 손으로 광고판 모양을 만들어서 손가락을 접었다 펴며 전구가 깜박거리는 모습을 흉내 냈다. "대마초 성분을 함유한 슬러피* 판매를 개시했습니다. 시간 한정으로 판매하고 몇 가지 제한이 있답니다."

"난 진지해." 나는 그렇게 말했지만, 사실 말하면 말할수록 점점 더 진지해졌다. "여길 떠날 방법을 찾아볼래. 안 그러면 루스이모가 나를 내년까지 여기 가둬둘걸. 분명 그럴 거야."

"당연히 그러시겠지." 제인이 말했다. "사실 여기서 나가는 애들 중에 나아져서 나가는 사람은 아무도 없어. 다들 더는 비용을 낼 수 없어서 떠나거나, 아니면 졸업해서 떠난다고."

"아니면 마크처럼 되든지." 내가 말했다.

"맞아." 제인이 말했다. "마크처럼 되면 떠날 수 있지."

"정말이야?" 애덤이 물었다. "평범한 고등학교로 돌아갈 수 있을 정도로 탈동성애된 상태로 프로그램을 수료한 사람이 아무도 없다고?"

"하나님의 약속은 생긴 지 3년밖에 안 됐어." 제인이 말했다. "하지만 내가 아는 한 지금까지 치료된 사람은 아무도 없어."

"왜냐하면 치료라는 건 없으니까." 내가 말했다.

"그렇지, 또 완전한 전환 치료가 이루어졌는지 증명할 수 있는 시험이 있는 것도 아니니까." 제인이 말했다. 제인은 꺼냈던 물건들을 다시 의족 안 공간에 집어넣고 있었다. 이상하게도 나는 제인의 다리가 의족이라는 사실은 종종 잊었지만, 그 안에 대마초를 숨길 수 있는 공간이 있다는 건 절대 잊어버리지 않았다.

---

* 세븐일레븐에서만 판매하는 슬러시 음료.

"행동을 바꿀 순 있지만 리디아의 감시가 없어지는 순간 다 끝이 거든. 그리고 행동이 변화했다고 해서 내면이 바뀌는 건 아니니 까."

"그래서 내가 여길 떠나려는 거야." 내가 말했다. "물론 그 밖 에도 이유가 백만 가지는 더 있지만 말이야. 난 더 이상은 여기 있기 싫어."

"나도 갈래." 애덤이 그렇게 말하면서 우리 두 사람이 덮은 담 요를 휙 가져가는 바람에 순식간에 온몸에 소름이 돋았다. "말은 그만하고 지금 당장 떠나자. 내가 보니가 될게, 네가 나의 클라 이드가 되어줘."

"나도 같이 갈게." 그렇게 말하는 제인의 목소리는 엄청나게 진지했다. 의족을 제자리에 거의 다 끼운 뒤였다. "하지만 구체 적인 계획이 있어야 해. 세부적인 것까지도 다 생각해야 하고."

"레즈비언들이란." 애덤이 말했다. "구체적인 계획이라고? 우 리가 탈출을 하는 거야, 아니면 배를 하나 만들자는 거야? 그냥 탈출하자. 내가 승합차 열쇠를 슬쩍해둘게. 진심이야. 지금 당장 떠나자고. 아침이면 캐나다에 도착해서 캐나디안 베이컨을 먹고 있을 거야. 물론 수사학적 표현이지만 말이야."

"훔친 차량을 타고 국경을 건너면 검문에서 붙잡힐걸." 제인이 말했다. "그뿐만 아니라 우린 신분증도 없고, 돈도 별로 없고, 캐 나다에 아는 사람도 없잖아. 최소한 나는 그래."

나는 애덤이 말한 대로 그냥 구체적인 계획 없이 떠나버리고 싶었다. 그러나 제인의 말이 옳았다. 우리의 면허증(이 있는 아이들의 경우)을 비롯한 신분 증명 서류와 그 서류의 사본은 전부 사무실의 굳게 잠긴 캐비닛 안에 들어 있었다.

"그럼 지금 가서 신분증을 꺼내 오자." 애덤이 말했다. "그다음에 떠나는 거야."

"그러니까 계획이 필요하대도." 제인이 말했다. "바로 이런 이유 때문에 필요한 거야. 우리가 잊고 있던 세부적인 사항들 때문에 발이 묶이면 안 되니까."

제인이 말하고 있는데 저 멀리서 낮게 우르릉거리는 소리가 들려왔다. 헛간으로 들어오는 동안 눈이 내리는 모습을 못 보았더라면 분명 천둥소리라고 생각했을 것이다.

"가만히 앉아서 계획만 세우다 보면 영영 못 떠나. 그러니까 그냥 떠나자." 애덤이 말했다.

"어디로?" 내가 물었다.

"어디든 상관없잖아." 애덤이 대답했다. "일단 출발한 뒤에 생각해보자고."

"나도 떠나고 싶지만," 제인이 입을 열었다. "확실하게 했으면 좋겠어. 승합차를 훔치면 이틀도 못 가서 붙잡혀 다시 돌아오게 될 텐데 무슨 소용이겠어?"

제인이 말을 마치기가 무섭게 저 멀리서 드럼 치는 것 같은 소리가 들려왔다. 천둥소리가 분명했다.

"제우스신이 노하셨네." 애덤이 다시 자리에서 일어섰다.

"천둥소린가?" 내가 그렇게 묻자마자 아까보다 더 가까이에서 다시금 우르릉 소리가 나기 시작했다. 산악지대에서는 폭풍이 이렇게 빠른 속도로 이동하곤 했다.

"눈 폭풍이야." 제인이 그렇게 대답했고 애덤은 건초 나르는 구멍을 막아놓은 묵직한 나무 해치 쪽으로 다가갔다. 열려면 온 힘을 다해야 했다. 예전에도 우리가 이 해치를 열어보려 한 적이 있었지만, 경첩이 녹슨 데다가 손을 대기만 해도 회색 나무 가시가 도깨비바늘처럼 살갗을 파고들었다.

"아직도 눈이 와?" 내가 일어나서 애덤에게 다가가며 물었다.

"눈 폭풍이라니까." 제인이 말했다.

"그런 말은 처음 들어보는데." 나는 애덤과 힘을 합쳐 해치를 조금 밀어 올렸다. 우리가 힘을 주자 문을 고정한 볼트가 삐걱거리는 소리를 냈지만 나무 가시들이 벌써부터 내 손가락을 찔러대기 시작했다.

"흔히 일어나는 일은 아니야." 제인이 자리에서 일어섰다. "코 뭔에 살 때 눈 폭풍이 온 적이 있었어. 하필 지금 카메라를 안 가지고 왔네."

애덤과 내가 계속해서 해치를 밀자 해치가 조금씩 열리더니 눈앞에 새까만 하늘과 땅이 드러났고 깜깜한 어둠을 배경으로 새하얀 눈발이 아까보다 더 빠른 속도로 휘날리기 시작했다.

"눈 폭풍 맞네." 우리 뒤에 다가와 있던 제인이 말했다.

"아이고, 알았어." 애덤이 말했다. "이제 그 눈 폭풍이라는 말 좀 그만해."

하지만 제인의 말이 맞다는 것은 곧이어 증명되었다. 갑자기 폭풍이 우리에게 바짝 다가온 듯 커다란 천둥소리가 울리면서 벽은 물론 몸속 깊은 곳까지 흔들어댔고 심장마비 환자가 단 모니터에 나타나는 궤적 같은 은색 번개가 검은 하늘을 갈랐다. 그러더니 번개가 다시 한번 번쩍이며 땅에 쌓인 눈을 비추는 바람에 수백만 개의 얼음 결정이 말도 안 되게 새하얗게 빛을 반사했고, 다음 순간 다시금 사방이 칠흑같이 깜깜해졌다. 그리고 또 한 번 번쩍 하고 어마어마한 천둥소리와 밝은 빛이 이어졌다. 번개가 치면서 눈앞에 눈을 잔뜩 인 채 검은 하늘로 높이 솟구친 소나무 한 그루가 나타나더니, 다시 아무것도 보이지 않는 어둠으로 바뀌었고, 그다음에는 방금 전만 해도 깜깜하던 땅 위의 또 다른 무언가가 번개 빛을 받아 환하게 드러났다. 이런 장관이 이어지는 내내 배경에 천둥소리가 이어졌으며 휘날리는 눈발이 점점 더 굵어져서 마침내는 공기를 가득 메웠다. 우리 세 사람은 그 장면을 한참이나 가만히 쳐다보았다. 여태껏 내가 본 것 중 가장 아름다운 광경이었던 것 같다.

"하필 카메라를 안 가지고 오다니." 제인의 목소리는 경외심에 가득 차 있었다.

"이런 건 사진으로 담을 수 없는 장면이야." 내가 말했다. "사진을 찍는 동안 놓치게 되잖아."

"릭이 돌아왔어." 애덤이 말했고, 애덤이 보는 방향을 보았더니 희미한 오렌지색 헤드라이트 두 개가 하나님의 약속을 향해, 우리를 향해 점점 다가오는 게 보였다.

"나도 너랑 같이 갈래." 제인이 그렇게 말하더니 내 손을 잡았다. "진심이야, 무슨 일이든 할게."

"그래." 내가 말했다.

"너희 둘이서 탈출하면서 나를 두고 갈 작정은 아니지?" 애덤이 두 손으로 우리 둘의 손을 감쌌다. "물론 어디로 갈지는 전혀 모르지만 말이야."

"다 같이 떠나자." 제인이 말했다.

"나도 딱히 계획은 없어." 내가 말했다. "그래도 우리를 도와줄 만한 사람들이 있어. 만날 수 있을지는 모르겠지만." 나는 마고, 그리고 그녀가 내게 보내준 걸스카우트 교본을 생각했다. 린지와 그 애의 거침없는 성격을 생각했고, 여기서 얼마 떨어지지 않은 보즈먼에서 대학에 다니는 모나 해리스를 생각했다. 또, 이유는 알 수 없지만 아이린 클로슨도 생각하고 있었다. 그 이유는 아직까지도 모르겠다.

"그럼 만나러 가보자." 제인이 말했다. 나는 제인의 확신 넘치는 태도가 좋았다.

"나는 내 잘생긴 외모로 도움이 되어볼게." 애덤이 말했다. "또 두 가지 성별에 대한 나의 독특하고도 복잡한, 말하자면 신비로운 이해도 한몫할 거라는 생각이 들어."

"난 대마초가 있어." 제인이 말했고, 우리 세 사람은 웃음을 터뜨렸다. 무서운 것 앞에서 애써 용감한 척하려 애쓸 때 나오는 웃음이었다.

가까워지면서 점점 커지던 헤드라이트 불빛은 어느새 여름 캠프용 오두막 근처까지 다가왔고 눈 속에서 승합차의 각진 형체가 간신히 드러났다. 릭이 착착 쌓인 피자 상자들을 싣고 지친 사도들을 위해 용감하게 눈 폭풍을 뚫고 다가오고 있었다.

"이제 들어가는 게 좋겠다. 사람들이 찾으러 오기 전에." 내가
말했다.

19

마크 터너는 하나님의 약속으로 돌아오지 않았다. 2주 뒤에도, 한 달 뒤에도. 영원히. 적어도 내가 그곳에 있는 동안에는 돌아오지 않았다. 릭과 애덤이 마크의 물건을 챙겨서 네브라스카주 커니에 있는 집으로 보냈다. 애덤은 고급 면도기를 영영 돌려받지 못했다. 물론 다시 돌려받고 싶은 마음도 없다고 말했지만. 그 물건은 마크와 마찬가지로 하나님의 약속에서 사라져버렸다. 우리 세 사람이 사라지기로 마음먹은 것과 마찬가지로 말이다.

나와 제인, 애덤을 제외한 모든 사람이 어느 순간부터 *마크 일*이라고 부르기 시작한 그 사건이 있고 얼마 지나지 않아 하나님의 약속과 교실, 숙소 등을 살펴보러 주 정부에서 사람이 왔다. 면허국에 소속된 사람이었다. 그다음에는 남자 두 명, 여자 한 명이 왔다. 여자는 자주색 바지 정장을 입고 금색과 자주색 스카프를 둘렀는데, 그때 루스 이모라면 그 조합이 *스마트하면서도 앙증맞다*고 말했으리라고 생각한 게 기억난다. 남자들은 전부 넥타이에 재킷을 갖춰 입었고, 찾아온 사람들은 다들 주 정부 기관에서 나왔다고 했다. 그 사람들은 대부분 릭의 사무실에서 시간을 보냈고 두 남자 중 한 사람이 모든 사도를 20분가량씩 면담했다. 나는 에린이 나온 다음 들어갔지만 에린에게 안에서 어떤 이야기를 했느냐고 물어볼 겨를은 없었다. 우리는 그날 면담이 이루어진 교실 앞 복도에서 서로 스쳐간 게 다였다.

처음에 나는 그 사람이 마음에 들었는데, 우선 통상적인 질문을 하는 데다가, 잘 모르겠지만 전문가처럼 보였기 때문이다. 그는 적어도 나를 하대하지도 않았고 상담사처럼 굴지도 않았다. 그건 아마도 그가 실제로 상담사가 아니기 때문이었을 것이다. 그 사람이 나에게 자기가 누구인지 말해주었지만 이름은 기억나지 않는다. 아마 아동가족사무국에서 일하는 아무개 씨라고 했던 것 같다. 시작은 시시한 질문이었다. *하루에 식사는 몇 번 하지? 매일 교실에서, 또 그 외에 학업은 몇 시간씩 하지? 다른 활동을 완수하기 위해서는 몇 시간이 걸리지? 이런 활동들에 대한 관리 감독은 어느 정도 수준이지?* 그다음에는 조금 덜 시시한 질문들이 이어졌다. *밤에 기숙사 방에 있을 때 안전한 기분이 드니? 직원 또는 동료 학생들에게 위협받는 기분을 느끼니?* (이 사람은 사도가 아니라 학생이라는 표현을 썼다.) *이곳의 담당자들을 신뢰하니?* 그리고 이 질문에 대한 내 답에 그 사람은 처음으로 흥미를 보였다.

"별로요." 그게 내 대답이었다.

그 사람은 여태까지 나를 거의 쳐다보지 않으면서 그저 스테이플러로 찍은 문서에 나온 질문들을 읊고, 노란색 리갈패드에 짤막짤막한 메모를 적으면서 다음 질문으로 넘어갈 뿐이었다. 하지만 내 대답에 그가 펜을 든 손을 멈추더니 고개를 들어 나를 똑바로 마주 보았다. "너는 이곳의 직원을 신뢰하지 않는다고?"

나는 그 질문에 "별로요"라고 대답하는 순간 이미 이런 반응이 나오리라고 예상했음에도 막상 상대가 되물으면 뭐라고 설명해야 할지 확실치 않았던 것 같다. "음, 그러니까, 어떤 식으로 신뢰하느냐는 질문이에요?" 내가 물었다. "신뢰라는 단어를 무슨 의미로 쓰신 거예요?"

"신뢰." 그는 *너무 당연한 말이 아니냐는 듯이* 고개를 까닥거리며 입을 벌렸다. "신뢰란, 상대와 상대의 능력을 믿는 것이지. 너는 이곳에서 지내는 동안 너의 안전 그리고 보안이라는 측면에서 직원들을 신뢰하고 있니? 그들이 너의 최선의 이익을 위해 행동한다고 믿고 있니?"

나는 어깨를 으쓱했다. "되게 간단한 문제처럼 말씀하시네요. 꼭 흑백으로 나눠진다는 듯이요."

"그건 흑백으로 나눠지는 문제가 맞는다고 생각한다." 그 사람이 대답했다. "이건 함정이 있는 질문 같은 게 아니야." 나는 그 사람의 인내심이 서서히 바닥나고 있다는 걸 알 수 있었다. 아니면 그냥 내가 별로 마음에 들지 않는지도 모르고. 그러고 보니 그 사람의 귀에는 털이 부숭부숭 나 있었다. 안도 바깥도 털로 뒤덮인 그 귀가 한번 눈에 띄고 나니 자꾸만 눈이 갔다.

"아마 여기서 지내보시면 다르게 생각하실걸요." 내가 대답했다. 그 사람의 귀를 쳐다보고 있자니 금방이라도 그룹 면담 시간에 헬렌이 그랬던 것처럼 웃음이 터져나와 멈추지 못할 것 같았다. 나는 그의 귀 대신 넥타이를 쳐다보기로 했다. 넥타이는 노란색이었는데 그 사람이 든 리갈패드보다 진한 색이었지만 딱히 큰 차이는 없었다. 넥타이에는 전체적으로 세룰리안색 붓꽃 문양이 찍혀 있었다. 세룰리안. 나는 여전히 그 단어를 좋아했다. 멋진 넥타이였다. 아주 멋진 넥타이.

"넥타이가 아주 멋지네요." 내가 말했다.

그러자 그는 마치 자기가 오늘 아침 어떤 넥타이를 골랐는지 잊어버리기라도 한 것처럼 고개를 숙여 자기 넥타이를 쳐다보았다. 어쩌면 진짜로 잊어버렸던 건지도 모르고. "고맙구나." 그가 말했다. "새 거란다. 아내가 골라줬지."

"멋진데요." 내가 말했다. 그 또한 멋진 일로 느껴졌다. 노란 넥타이를 골라주는 아내가 있다는 건 정말 평범한 일 같았다. 평범하다는 게 무슨 뜻인지는 몰라도, 하나님의 약속에 살지 않는다는 뜻은 있을 거다. 최소한 평범하다는 말에 그 정도의 의미는 있는 게 분명했다.

"그래, 아내는 패션에 민감하거든." 그가 말했다. 그러더니 그제야 나와 면담 중이라는 사실이 떠오른 듯했다. 그는 메모를 확인하다가 다시 나에게 물었다. "네가 이곳의 직원들을 신뢰할 수 없다고 한 게 무슨 뜻인지 좀 더 구체적으로 이야기해주겠니?"

그의 말은 지금까지 내가 만나본, 내 기분을 좀 더 구체적으로 이야기해달라고 요구한 다른 상담사들과 완전히 똑같았다. 내가 내 속마음을 털어놓을 상대로 저 사람을 골랐다는 사실에 나 스스로도 놀랐다. 그 사람을 선택하고 있는 와중에도 놀라웠다. 내가 그를 고른 것은 내가 무슨 말을 하더라도 그 사람은 진지하게 받아들일 것 같아서였다. 그는 깐깐하고 원칙을 중시하는 사람 같았다. 또, 그의 직위와 깐깐함 때문에라도 나를 판단하려 들지 않을 것 같았다.

"릭, 리디아 그리고 하나님의 약속에 있는 모든 사람은 자기들이 영적으로든, 그 어떤 쪽으로든 우리에게 가장 도움이 되는 행동을 하고 있다고 믿을 거예요." 내가 대답했다. "하지만 그렇게 생각한다고 해서 실제로 그런 건 아니죠."

"좋아…… 좀 더 얘기해줄 수 있겠니?"

"글쎄요." 대답은 그렇게 했지만 나는 노력해보았다. "제 말은, 누가 다른 사람을 도우려고 노력했어도 그 방식이 정말 잘못되어서 상대방이 크게 잘못되고 마는 경우도 있다는 거예요."

"그러면 네 말은 이곳의 직원들이 너희를 대하는 방식이 폭력적이라는 이야기니?" 그는 내가 별로 좋아하지 않는 말투로 물었다.

"저기요, 여기서 우리를 때리는 사람은 아무도 없어요. 심지어 우리에게 고함을 지르지도 않아요. 그런 게 아니라고요." 나는 한숨을 내쉰 뒤 고개를 설레설레 저었다. "제게 그들을 신뢰하느냐고 물으셨죠? 네, 저는 그들이 고속도로에서 승합차를 안전하게 운전할 거라고 믿어요. 또, 매주 우리를 위해 식료품을 살 거라고 믿어요. 하지만 저는 그 사람들이 우리의 영혼을 위해 무엇이 최선인지, 즉 우리를 천국에 보장된 자리에 걸맞은 최선의 인간으로 만들려면 어떻게 해야 하는지 정말로 알고 있다고는 믿지 않아요." 나는 그 사람이 나에게 가졌던 흥미가 점점 사라지고 있다는 걸 느낄 수 있었다. 아니, 어쩌면 처음부터 내 답변에 별 흥미를 못 느꼈을지도 모르고. 그리고 나는 좀 더 똑바로 된 대답을 하지 못한 자신에게, 마크를 위해 해야 한다고 생각한 일을 망쳐버린 자신에게 화가 났다. 물론 마크는 내가 자기에게 무언가를 빚졌다고 생각지 않을 가능성이 컸지만 말이다.

"아무튼." 나는 말을 이었다. "설명하기는 어려워요. 저는 그냥 하나님의 약속 같은 장소가 필요한지, 제가 여기 있어야 하는지, 아니, 우리 중 그 누구라도 여기 있을 필요가 있는지 확신을 못하겠어요. 그런데 이 사람들이 우리를 구원해줄 거라고 믿지 않으면 애초에 여기 온 게 말이 안 되는데, 제가 어떻게 그 질문에 그들을 신뢰하지 않는다고 답할 수 있겠어요?"

"그럴 수 없었겠구나." 그 사람이 대답했다.

나는 그의 대답에 어쩌면 말이 통할는지도 모르겠다는 생각이 들었다. "저는 아저씨가 여기 온 게 마크에게 일어난 일 때문이란 걸 알아요."

그런데 내가 채 다음 말을 하기도 전에 그는 이렇게 말했다. "터너 군이 스스로에게 저지른 일이지."

"뭐라고요?" 내가 말했다.

"네가 방금 *그에게 일어난* 일이라고 말했잖니." 그가 말했다. "무슨 일이 갑자기 그에게 *일어난* 게 아니다. 그 애가 자해를 한 거지. 아주 심하게."

"맞아요, 그것도 이곳의 보호 안에서 일어난 일이잖아요." 내가 말했다.

"그렇지." 그는 아까와는 또 다른, 의중을 파악할 수 없는 어조로 말을 이었다. "바로 그 때문에 내가 이곳에 와 있는 거란다. 이 기관을 운영하는 사람들의 보호가 어느 정도인지를 조사하러 말이다. 다만 이 기관이 품은 사명 자체는 조사 대상이 아니야. 그 사명에 학대나 방치가 포함되어 있지 않는 한 말이다."

"하지만 정서적 학대라는 것도 있지 않나요?" 내가 물었다.

"있지." 그러더니 그는 조금도 종잡을 수 없는 말투로 물었다. "이곳의 직원들에게 정서적 학대를 당했다는 느낌을 받니?"

"세상에." 나는 허공에서 손을 마구 휘둘렀다. 내가 하고 있는 드라마틱한 동작만큼이나 내 기분도 그랬다. "방금 다 말했잖아요. 이곳의 설립 목적이라는 것 자체가 우리가 자기 자신을 혐오하게 만들어서 변하게 만들려는 거라고요. 우리는 자기 자신을 *혐오*하고 경멸해야 한단 말이에요."

"알겠다." 그는 그렇게 대답했지만, 나는 그가 아무것도 모른다는 것을 알 수 있었다. "그럼, 그 밖에 다른 문제는 없니?"

"없어요. *자기 자신을 혐오*하게 만든다는 말 속에 다 들어 있으니까요."

그는 뭐라 대답해야 할지 고민하는 듯 나를 쳐다보다가, 숨을 한번 들이쉬고 이렇게 말했다. "알았다. 네가 한 말은 기록했고, 공식적인 파일에 들어갈 거야. 또, 위원회 내부에서도 공유하마." 내가 말하는 동안 그가 뭐라고 끄적거리고 있었던 것은 사실이지만, 나는 그 사람이 내가 했던 말을 진짜로 적었을 거라고는, 그러니까 내가 말한 그대로 적었을 거라고는 전혀 믿지 않았다.

"알았어요." 내가 말했다. "변화를 불러일으키기에 참 효과적인 방법이겠네요." 나는 이제 이 사람이 미웠다. 그리고, 몇 가지 질문에 마음을 열고 대답하는 것만으로 무슨 변화가 생길 거라고 잠시나마 바란 나 자신조차도 미웠다.

"무슨 말인지 잘 모르겠구나." 그가 대답했다.

나는 그 사람이 내 말의 의중을 정말로 이해하지 못한 게 맞는다고 믿는다. 정말이다. 하지만 또 한편으로는 그는 이해하고 싶은 마음이 애초에 없었다고도 믿는다. 왜냐하면 그 사람은 결국 정말로 함부로 판단하지 않는 사람이니까. 그래서 하나님의 약속에서 지내는 나와 마크 같은 사람까지도 믿었을 거다. 아니면 우리보다 더한 사람까지도 말이다. 그리고 나는 그 모든 것을 설명하거나 내 감정을 딱 맞는 말로 표현할 수 없다는 것을 알면서도 노력했다. 그의 이해를 받기 위해서라기보다는 나, 그리고 마크를 위해서였다.

"제가 하고 싶은 말은, 이곳의 가르침과 믿음 자체가 문제라는 거예요. 믿지 않고 의심한다면 지옥에 갈 거라는, 우릴 아는 모든 사람이 우릴 부끄러워할 거라는, 심지어 하나님마저도 우리의 영혼을 포기해버릴 거라는 말을 듣는다고요. 그리고 여기서는 마크처럼 그런 말을 진정으로 믿고 하나님은 물론 이곳의 바보 같은 체계를 진정으로 믿는 사람조차 부족하다는 취급을 받아요. 왜냐하면 우리가 바꾸고자 하는 것은 키라든지 귀 모양처럼 *절대 바꿀 수 없*는 것이니까요. 그런데 이곳에서는 우리에게 *억지로* 변화를 일으키려 하면서, 우리가 변하지 못한 것은 온 힘을 다해 노력하지 않았기 때문이라고, 그러니까 우리는 더러운 죄인이고, 모든 것이 우리의 잘못이라고 믿게 만들어요. 마크도 그렇게 믿은 거예요."

"네 말은 이곳의 직원들이 마크가 이런 행동을 할 것을 예상했으리라는 뜻이니?" 그가 다시 리갈패드에 메모를 하기 시작했다. "그런 조짐이 보였니?"

그 말을 듣고 나는 노력을 완전히 포기하기로 했다.

"네. 그 조짐으로는 마크가 성경 안에서도 가장 엿 같은 구절을 문자 그대로 외웠단 사실을 들 수 있겠네요." 나는 최대한 그와 똑같이 무표정을 유지하려 애쓰며 그를 똑바로 마주 보았다. "하지만 여기 하나님의 약속에서는 그걸 그 애가 발전하고 있다는 신호로 받아들였고요. 솔직히, 아직까지 이곳 사도 모두가 손 닿는 곳에 있는 날카로운 물건으로 자기 성기를 도려내지 않았다는 사실이 놀라울 정도예요. 저도 방으로 돌아가면 바로 하려고요."

그 말에 표정 없던 그의 낯빛이 조금 달라지기는 했지만 그는 금세 냉정을 찾았다. "화가 났다니 안타깝구나." 그가 말했다. *화 나게 해서 미안하다*고 말하지 않았다. 자신의 탓으로 돌리지 않왔다. 어쩌면 미안하다고 말하지 않는 게 맞았을 것이다. 정말로 그의 잘못이 아니었으니까.

"네, 화가 났어요." 내가 대답했다. "바로 그 말대로예요."

그다음에 그는 나에게 몇 가지를 더 질문했고, 그러면서 두어 번 더 내가 겪었다고 느낀 *정서적 학대*에 대해 자세히 설명해달라고 부탁했지만 그 말 자체가 바보같이 들렸다. 나는 막돼먹기 짝이 없는 행동을 한 대가로 받아 마땅한 벌을 받는 게 불만이라고 징징거리는 어린애가 된 기분이었다. 내가 한두 마디로 짧게 대답했기에 3분쯤 지나자 그는 펜 뚜껑을 다시 닫더니 와줘서 고맙다며 "다음 순서로 스티븐 크롬프스를 들여보내주렴" 하고 부탁했다. 그래서 나는 그 말대로 했다.

나는 *그 사건*에 관련해서 주 정부 기관에 보고된 내용이 어떻게 결론 났는지는 모르지만 하나님의 약속이 별로 달라지지 않았다는 것은 안다. 변한 거라고는 그날 밤 야간 감독을 맡았던 케빈이 해고되었다는 것 정도를 꼽을 수 있겠다. 케빈 대신 온 사람은 월마트 경비원으로 일했던 하비라는 60대 남자였다. 하비는 삑삑 소리가 나는, 할아버지들이나 신는 검은 운동화를 신었고 15분에 한 번씩 손수건에 대고 빠르게 세 번 코를 풀었다. 밤에 방 밖을 돌아다니다 잡히면 곧바로 릭과 리디아에게 알려질 게 확실했다. 또, 우리의 부모님이나 *보호자*에게도 *그 사건*에 대한 소식이 전달되었는데 아마 법으로 정해져 있는 것 같았다. 루스 이모는 나에게 *그런 일이 일어나서* 너무 안타깝다는 긴 편지를 써 보냈다. 편지에 내가 받고 있는 치료를 의심하거나, 탓하거나, 비슷한 운명이 나에게도 일어나지 않을까 걱정하는 내용은 전혀 들어 있지 않았다. 다른 부모들도 비슷하게 반응했다. 자식을 하나님의 약속에서 빼내는 사람은 아무도 없었다(뭐, 물론 마크의 부모님은 예외인 셈이다). 그 뒤로 몇 주 동안 캠퍼스를 떠나 생명의 말 교회에서 예배를 드릴 때마다 우리는 전보다 한층 더 진기한 죄인 취급을 받아야 했다. 하지만 연상 작용으로 인해 우리에게 드리워진 오싹한 광채는 금세 벗겨져버렸기에 오래지 않아 우리는 다시금 특별할 것 없는 성적 일탈자들이 되었다.

아빠는 몬태나에는 계절이 둘뿐이라는 말을 자주 했었다. 겨울, 그리고 도로 공사 말이다. 그 뒤로 다른 사람들에게도 같은 말을 여러 번 들었지만, 그래도 이 말은 내가 아주아주 어릴 때 아빠가 한 말로 기억 속에 남아 있다. 나는 사람들이 왜 그런 말을 하는지를 잘 안다. 이 말은 진심으로 사랑하는 고장에 대한 선의의 농담이자, 몬태나의 끝없는 겨울이 얼마나 숨 막히게 느껴지는지, 그리고 겨울이 끝나자마자 찾아오는 여름의 건조한 열기가 얼마나 짜증을 유발하는지 소탈하게 설명하는 말이며, 몬태나에서 자연이 가진 뚜렷한 존재감과 사람들이 하늘과 땅, 날씨 등 자연의 모든 요소를 얼마나 민감하게 인식하는가를 압축하는 격언이기도 하다(이 말은 여러 가지로 변주되기도 한다. 몬태나에는 계절이 둘뿐이다. 겨울과 산불, 겨울과 겨울 아닌 계절, 사냥철과 사냥철을 기다리는 철).

그러나 확실히 말할 수 있는 건 1993년 몬태나주 서부에는 분명히 봄철이 존재했다는 것이다. 우리의 탈출 계획이 날씨에 달려 있었으니 다행스럽기 그지없었다. 3월 중순이 되자 봄은 여기서 조금, 저기서 조금 살살 눈치를 보더니 하나님의 약속이 있는 계곡 전체를 뒤덮어 5월 말까지 지속되었다. 처음에는 단단하게 굳었던 눈이 낮이면 녹고 밤이면 다시 얼기를 되풀이하면서 질컥거리는 진창이 되어가다가, 마침내 완전히 녹아서 길이란 길은 전부 진흙투성이가 되고 어떤 곳은 늪처럼 질척해졌다. 하지만 애덤과 나는 굴하지 않고 스웨트 셔츠를 입고 장갑까지 낀 채로 다시 달리기를 시작했다. 다시 기숙사로 돌아오는 길은 운동화에 진흙이 묻어 무게가 더해지는 바람에 시간이 거의 두 배로 걸렸는데도 말이다. 어느 방 앞을 지나도 다들 흐뭇한 봄 냄새를 방 안으로 들이려 창문을 활짝 열어놓은 걸 볼 수 있었다. 촉촉한 흙냄새, 새로 자라는 풀냄새, 그리고 결코 완전히 녹는 법이 없는 데다가 우리의 창에서 그리 멀지 않은 눈 덮인 산봉우리에서 부는 바람에서 풍기는, 말로 표현할 수 없이 향긋한 냄새였다.

첫 크로커스가 필 때쯤 제인과 애덤과 나는 탈출할 시점을 정했다. 여름 캠프용 오두막 뒤에 큼지막한 크로커스 밭이 있고, 또 바위 틈새라든지 헛간 가장자리 같은 결코 꽃이 필 것 같지 않은 터에서도 조그만 노란 꽃이 털이 긴 카펫을 펼치듯이 번져나가기 시작할 때였다. 우리는 6월 초, 보즈먼의 생명의 문 기독교 학교에서 시험을 치른 뒤 여름 캠프가 시작하기 전에 이곳을 떠날 예정이었다. 나는 선행학습을 하고 있었고 시험을 통과하면 애덤과 같은 12학년에 속하게 될 예정이었다. 하지만 제인은 졸업을 할 것이다. 제인은 그대로 과정을 마치게 된다. 그래서 제인에게는 제대로 된 졸업장을 받는 일이 그 무엇보다도 중요했다.

우리는 여전히 탈출의 세부적인 계획을 논의하는 중이었기에 전체적인 그림은 아직도 흐릿하고 불확실하게 우리 앞에 도사리고 있을 뿐이었지만 제인은 처음부터 기말고사가 끝나기 전에는 떠날 수 없다고 고집했다. 이 문제로 애덤과 말씨름을 하기도 했다. 애덤은 너무 늦는 것보다는 차라리 서두르는 게 낫다고 생각했고 그가 보기에 6월은 너무 늦었다.

어느 날 아침 제인과 나는 같이 청소 당번 일을 하면서 낮은 목소리로 탈출 계획에 대한 이야기를 주고받았다. 언제나 흰곰팡이로 뒤덮여 있는 샤워 부스 안에서는 아무리 목소리를 낮추어도 메아리가 울렸다. 샤워실에서는 커밋 세제 냄새가 강하게 풍겼고 그 냄새를 맡으면 할머니에게 부모님이 돌아가신 소식을 전해들은 끔찍했던 그날 밤 생각을 지울 수가 없었다. 탈출 계획에 집중해야 한다는 게 오히려 다행이었다.

제인이 6월까지 기다리는 것의 이점에 대해서 한참 설명하고 있을 때 내가 입을 열었다. "기말고사 끝나고 가는 건 괜찮아. 좋아. 이해했어. 그런데 너는 왜 굳이 우리랑 같이 나가려는 거야?"

"'왜 굳이' 라니, 무슨 뜻으로 하는 말이야?" 제인은 우리 둘이서 같이 쓰던 양동이 위에서 노란색 청소 스펀지를 짰다. "네가 굳이 나가려는 이유랑 똑같지."

"넌 어차피 끝이잖아." 내가 말했다. "넌 대학에 갈 수 있으니까 탈출할 필요가 없잖아."

"그럴 리가." 제인이 말했다. "난 8월이 되어야 열여덟 살이 되니까, 그때까지는 고등학교를 졸업한 미성년자 신분이고, 여전히 공식적으로 우리 엄마가 내 보호자인데 엄마는 분명 여름캠프가 끝날 때까지 날 여기서 못 나가게 할 거야. 장담해." 제인이 양동이에 스펀지를 담갔다가 물을 짜자 질벅질벅하며 물 튀기는 소리가 났다. "그건 그렇고, 너는 내가 진짜로 밥 존스 대학교, 아니면 그보다는 좀 더 진보적인 텍사스 플레인뷰의 웨일랜드 침례대학교에 다닐 거라고 생각한 거야?"

"강제로 그딴 학교에 지원했다고 해서 꼭 그 학교에 다닐 필요는 없잖아." 내가 대답했다. 베서니에게는 신학대학교의 브로슈어와 카탈로그가 가득 든 두꺼운 파일이 있었고, 제인을 비롯해 곧 졸업할 사도들은 지난 가을에 그 안에 있는 학교에 지원했다. 제인의 말에 따르면 그 학교들은 독실한 신자 또는 그런 행세를 할 의지가 있는 사람이 돈만 내면 누구나 들어갈 수 있는 곳이기에 지원은 형식적인 절차에 불과하다고 했다. 그리고 그 말대로 봄 내내 이런 신학대학교는 하나님의 약속으로 어마어마하게 많은 입학 허가서를 보내왔고 떨어진 사람은 아무도 없었다.

"당연히 그럴 **필요**는 없지." 제인이 말했다. "하지만 내가 정말 가고 싶은 대학에는 지원하지 못하게 했고, 이번 가을에 지원하면 너무 늦어. 어딘가의 커뮤니티 칼리지에 입학하면 모를까." 제인은 스펀지를 적시려고 쪼그리고 앉아 있었는데, 나는 그 애가 일어날 때 다친 다리 때문에 아파한다는 걸 알 수 있었다. 제인은 샤워실의 벽을 위아래로 문지르는 내내 건강한 쪽 다리에 무게를 실으려 자꾸만 골반을 움직였다. "정말 웃기지도 않아. 리디아가 케임브리지 대학교 나온 거 내가 말했니? 자기는 그런 데서 공부해놓고 우리는 십자가에 매달린 예수 대학교 같은 데 지원하게 시켰다니까?"

"그 학교 필드하키 팀이 되게 잘한대." 내가 대답했다.

제인이 들고 있던 스펀지를 나에게 던졌다. 빗나간 스펀지는 샤워 부스 바깥으로 튀어나가 세면대 쪽 벽에 맞으면서 기분 나쁜 철썩 소리를 냈다. 내가 씩 웃으면서 스펀지를 가지러 가려고 움직이는데 제인이 한 손을 들어 제지하더니 직접 가지러 걸어 갔다.

"내가 대학에 가고 싶은지 아닌지도 잘 모르겠어." 제인이 말했다. "한동안은 세상 공부나 하는 게 더 나을 것 같다는 생각도 들고."

"그런데, 그럴 거면 굳이 탈출하는 고생은 안 해도 되지 않아? 어차피 *세상 공부* 하려면 엄마랑 같이 살지는 않을 거 아냐."

"절대 안 되지." 제인이 다시 샤워 부스로 돌아오면서 대답했다. "설탕가루까지 뿌린 엄마의 완벽한 미국 교외 인생에 내가 들어갈 자리는 없어."

"바로 *그거야.*" 내가 말했다. "엄마랑 같이 살지도 않을 거고, 엄마가 가라는 대학교에도 안 갈 거면, 그냥 엄마한테 말하면 되잖아. 그래서 너네 엄마가 노발대발하면서 다시는 집에 들어올 생각하지 말라고 쫓아내면 탈출하는 거랑 어차피 똑같은 거 아니야? 내 말은, 나랑 애덤은 탈출하지 않으면 여기서 1년 더 지내야 할 테지만 넌 아니니까."

"나랑 같이 탈출하기 싫어서 그러는 거야?" 제인이 물었는데, 상처받은 목소리였다. 그것도 지금까지는 상처받은 티를 한 번도 낸 적 없었던 제인이 말이다. "내가 다리를 절어서 너희 둘한테 방해가 될 거라고 생각하는 거야?"

"아냐—젠장, 절대 아니야." 진심이었다. "굳이 그럴 필요가 없는데도 어려운 길을 택하는 것 같아서 그래."

그 말에 제인은 샤워 부스를 닦던 손을 멈추더니 가만히 섰고 그 애가 든 더러운 스펀지에서 굵은 물방울이 타일 바닥으로 뚝뚝 떨어졌다. *어려운* 길이라고 말하다니 되게 이상하다. 내 생각엔 그 반대거든. 나는 아주 오래전부터 엄마에게서 벗어나고 싶었어. 그리고 그러려면 엄마에게 내가 무슨 말을 하는 것보다 다른 사람들과 같이 아예 탈출해버리는 것처럼 엄마가 도저히 무시할 수 없는 큰일을 저지르는 게 훨씬 쉽다고 생각했어. 지금까지 엄마의 방식이 항상 옳은 건 아니라고 수도 없이 말했지만 엄마는 끄떡도 하지 않았거든."

"그러면 이번에는 엄마도 달라지실까?"

"그거야 알 수 없지, 난 떠날 테니까." 제인이 특유의 미소를 지었다. "게다가 혼자가 아니라 너랑 애덤과 함께잖아. 처음에는 말이야."

우리의 계획이 오리무중으로 빠지는 것은 거기서부터였다. 탈출 시점은 정해졌지만, 정확히 어디로 갈지, 그리고 그곳에 도착한 뒤 언제까지 함께 있을지가 문제였다. 처음에 애덤은 우리 셋이서 함께 어딘가로 간 뒤 집을 짓든지 해서 같이 지내면 되지 않느냐고 했고, 나 역시 애덤의 생각이 그리 나쁘지 않다고 생각했지만, 제인은 우리 셋은 미성년자기에 사람들이 우리를 찾아다닐 것이며, 그 와중에 자기가 열여덟 살이 되는 순간부터는 법적으로 성인이니 아마 우리의 탈출을 도운 죄를 뒤집어쓰게 될 거라고 말했다. 사실 우리 모두 실제적인 법 문제에 대해서는 잘 몰랐지만, 그래도 영화에서 악당들은 항상 도망치다가 한 사람이 붙잡혀도 나머지는 빠져나갈 수 있도록 찢어지곤 했다는 게 떠올랐다. 게다가 우리 스스로를 악당이라고 생각하는 게 꽤 마음에 들었다. 응원해주고 싶은 악당, 성공하길 빌게 되는 악당 말이다.

한동안 우리의 계획은 다른 사도들과 함께 보즈먼에 갔을 때 도망치자는 것이었다. 아마 그 외출은 기말 시험 직후, 어쩌면 우리가 생명의 문 기독교 학교를 나오자마자일 가능성이 높았다. 하지만 그 경우 우리는 아무것도, 심지어 갈아입을 옷 한 벌조차 챙겨 나올 수 없을 테고, 내가 마커를 훔치려다 실패한 뒤부터 하나님의 약속 부지를 떠날 때마다 리디아의 감시는 한층 더 삼엄해졌다.

애덤은 여전히 승합차를 훔치자고 우겼지만 결국은 나와 제인이 차를 훔치면 더 빨리 잡힌다며 그를 설득해냈다. 결국 우리 세 사람은 제인의 다리 상태를 감안하고서라도 길이 없는 곳으로 걸어서 도망치는 것이 가장 낫다는 데 의견을 모았다. 특히 우리 셋은 원래부터 야외 활동을 즐겼기 때문에 늦은 봄 어느 날 하이킹을 갔다가 '실종'되는 것이 현실적으로 가능할 것 같았다. 아마 우리가 하나님의 약속을 떠난 뒤 여섯 시간이나 일곱 시간쯤 지나야 수색이 시작될 거라는 생각이 들었다. 만약 야외에서 점심을 먹겠다는 핑계로 아침 일찍 떠난다면 시간을 더 벌 수도 있었다. 또, 본인이 늘 강조했던 대로 *자급자족형* 인간인 제인은 지도를 읽는 법, 나침반 보는 법, 불 피우는 법을 잘 알고 있었다.

하나님의 약속 반경 25~30킬로미터 안에는 캠핑장과 하이킹 코스, 관광명소는 물론 작은 마을도 몇 개 있었고, 이런 곳에 도착한 뒤에 우리가 그저 그래놀라 대학생인 척만 잘 해낸다면 히치하이킹으로 차를 얻어 타고 보즈먼까지 갈 수 있을 것 같았다. 어렵지 않을 거라는 생각이 들었다. 특히나 도중에 하이킹이나 캠핑을 하러 온 실제 대학생 일행이라도 만날 수 있다면 말이다.

"그 사람들이랑 친해지는 건 어렵지 않을 거야." 애덤은 이런 이야기를 여러 번 했었다. "우리가 대마초를 챙겨 갈 거니까 말이야. 친구를 만들 때도, 동성애자 개조 캠프에서 탈출하는 것을 도와준 사례를 할 때도 필수품이지."

우리 계획은, 보즈먼에 도착한 뒤 스캘런 호수에서 수상안전요원으로 함께 일했으며 호수의 플랫폼 아래에서 나와 키스한 모나 해리스를 만나는 것이었다. 내 생각에 모나라면 분명 우리가 그다음 계획을 생각해낼 때까지 하루나 이틀쯤은 기숙사 방에 숨겨줄 것 같았다. 하지만 여기까지 생각한 뒤에도 *그다음 계획*은 여전히 오리무중이었다. 우리 셋 모두 뾰족한 수는 없었다. 나는 일단 마고 키넌에게 연락을 취해보겠다고 생각했다. 마고에게 얼마만큼 부탁할 수 있을지, 아니, 무슨 부탁을 하면 좋을지는 알 수 없지만, 그래도 그녀는 믿어도 될 것 같고, 나를 도와주고 나에 대해 발설하지 않을 것 같은 어른이었다. 제인은 자신에게 크리스마스에 아주 센 대마초를 팔았던 옛 여자친구인 *비극의 여인*에게 연락할 계획이었다. 그녀는 예측 불허라서 보즈먼까지 우리를 데리러 올지, 아니면 꺼지라고 할지 알 수 없지만, 최소한 우리를 신고하지는 않을 거라는 게 제인의 생각이었고 그 이유는 '마약상으로서의 감수성에 어긋나기 때문'이라고 했다. 애덤은 모나 해리스를 만난 뒤의 별다른 계획이 없어도 큰 걱정은 하지 않는 것 같았다. 어쨌거나 일단 보즈먼에서부터는 우리가 각자의 길을 가야 한다는 것이 애덤의 생각이었다. 적어도 우리 모두가 열여덟 살이 될 때까지는 말이다. 아직은 흐릿하고 구체적이지도 않은 데다가 실현할 수 있을지조차 알 수 없었음에도 우리 세 사람이 헤어지게 된다는 데 생각이 미칠 때마다 나는 너무나도 슬퍼졌다.

4월 초 제인이 건초 다락에서 대마초를 피우다가 들켰다(그때 애덤과 나는 청소 당번을 하고 있어서 제인과 함께 있지 않았다). 제인은 일대일 면담이 끝난 뒤 저녁 식사 당번을 하러 가기 전까지 잠시 시간이 비었고, 봄 기운이 물씬 풍기는 오후 날씨가 근사했기에 딱 한두 모금만 피우려고 헛간으로 향했다고 한다. 그런데 함께 저녁 당번을 맡았던 데인이 헛간으로 가는 제인을 따라갔다. 마크 일 이후로로 데인은 좀 이상해졌다. 마치 분노가 경계심으로 바뀐 것 같았는데, 하나님의 약속이나 이곳에서 하는 교육에 대한 경계심이 아니라 오로지 경계 자체만을 위한 경계였다. 이상한 일이었다. 데인은 약물에 대해 어느 정도 알고 있었다. 내 생각에, 데인은 전부터 우리 셋이 대마초를 피운다는 걸 알고 있었음에도 굳이 그날을 택해서 리디아를 찾아간 뒤 제인에게 데려간 것 같았다. 리디아가 들이닥쳤을 때 제인은 본인의 표현에 따르면 '예쁘고 작은 조인트를 입술에 물고 있었'다고 했다. "갑자기 다락 아래에 리디아의 새하얀 머리 꼭대기가 보이더니 다음 순간 얼굴이 쑥 올라왔어. 나를 잡으려고 사다리를 올라오기까지 한 거야. 굉장했지."

그 장면이 굉장했던 것과는 별개로 제인은 내가 여태껏 하나님의 약속에서 본 것 중 가장 심한 벌을 받게 되었다. 자유시간을 전부 박탈당하고 그 시간에 감시를 받거나 또는 방 안에서 자습을 해야 했다. 방을 꾸미고 우편물을 받을 수 있는 권한 역시 **무기한** 박탈당했다. 부모님에게도 소식이 전해졌다. 그중 최악인 것은 날마다 릭 또는 리디아와 일대일 면담을 하는 벌이었다. 면담에 들어가는 것은 주로 리디아였는데 릭이 하나님의 약속과 자신이 성공 사례로 출연한 「무거운 짐을 내려놓고」 비디오 시리즈를 홍보하기 위해 출장을 가는 일이 잦아졌기 때문이다.

이제 애덤과 나는 제인을 식사 시간이나 수업 시간이나 예배 시간처럼 다른 사람들의 눈이 지켜보고 있을 때만 만날 수 있었다. 심지어 리디아가 식사 시간에도 따라와서 우리와 같은 식탁이나 같은 줄에 앉아, 쳐다보지 않아도 느껴지는 싸늘한 눈길로 우리를 주시하곤 했다. 우리는 작게 접어서 건네받은 쪽지나 여기저기에 클럽으로 꽂아둔 쪽지를 통해서 제인이 헛간에 숨겨두었던 대마초를 리디아에게 모두 넘겨주고 이것이 전부라고 믿게 했다는 사실을 알게 되었다. 리디아는 제인의 의족 안에 비밀 공간이 있다는 것을 아직 모른다고 했다. 제인의 생각에는 앞으로도 영영 알게 될 가능성이 없었다. 가장 다행스러운 소식은 제인도, 그리고 분명 진실을 알고 있을 데인도, 나와 애덤이 함께 대마초를 피우곤 했다는 사실에 대해서는 함구했다는 것이었다.

"하필이면 이렇게 중요한 순간에 벌을 받다니." 어느 날 아침 식사 시간에 리디아가 아직 음식 줄에 서서 스크램블드에그 중 그나마 덜 질척거리는 부분을 골라 자기 접시에 담고 있는 틈을 타 애덤이 말했다.

"사실 난 이쪽이 신의 섭리라고 생각했는데." 제인이 재빨리 대답했다. "지금이 제일 좋은 타이밍이거든." 제인은 스파이가 있는지 주변을 둘러보았지만 사도 대부분은 아직 식당에 들어오기 전이었고 일찍 온 애들도 잠에 취한 채 음식을 먹느라 이쪽을 보고 있지 않았다. 그래도 제인은 목소리를 한껏 낮추었다. "아직 사무실에서 신분증을 못 꺼내 왔잖아. 사무실에 들어가려면 누군가는 복음특무를 해야 할 텐데 당분간 우리 셋은 그럴 일이 없지. 나는 벌을 받는 동안 데인 번스키 흉내를 낼 생각이야."

"뭐라고?" 나보다 애덤이 빨랐다.

"나는 앞으로 한 달 동안 리디아의 말은 뭐든지 믿는 척 할 거야." 제인의 눈이 이상하게 번득였다. "완전히 말이야. 그러니까 너희 둘도 그렇게 하는 게 좋겠어. 대신, 너무 티 나지는 않게 해야 해. 우리가 변화하는 데는 동기가 필요하니까."

"무슨 소린지 모르겠어." 애덤이 말했다. "데인이 다른 꿍꿍이를 가지고 있다는 뜻이야?"

"데인이 탈출 계획을 세우는 건 아닌 것 같지만, 그래도 진정으로 하나님을 찾아낸 것도 분명 아니야." 제인이 말했다. "데인은 마크를 기폭제로 하나님께 극도로 헌신하는 모습으로 변화했고 리디아는 그 사실이 무척 흐뭇한 게 분명해. 나는 대마초를 피우다가 들켰으니까, 일대일 면담 동안에 왜 대마초를 피웠는지를 솔직하게 털어놓았지. 솔직했다는 게 무슨 뜻이냐면, 리디아한테 대마초를 피운 이유가 죄악된 성적 도착에 대한 죄책감을 이기기 위해서라고 했다는 뜻이야."

"근데 리디아가 그 말을 믿어?" 내가 물었다.

제인이 고개를 끄덕였다. "내가 보기엔 그래. 내가 일대일 면담 시간에 단 한 번도 마음을 열지 않았으니 리디아는 내가 발전했다고 생각하고 있어. 물론 이제 시작이야. 내가 울음을 터뜨릴 때까지 기다려."

"난 일대일 면담을 하면서 여러 번 울었는데." 애덤이 말했다.

"너야 당연히 그랬겠지." 제인이 말했다. "여부가 있겠어."

"섬세해서 미안하다. 이 돌로 된 여자야." 애덤이 일부러 삐친 척을 했다.

리디아는 에린에게 무슨 말을 하고 있는 중이었지만 접시에는 이미 음식이 가득 담겨 있고 손에 찻잔도 쥐고 있었다. 금방이라도 우리가 앉은 식탁으로 다가올 게 뻔했다.

"설득력 있게 연기할 수 있을지 잘 모르겠어." 내가 말했다. "리디아가 금세 내 속셈을 알아차릴 것 같은데."

"알아차린다 해도 어차피 영문을 모를걸. 아무튼 당분간 우리는 가급적 서로를 멀리하면서 하나님의 약속의 가르침에 헌신하는 것처럼 보이는 게 좋겠어. 오늘을 희생해 내일의 이득을 꾀하는 거지."

"윽, 기분 나빠." 애덤이 말했다. "너 말투까지 리디아를 닮아가고 있잖아."

"그래, 내가 의도한 게 바로 그거라고." 제인이 대답했다.

다음 순간 리디아가 우리가 앉은 식탁에 다가와 앉았고, 우리는 리디아가 꺼낸 화제에 대해 이야기하기 시작했는데, 무슨 얘기를 했는지는 하나도 기억나지 않는다.

그 뒤 며칠이 지나지 않아 나는 편지를 전달 받았고 이 편지는 일대일 면담에서 내 행동이 달라지게 만든 완벽한 기폭제가 되어주었다. 물론 처음부터 의도한 바는 아니었지만 말이다. 내 말은, 편지를 열자마자 *잘됐군, 지금부터 눈물 없이는 들을 수 없는 이 이야기로 리디아를 조종해볼까* 한 것이 아니라는 뜻이다. 그저 이 편지를 읽은 뒤부터 자연스럽게 일어난 일이었다.

내가 전해 받은 것은 할머니가 타자기로 친 세 페이지(와 루스가 손 글씨로 덧붙인 한 페이지)에 담긴, 루스 이모가 신경섬유종증으로 투병하느라 고생하고 있으며 종양 제거 수술은 실패로 돌아갔다는 소식이었다. 크리스마스 이후 루스 이모의 등에 난 혹은 *무서운* 속도로 커져서 더 이상 옷으로 숨길 수 없는 지경이 되었다고 했다. 또, 이제는 그 혹 때문에 이모가 통증을 느끼게 되었고 그것이 진드기나 촌충처럼 이모의 기운을 빨아먹는 바람에 이모는 자꾸만 피곤해졌다고 한다. 따라서 미니애폴리스에서 하기로 한 수술을 2주 앞당기기로 했고 레이와 할머니 모두 그 *빌어먹을 것을 떼어내러* 이모를 따라갔다. 하지만 수술은 잘되지 않았다.

리디아는 일대일 면담을 시작할 때 나에게 편지를 전해주었고, 사도가 받는 편지는 여전히 미리 열어서 검열하고 있었기에 이미 편지 내용을 알고 있었다. 우리는 평소엔 일대일 면담이 끝날 때 편지를 전해 받거나, 아니면 토요일마다 각자의 방으로 한꺼번에 배달 받았기 때문에, 리디아가 편지를 건네주었을 때 뭔가 문제가 생긴 거라는 생각이 들었다. 리디아가 "지금 읽어보고, 필요하다면 같이 이야기를 나누자꾸나"했을 때는 안에 무슨 내용이 적혀 있을지 걱정되기까지 했다.

할머니는 편지에 미니애폴리스에 간 이야기와 그곳의 병원 이야기를 길게 쓰셨다. 그 병원의 *굉장히 근사한 방문객 센터*에서 *아이들이 가지고 놀도록* 비치한 것 같은 구식 타자기를 발견하고는 아직도 타자 실력이 여전한지 확인해보려고 그 앞에 앉아서 이 편지를 쓰기로 했다는 이야기도 쓰셨다. *꼭 제시카 플레처가 된 기분이구나. 「제시카의 추리극장」 주인공, 기억하지?*

모든 것이 난장판이었단다. 의사는 종양의 윗부분을 제거한 직후에 (거의 7백 그램은 되었단다!) 나머지는 척추와 너무 가까워서 손댈 수 없다고 했단다(예전에는 분명 할 수 있다고 해놓고선 말이다). 또, 수술하는 동안 루스가 피를 너무 많이 흘려서 위험했단다. 당연히 그랬겠지만 말이다. 초록색 옷을 입은(내가 물어봤더니 그걸 스크럽이라고 부른다고 하더구나) 의사들이 빌어먹을 축구팀 하나는 거뜬할 만큼 많았는데 전부 다 척추에 더 이상 가까이 갈 수 없다고 하더구나. 그래서 종양의 가장 큰 부분은 제거됐지만, 결국 의사들 모두가 이건 임시 조치일 뿐이고 뿌리(인지 뭔지 정확한 용어는 모르겠지만)가 여전히 남아 있어서 종양이 계속 자랄 거라고 하더구나. 그렇게 떼어낸 부분은 조직검사를 해보니 양성이더라고(좋은 뜻이다. 암이 아니라는 뜻이지). 하지만 루스의 허벅지에서 떼어낸 작은 혹은(원래 그 자리에 혹 있었던 거 기억하지?) 악성이었어(나쁜 것 말이다). 그래서 암세포를 죽이려고 방사선 치료를 했단다. 게다가 루스의 배에 또 다른 종양이 생기기 시작했더라. 등에 있는 것만큼 골치 아픈 건 아니지만 갓 생긴 것치고는 크기가 크대. 그러니까 혹 하나 떼려고 미네소타에 왔다가 혹을 더 붙여서 돌아가는 꼴이 되었지 뭐냐. 넌 어떻게 생각하니? 내 생각엔 난장판이 따로 없었다. 루스는 앞으로 2주는 더 이곳에서 방사선 치료와 다른 치료를 받아야 하고 그다음에는 집에 가서 한동안 누워서 쉬어야 할 것 같다. 물론 루스가 고분고분 그렇게 해줄 것 같지는 않지만 말이다. (그렇게 해야 하는데도 말이다!) 레이는 일 때문에 마일스시티로 돌아갔지만 나는 루스랑 같이 있어주기로 했다. 나는, 우리는 네가 여기 함께 있으면 참 좋았겠다는 생각이 드는구나, 스펑키.

루스 이모는 나에게 이렇게 썼다.

네 할머니가 편지에 다 썼을 거라고 생각한다.
할머니의 타자 속도가 그렇게 빠른 줄 누가 알았겠니?
나는 잘 있다는 말을 전하려고 편지를 쓴다. 피곤하지만 아직
힘은 있고, 예상한 바와는 달랐지만 그래도 수술을 통해
몸이 더 나아졌다는 느낌이 들어. 의사들은 종양이 다시
자랄 거라고 하지만 의사라고 해서 모든 걸 다 아는 건 아닌
데다가, 나는 종양이 더 이상은 커지지 않으리라는 희망을
품고 있단다. 앞으로 10년이고 20년이고, 어쩌면 더 오랫동안,
아마도 영원히 말이야…… 이렇게 오랜 세월 동안 아무런
변화도 없는 똑같은 혹을 달고 살았는데, 별일이야 있겠니.
다리에 있던 종양과 마찬가지로 방사선 치료를 통해서
남은 암세포를 전부 제거해버릴 수 있을 거라고 생각해.
네 할머니가 나와 함께 있다는 게 너무나도 큰 축복이야.
둘이서 매일 네 얘길 한단다. 우리가 널 많이 그리워해.
너도 날 위해 기도해준다면 회복에 도움이 될 것 같구나.
그리고 내가 아직도 널 위해 기도한다는 사실을 네가 알았으면
좋겠다, 캐머런. 너를 정말, 정말 많이 사랑한단다.

　내가 두 사람의 편지를 다 읽고 다시 봉투에 집어넣고 있을 때
리디아가 물었다. "이모님의 병환에 관해 알게 되어서 안타깝구
나. 오래전부터 병을 앓고 계셨나 보지?"

나는 *이모님의 병환에 관해 알게 되어서*라는 리디아의 말이 우습다고 생각했다. *내가 네 편지를 뜯어보고 이모님의 병환에 대한 이야기를 다 읽었단다.* 이렇게 말해야 맞지 않나? 하지만 나는 그저 이렇게 대답했다. "네, 하지만 원래 이 정도는 아니었 어요. 평소에는 몇 년에 한 번씩 종양을 제거하기만 해도 괜찮았 거든요. 이렇게 심각한 상황은 처음이에요."

"그러면 일종의 암인 거니?" 리디아는 어떤 사람들이 암에 대 해 언급할 때면 그러듯이 소리 죽여 물었다.

"신경섬유종증은 암이 아니에요." 내가 대답했다. "신경에 종 양이 생기는 유전병이래요. 사실 저도 정확히는 모르지만, 암이 랑은 다르대요. 하지만 이 병이 암으로 발전할 가능성이 높은데, 아마 이모의 다리에 생겼다는 종양이 그렇게 된 것 같아요."

"무척 걱정되겠구나." 리디아가 말했다.

"네." 나는 재빨리 그렇게 답했는데, 그렇게 대답해야 마땅하 다고 생각했기 때문이었다. 루스 이모와 나 사이에 무슨 일이 있 었건 말이다. 하지만 솔직한 대답은 아니었다. 그러니까, 루스 이 모가 걱정되지 *않았던* 건 아니다. 이모가 아프기를 바라거나 암 세포가 늘어나길 바라지는 않았지만 사실 내 머릿속을 채운 것 은 미니애폴리스의 대형 병원에서 초록빛 도는 조명이 비추는 살균된 기다란 복도를 걷는 할머니의 모습이었다. 루스 이모와 같이 식사하려고 할머니가 좋아하는 크림 파이와 원하는 것을 골라 먹을 수 있는 커다란 샐러드 바가 있는 구내식당으로 가는 모습, 병실에서 루스 이모의 휴식을 방해하지 않으려고 거의 들리지도 않을 만큼 낮은 볼륨으로 추리 드라마를 보는 모습, 지쳐 보이는, 지쳐 있는 사람들로 가득한 대기실에서 *타닥타닥 쩽* 소리를 내면서 타자기를 두드려 내게 편지를 쓰는 모습. 실제로 아픈 사람은 루스 이모였지만 이모가 병실에 누워 있는 모습보다 할머니가 수프 두 그릇이 얹힌 쟁반을 들고 엘리베이터를 타고 루스 이모의 병실로 가는 모습을 상상하는 게 더 슬펐다.

리디아가 무슨 말을 했는데 나는 제대로 듣지 못했다. "지금 바로 하겠니?" 하고 묻기에 나는 "뭐를요?" 하고 되물어야 했다.

그러자 리디아가 입술을 꼭 다물더니 이렇게 말했다. "병원에 계신 이모에게 전화를 거는 것 말이다. 할 수 있단다. 방금 말했지만, 내가 전화번호를 가지고 있으니까."

"좋아요." 나는 대답한 뒤 리디아와 함께 복도를 걸어 사무실로 가면서 할머니와 통화할 수 있기를, 할머니가 기념품 가게에 가거나 바깥바람을 쐬러 자리를 비우지 않았기를 바랐다.

할머니는 자리를 비우지 않았다. 간호사실의 주디라는 사람이 병실로 전화를 연결해주자 할머니가 "예, 여보세요" 하고 전화를 받았다.

할머니와 전화 통화를 마지막으로 해본 게 언제였는지 모른다. 아마 부모님이 돌아가신 뒤에는 한 번도 할머니와 전화 통화를 한 적이 없었던 것 같다. 옛날에 할머니가 빌링스에 살 때는 가끔 전화하기도 했지만, 할머니가 우리를 보러 오거나 우리가 할머니를 찾아갈 때가 많았기에 전화 통화가 그리 잦지는 않았다. '눈에 눈물이 차오른다'라는 표현을 들은 적도 있고 책에서 읽은 적도 있지만, 울음을 터뜨리기 전 눈물이 날락 말락 한 상태를 실제로 느껴본 적은 한 번도 없었는데, 할머니가 전화를 받는 순간에야 그 기분을 알게 되었다. 나는 서류와 마커, 우표 뒷면 풀에서 풍기는 냄새로 가득한 사무실에 있고, 내 뒤에는 리디아가 있고—리디아가 직접 전화번호를 누른 뒤 내 뒤에 서서 전화 통화를 듣고 있었다—미니애폴리스의 어느 병실에서 들려오는 할머니의 목소리는 마치 과거에서 들려오는 목소리처럼 느껴졌다. 지금의 내가 아니라 영영 다시 돌아갈 수 없는 존재를 향한 목소리 같기도 했다. 그 순간 내 눈에 빌어먹을 눈물이 차올랐다. 그랬다. 순식간에 눈물이 고이는 바람에 나는 심호흡을 한 뒤에야 입을 열었다. "저예요, 할머니. 캐머런이에요."

시작이 인상적이었던 것치고 통화 내용은 그리 흥미롭지 않았다. 할머니가 내 전화를 받고 어마어마하게 들떴다는 사실을 알 수 있었는데, 내가 예상했던 대로 구내식당 음식이 너무너무 맛있다는 이야기를 했고, 또 병원 안뜰에 예쁜 분홍색 꽃나무들이 있는데 이름은 모르지만 *재채기를 유발한다*고 했다. 그다음에 전화를 이어 받은 루스 이모는 무척 피곤한 것 같았지만 애써 피곤함을 숨기고 밝은 목소리를 내려고 애를 썼는데, 차라리 그런 노력을 하지 않았더라면 덜 아프게 느껴졌을 것 같았다. 루스 이모와 나는 길게 대화하지는 않았지만 나는 이모가 어서 낫기를 바란다고, 이모를 생각하고 있다고 말했고, 그건 사실이었다.

전화를 끊자 리디아가 나에게 빙글빙글 돌아가는 책상 의자에 앉으라는 손짓을 하더니 자신은 방 반대편의 돌아가지 않는 의

224

자에 앉았다. 방이 좁았던 탓에 우리는 서로의 얼굴을 바짝 마주 보며 가까이 붙어 앉게 되었다. 리디아는 내게 생각할 시간을 주기라도 하듯 한참 가만히 있다가 입을 열었다. "어땠니?"

그래서 나는 대답했다. "이상했어요."

그러자 리디아가 대답했다. "네가 면담 중에 그런 말을 쓸 때마다 난 늘 곤란해진다. 이상하다는 말은 너무 포괄적이잖니. 그 말에는 아무 뜻이 없어. 구체적으로 대답하려무나."

나는 이번만큼은 구체적으로 대답하기로 했다. 그 순간 내가 느낀 감정에 대해 최대한 구체적이고 솔직하게 털어놓았다. "이유는 모르지만, 통화하는 내내 자꾸만 병원 안의 두 분을 상상하게 됐어요. 그렇게 이상한 일은 아니겠지만, 사실 제가 그런 건 두 분이 계시는 실제 그 병원이 아니겠죠. 한 번도 가본 적이 없으니 병원이 어떻게 생겼는지 무슨 수로 알겠어요? 그래서 제 상상 속에서 두 분이 계신 병원은 마일스시티에 있는 어느 버려진 병원이었어요. 홀리 로저리 병원요. 지금 이 순간에도 루스 이모의 병실에 있을 할머니를 떠올리면 깜깜하고 지저분한 홀리 로저리 병원에 있는 모습이 상상돼요. 물론 더 정확히 상상하려고 애써본다면 온갖 기계 장치들이 있는 좀 더 실제에 가까운 병원 풍경을 그려볼 수도 있겠지만, 굳이 애쓰지 않을 때 제 머릿속에 떠오르는 건 홀리 로저리 병원에 있는 두 분의 모습이에요."

"왜 그런 거라고 생각하니?" 리디아가 물었다.

"모르겠어요." 내가 대답했다.

"네가 생각하는 이유가 있을 텐데."

"아마 제가 홀리 로저리 병원에서 너무 많은 시간을 보내서 그런 것 같아요. 실제로 기능하는 병원에 가본 적보다 그곳에 간적이 더 많거든요. 게다가 홀리 로저리 병원은 쉽게 잊어버리기 힘든 장소이기도 하고요."

"하지만 원래는 그 병원에 들어가서는 안 되지?" 리디아는 공책의 새로운 페이지를 펼쳤는데, 면담 중 우리가 그리 많이 이야기하는 편이 아니었기에 드문 일이었다.

"안 되죠." 내가 대답했다. "몰래 침입하곤 했어요."

리디아와의 면담 중에 홀리 로저리 병원 이야기를 한 게 그때가 처음은 아니었다. 당연히 우리는 이미 제이미를 비롯한 다른 남자애들과의 *건강하지 못한 우정*에 대해 이야기했고, 리디아의 해석에 따르면 그것은 *특정 10대 남성들의 무모한 행동을 부적절하게 모방*하려는 욕망이자 나의 *부적절한 성별 정체성*의 일부였다. 또 대강이나마 나의 미성년자 음주(역시 무모한 행동으로 분류되었다) 이야기도 했었고, 심지어 그 버려진 병원에서 처음으로 린지와 나 사이에 일어났던 사건까지도 이야기했었다. 하지만 그날과 이어진 몇 번의 일대일 면담에서 리디아가 가장 흥미롭다고 생각한 것은 내가 온갖 종류의 죄를 저지른 장소인 홀리 로저리 병원을 루스 이모의 병에 대해 느끼는 죄책감이나 슬픔과 연관시킨 것이라고 했다. 또, 리디아의 말에 따르면 '이 연관관계를 이해하고, 파헤치고, 밝은 곳으로 끄집어내 진정으로 마주 보기 위해' 앞으로 많은 작업들을 해야 했다.

나는 심리학에 대해 그리 많이 알지는 못했다. 하나님의 약속을 떠나고 요 얼마간 심리학에 대해서 좀 더 알게 되긴 했으나, 막상 일대일 면담이나 그룹 면담을 할 때에는 어디까지가 종교적인 것이고 또 어디서부터가 심리학적인 것인지를 알 수 없었다. 최소한 리디아와 이야기할 때는 말이다. 릭은 중간중간 *성별 정체성*이라든지 *근본 원인* 같은 심리학 용어를 입에 올리긴 했지만 대개는 주로 성경이나 *죄, 회개, 순종* 같은 말을 썼고 그나마도 권위적인 어조로 이야기할 때뿐이고 자주 있는 일은 아니었다. 릭은 주로 듣기만 했다. 하지만 리디아는 종교적인 것과 심리학적인 것을 뒤섞었다. 성경 구절을 읊고 나서 NARTH—미국 동성애 연구 및 치료 협회—의 활동에 관해 이야기했다. 어떤 때는 *죄는 죄*라는 말을 한 다음에 우리의 죄와 연관된 *거짓된 자기 확증 행동*에 대해 이야기했다. 만약 성경과 심리학을 뒤섞고는 우리가 정확히 무엇을 문제 삼고 무엇에 반기를 들어야 하는지 몰라서 치료에 의문을 제기하지 못하도록 만드는 것이 리디아의 목적이었다면 성공한 것 같다. 하지만 리디아가 우리를 조종하기 위해 체계적이며 계획적으로 그런 수단을 쓴 것 같지는 않다. 내 생각에 그들은 아무것도 확실히 정리되어 있지 않은 상황에서 그때그때 상황에 맞춰서 헛소리를 꾸며냈을 뿐이다. 그러니까 그들을 막을 사람이 아무도 없었을 것이다. 이제 나는 하나님의 약속에서 이루어진 일을 설명할 수 있는 단어를 안다. 바로 *유사과학pseudoscientific*이다. 멋진 단어다. S 소리가 두 번 연속으로 나는 것도 마음에 든다. 하지만 그날 리디아와 함께 사무실에 있을 때 나는 유사과학이라는 단어를 몰랐고, 알았다 하더라도 쓰지 않았을 것이다. 그때 나는 리디아가 어째서 나의 망할 *발달 주기*가 엉망이 되었는지, 어째서 내가 죄가 담긴 그릇이 되어 하나님의 약속에 오게 되었는지 설명할 유의미한 무언가를 알아내기 직전이라고 믿는다는 사실이 다행스러웠다. 나는 리디아가 그렇게 믿게 놔두었다. 탈출을 앞당기기 위해 직원들과 좋은 관계를 유지하라는 제인의 당부 때문만이 아니라, *어차피 나는 하나님의 약속을 영원히 떠나 다시는 돌아오지 않을 테니까, 앞으로 딱 한 달 동안은 이곳과 이곳의 방식에 따라보자고* 생각했기 때문이다. 굴복하겠다는 생각은 아니었다. 손가락만 딱 튀기면 믿음과 헌신을 얻을 수 있다고 생각한 것도 아니었다. 내가 결코 마크 터너처럼 될 수 없다는 사실도 알고 있었다. 나에게는 그럴 능력도, 그런 성장 배경도, 그 두 가지의 조합도 없었다. 하지만 내가 리디아 앞에서 정말로 솔직해지고 질문에 최선을 다해 답한다면, 어쩌면 나 자신에 대해 좀 더 알게 될지도 모른다는 생각이 들었다. *아무렴 어때?* 그런 생각이었다. 그래, 아무렴 어때.

20

　리디아의 허락을 받아 병원에 전화를 건 날로부터 일주일쯤 지나서 베서니 킴블스-에릭슨에게 꽤나 멋진 책을 한 권 선물받았다. 아마 처음 보면 그 책이 얼마나 굉장한지 알 수 없을 것이다. 적어도 나는 그랬다. 두께는 《내셔널 지오그래픽》 잡지와 비슷했고, 두껍지 않은 표지에서는 흰곰팡이와 지하실 냄새가 났고, 제목 글자 위에는 커피 잔을 내려놓아 생긴 동그란 자국까지 나 있었다. 『산이 무너진 그날 밤―몬태나주 옐로스톤 지진 이야기』. 에드 크리스토퍼슨이라는 사람이 썼고 1960년 자비로 출판했으며 당시 가격은 1달러였다. 표지 아래쪽에 검고 굵은 글씨로 1달러라고 쓰여 있어서 알 수 있었다. 하지만 그로부터 33년이 지난 지금 베서니 킴블스-에릭슨은 생명의 말 교회 주차장에서 매년 여는 자선바자회에 갔다가 단돈 25센트에 이 책을 사왔다. 그 사실을 생각하니 에드 크리스토퍼슨이 누군지는 모르지만 불쌍했다.

"다른 테이블로 가려는데 책 상자 맨 위에 이 책이 놓여 있는 거야." 베서니는 이 책을 내게 준 뒤 이 얘기를 열 번쯤 했다. "맨 위에 말이야. 정말 일상 속의 기적 아니겠니? 그 바자회에 책이 얼마나 많았겠니? 아마 수백 상자는 있었을 거야. 정말로 진짜 그랬어. 그리고 그 상자 중 절반엔 눈길도 주지 않았고 말이야."

베서니는 우연을 말할 때 *기적*이라는 단어를 남용하는 경향이 있었고 이번에는 구체적으로 *일상* 속이라는 말을 덧붙이긴 했지만 여전히 짜증스러웠다. 그래서 나는 베서니가 그 책을 찾아낸 일 역시 평범한 우연에 불과한 일을 기적으로 포장한 것에 불과하다고 생각했다. 그러니까, 처음에는 말이다. 그러나 지금도 그 발견이 얼마나 완벽한 타이밍에 이루어졌는지를 생각하면 *기적*이라는 말을 빼고는 설명할 수가 없다.

얼마 전, 나를 비롯해 생명의 문 기독교 학교에서 기말고사를 치를 준비를 마친 사도들은 다양한 주제로 개인 프로젝트를 해도 된다는 허락을 받았다. 주제 중에는 몬태나 역사도 있었다. 나는 몬태나 역사를 선택했고 그것만으로도 엄마, 그리고 엄마가 박물관에서 하던 일에 가까워진 것 같은 기분이었다. 곧 그중에서도 퀘이크 호수를 세부 주제로 선택해 이 호수가 형성된 계기인 지진에 대해서 빠짐없이 알아보고 우리 가족 안에서 전해져 내려온 전설과 실제가 어떻게 다른지 알아보기로 했다. 베서니가 찾아낸 책은 타이밍이 딱 맞았다.

프로젝트를 시작한 사도들은 이미 보즈먼 공립도서관에 한번 다녀온 뒤였고, 그 달 안에 다시 한번 갈 예정이었는데, 베서니가 에드 크리스토퍼슨의 책을 주기 전까지 나는 아직 그 책을 찾아보지 못했다. 사실 나는 도서관에서 주어진 네 시간의 대부분을 《보즈먼 데일리 크로니클》의 마이크로필름을 훑어보며 지진의 목격자들 이야기를 읽고 눈을 가늘게 뜬 채로 기사와 함께 실린 흐릿한 사진을 보면서 단발머리를 한 엄마가 걸스카우트 티셔츠를 입고 외할아버지가 모는 차 뒷좌석에 앉아 있는 모습을 상상했다. 지진이 난 다음 날 아침, 옆자리에는 루스 이모가 앉아 있고 외할아버지가 운전대를 잡고 외할머니는 조수석에서 몇 분에 한 번씩 몸을 돌려 어린 딸들이 자고 있는지 확인하면서, 바로 전날 지진이 가장 큰 피해를 남긴 그 지역에서 빠져나왔다는 사실이 주는 무거운 부담과 살아남았다는 기쁨이 가득한 차 안에 앉아 있는 모습 말이다. 하지만 다른 사람들은 빠져나오지 못했다—사상자가 얼마나 많은지 아직 공식적인 보도는 없으나 다른 캠핑객들은 그만큼 운이 좋지 못했던 게 확실했다.

그 더운 날 빌링스의 집으로 돌아가는 차 안에서 지진 피해 탓에 여러 번 돌아가느라 아주 오랜 시간을 보내는 동안 엄마가 어떤 기분이었을지 상상하려고 나는 애를 썼다. 뒷좌석에서 보이는 아버지의 목은 뻣뻣하게 긴장되어 있었겠지. 라디오를 켜면 끝없이 지진 뉴스가 나왔을 테고, 주유소에서 사 온 진저에일 병은 엄마가 다리 사이에 끼고 있어서 미지근해진 채로 물방울이 맺혀 있었을 것이다. 엄마는 진저에일이 도저히 넘어가지 않았을 텐데, 마고의 가족이 죽었을 게 분명하다는 생각 때문이었을 것이다. 만약 그들이 죽었다면 어떻게 뒷좌석에 앉아서 진저에 일이나 마실 수 있단 말이야? 그러다 나의 이런 상상은 어느 지점에선가 할머니가 부모님의 사고 소식을 알려 아이린과의 밤샘 파티가 갑자기 중단되어버렸던 그날 밤, 클로슨 아저씨의 트럭에 타고 마일스시티로 돌아오던 그 끔찍하고도 끝없이 길었던 시간으로 바뀌어버렸다. 상상이 기억으로 바뀌는 이 같은 전환은 거의 자동적으로 일어났다. 차에 탄 어린 엄마가 트럭에 탄 나로 바뀌었다. 아마 일종의 반사작용이었을 텐데, 도대체 그걸 촉발하는 방아쇠가 무엇일까? 한여름 몬태나주의 뜨겁게 익어 갈라진 아스팔트 위를 굴러가는 타이어 소리가 생각나서? 움직이는 차 안에서 말하지 못한 것들 때문에? 죄책감 때문에? 알 수 없다. 그때 베서니가 그 책, 『산이 무너진 그날 밤』을 내게 주었던 것이다.

책 속에는 모든 것이 담겨 있었다. 그래프도, 차트도, 매디슨 캐니언 지진 지역 전체를 담은, 펼칠 수 있는 두꺼운 종이로 된 지도도 있었다. 지도 위에는 손으로 그린 것같이 우스꽝스러운 작은 기호들이 잔뜩 표시되어 있었는데, 낙하산 두 개는 산불 신고를 받고 출동한 삼림 소방대원들을 뜻했다. 그 불은 지진에서 살아남았지만 차를 잃고 심지어 캠핑장까지 왔던 길조차 사라져버리는 바람에 구조를 필요로 했던 캠핑객들이 구조신호를 보내기 위해 피운 불이 번진 것이었다.

눈을 가늘게 뜨고 보지 않아도 되는 선명한 사진들도 많이 실려 있었다. 캐딜락이 뒤집혀 있고 캐딜락이 달려오던 도로는 할머니의 웨이퍼 과자를 뚝 부러뜨린 것처럼 갈라지고 끊겨 있었다. 헤브겐 호수 둘레에 나 있던 또 다른 도로는 말 그대로 무無 속으로, 호수 속으로 떨어져버렸다. 조금 전까지 눈앞에 있었으나 다음 순간 사라져버린 것이다. 허리춤에서 셔츠가 삐져나온 남자들은 붕대를 칭칭 감은 사람들이 누워 있는 들것을 허둥지둥 옮기고, 구경꾼들은 무너지지 않은 도로변에 타고 온 차를 줄지어 세워놓고 사고 현장을 보려고 몰려들었다. 그중 한 사진에는 '이재민 가족'이라는 제목이 붙었는데, 사진 속 가족은 모두 잠옷 차림으로 버지니아시티의 어느 거리를 걷고 있었다. 하얀 목욕가운 차림의 할머니가 앞머리를 일자로 자른 막내 아이의 손을 잡고, 체구가 작은 어머니는 아기 고양이를 안고, 가슴 앞에 팔짱을 낀 큰딸은 카메라를 보지 않고 고개를 한쪽으로 돌린 채 수줍게 미소 짓고, 머리를 짧게 깎은 맨발의 아들만이 렌즈를 똑바로 보며 씩 웃는 사진이었다. 사진 속에 아버지는 등장하지 않았다. 어쩌면 사진을 찍은 사람이 아버지였을는지도 모르지만, 아닐지도 모른다. 사진 설명에는 나와 있지 않으니까.

하지만 베서니의 *기적*이라는 표현을 다시금 떠올리게 한 사진이자 또한 우리의 탈출 계획을 최종적으로 확정 지은 사진은 따로 있었다. 그 사진 역시 이 책과 마찬가지로 처음에는 그리 특별해 보이지 않았다. 사진의 초점은 거대한 바위 두 개에 맞춰져 있었는데, 설명에 따르면 이 바위들이 지진으로 굴러 떨어져 소형 텐트를 짓눌렀고 이 때문에 '빌링스 출신 14세 데이비드 키넌이 사망했다.' 하지만 *기적적으로* 이 가족이 캠핑장의 테이블에 차려놓았던 음식과 가족이 쓰고 있던 대형 텐트는 무사했다. 문제의 테이블은 사진의 전경에 놓여 있고 바로 뒤에 가속도를 잃고 움직임을 멈춘 두 개의 바위가 우뚝 솟아 있었다.

'데이비드의 유족으로는 부모 그리고 여동생이 남겨졌다.' 사진 설명이었다. 수업 시간에 책을 읽으면서 무심히 지나쳤던 사진이었다. 책을 끝까지 넘겨본 뒤 내 방으로 가져오기까지 했으면서, 그날 하루가 거의 끝나갈 무렵에야 갑자기 데이비드 키넌이라는 이름이 뇌리를 스치는 바람에 가슴이 선득해졌다.

세탁실에서 허름해진 목욕타월을 개고 있던 나는 건조기 문을 열어놓고 아직 남은 빨래도 내버려둔 채로 곧장 방으로 들어갔다. 데이비드 키넌은 마고의 오빠였다. 빌링스의 제1장로교회 식료품 저장실에서 우리 엄마에게 키스했던 사람 말이다. 책은 내 책상 위에 있었고, 나는 떨리는 손으로 책을 집어 들고 그 사진이 실린 페이지를 찾다가 두 번이나 지나쳤다. 그다음에야 그 사진을 다시 찾아냈다. 보고 있자니 마치 사적인 것으로 남아야 할 마고의 기억을 들여다보는 것 같은 기분이 들었다. 테이블 위에는 마고의 가족이 쓰던 컵과 접시, 아마도 핫도그 빵과 집에서 만든 초콜릿 칩 쿠키, 어쩌면 스모어 재료까지도 들어 있었을 골판지 상자가 놓여 있었다. 1959년에도 스모어가 있었는지는 모르겠지만 말이다. 오빠가 죽는 순간 마고는 *사진에 찍히지 않은* 대형 텐트에 있었을 것이다. 사진의 저작권자는 미국 산림청이라고 되어 있었다. 마고는 이 사진이 없어도 그 테이블과 두 개의 바위를 선명하게 떠올릴 수 있겠지만, 나는 마고가 이 사진의 존재를 알고 있을까, 이 사진이 1달러짜리 책에 실려 있다는 사실을 알고 있을까 하는 생각이 들었다. 그리고 그 생각을 하자 자연스럽게 퀘이크 호수에서 일어난 내 부모님 사고 역시 이런 사진으로 남아 있지 않을까 궁금해졌다. 호수에서 부모님의 차를 건져내는 사진. 차 안에서 부모님의 시신을 끄집어내는 사진. 아빠의 지갑에서, 엄마의 핸드백에서, 두 분의 신분증을 꺼내는 사진. 아마 경찰서의 파일이나 신문 기사에는 내가 영영 보지 못할 이런 사진이 아주 많이 실려 있을 거라는 생각이 들었고 그 생각을 하자—두 분이 돌아가신 뒤 처음으로—퀘이크 호수에 가서 그곳을 직접 보고 싶다는 생각이 들었다. 캐틀맨 레스토랑에서 저녁 식사를 하던 그날, 눈앞 테이블에 체리가 두 개나 올라간 분홍빛 셜리 템플 잔을 올려둔 채로 나는 영영 퀘이크 호수에는 가보고 싶지 않다고 했었다. 그때 마고는 나에게 괜찮다고 했다. 다른 어른처럼, 언젠가 내 마음이 바뀔 거라는 말 같은 건 하지 않았다. 하지만 이 책과 이 사진 때문에 나는 마음을 바꿨다. 게다가 퀘이크 호수는 하나님의 약속에서 그리 멀지 않았고 일행 중에 지도를 읽고 나침반을 보고 불을 피울 수 있는 사람이 있다면 하이킹해서 갈 수 있는 거리였다. 그리고 나는 그런 걸 할 줄 아는 사람을 알고 있었다.

사진을 살펴본 뒤 나는 곧바로 하나님의 약속 도서관에 가서 두 번째 책장 맨 아래 칸에 꽂힌 두꺼운 사전을 꺼내 *기적*의 정의를 찾아보았다. 당연히 첫 번째 정의는 *자연이나 과학의 법칙*

과 무관하게 일어나는 *신의 섭리*였으며 그 용례로는 '무덤에서 일어서는 기적'이 실려 있었다. 물론 이러한 정의는 내 상황을 표현하기엔 너무 과했다. 하지만 두 번째 정의—*기꺼운 결과를 불러일으키는, 대단히 비범하거나 있음직하지 않은 사건, 전개 및 성취*—는 썩 맞아떨어졌다. 우리의 탈출 계획이 성공할지, 퀘이크 호수에 도착하는 *기꺼운 결과*를 맞이할 수 있을지는 아직 알 수 없었다. 그러나 베서니가 이 책을 찾은 것과 내가 이 사진을 찾은 것 그리고 사진 속 조금도 망가지지 않은 음식들을 설명하던 '기적적으로'라는 문구 모두를 *대단히 비범하거나 있음직하지 않은 전개*라고 불러도 좋을 것 같았다. 단 하나 아쉬운 건 베서니 킴블스-에릭슨에게 선생님이 입에 달고 살던 일상의 기적이 이번만큼은 맞아떨어졌다는 말을 해줄 수 없다는 거였다.

"오늘은 네 침대 밑에 있는 코티지치즈 통 이야기를 해볼까?"
5월 초, 일대일 면담을 시작하면서 리디아가 한 말이었다.
"네." 나는 리디아가 코티지치즈 통에 대해 알고 있다는 사실에는 놀라지 않았고(당연히 알고 있었겠지), 다만 어째서 알면서도 벌을 주지 않았는지 신기할 뿐이었다. 우리의 일대일 면담 장소는 헛간에서 그리 멀지 않은 피크닉 테이블이었다. 야외 면담은 자주 있지 않았고, 특히 리디아가 면담을 진행할 경우에는 거의 없었다. 하지만 오늘은 기온이 20도 안팎이고 모든 것이 찬란한 햇살로 반짝이는, 올여름 들어 가장 날씨가 좋은 날이었기에 리디아조차 저항할 수 없었던 것 같다. 어쩌면 최근 내가 면담에 열심히 참여하고 있다는 사실 역시 바깥에서 면담을 진행하자는 결정을 내리는 데 한몫했을지도 모른다.

"왜 내가 지금까지 한 번도 그 이야기를 꺼내지 않았는지 궁금하지?" 리디아는 단단히 잡아당겨 뒤로 틀어 올린 덕분에 수영 모자를 쓴 것처럼 착 달라붙은 새하얀 머리의 정수리 부분을 손으로 쓸며 물었다.

"알고 계신 줄 몰랐어요." 내가 대답했다.

"아니, 넌 알고 있었을 거야." 리디아가 공책을 넘겨 빈 페이지를 펼쳤다. "너는 그 통을 숨기려는 노력조차 별로 하지 않았지. 실내 점검에서 발견될 걸 알았을 테고. 즉 너는 그것들이 발견되기를 바랐던 거야."

"저는 그 통이 이곳에서 제 인형의 집 역할을 할 수 있을 거라고 생각했어요." 그 말은 병원에 있는 할머니와 통화한 뒤 내가 면담 시간마다 했던 다른 말과 마찬가지로 전적으로 사실이었다. 알고 보니 철저히 사실만을 말하는 것이 지금까지 내가 해왔던 것보다 덜 힘들었다.

"만족스럽니?" 리디아가 물었다. 우리는 이미 인형의 집에 대해 이야기하면서 일대일 면담 한 회, 그리고 그룹 면담의 일부를 쓴 뒤였다.

"아니요." 내가 대답했다. "별로 그렇지 않았어요. 인형의 집을 꾸밀 때만큼 몰두할 수도 없었는걸요. 심지어 한동안은 꺼내보지도 않았어요." 나는 그게 언제부터였는지 생각해보다가 고개를 저었다. "언제부터였는지도 모르겠어요."

리디아는 항상 가지고 다니던 책을 펼쳤는데, 작문 공책은 아니었다. 가죽 질감의 검은 표지가 달린 작은 책이었다. 어쩌면 진짜 가죽이었는지도 모르겠다. 리디아가 몇 페이지 넘기는 걸 보니 페이지마다 날짜가 적힌 일정 노트 아니면 일기장 같았다. "네가 크리스마스 방학을 마치고 돌아온 직후에." 리디아는 그렇게 말하고 펜으로 노트를 아래로 죽 훑으며 페이지에 적힌 글을 살펴보았다. "그다음 주말에 실내 점검을 했더니 통 안에 추가된 것이—"

"크리스마스 전구 세 개요." 내가 리디아 대신 대답했다. "맞아요. 잊고 있었네요. 레이가 우리 집 지붕에 장식했던 전구였어요. 크리스마스이브에 전구를 잇는 전선이 느슨해져서 바람에 이리저리 날아다녔죠."

멀지 않은 곳에서 딱따구리가 나무를 쪼아대는 소리가 들렸는데, 어쩌면 그저 가까이서 들려오는 것처럼 느껴졌을 뿐이었는지도 모른다. 나는 딱따구리를 찾아보려고 주위를 둘러보았다. 활엽수들은 아직 잎이 피기 전이었지만 가지에는 마치 씹다 뱉은 스피어민트 껌처럼 연두색으로 온통 눈이 트고 있었다. 딱따구리는 보이지 않았다. 다시 원래대로 고개를 돌렸더니 리디아는 내 답이 충분치 않았다는 듯 아직까지 날 쳐다보고 있었다.

"바깥에서 들려오는 소리가 무슨 소린지 알 수 없어서 할머니와 제가 바깥으로 나갔죠. 바람에 마구 흔들리는 전구들은 불이 켜져 있어서 근사해 보였어요." 그 장면을 설명하면 할수록 그 순간에 대한 나의 기억이 엉망이 되는 것만 같았다. 리디아는 아직도 똑같은 표정으로 나를 쳐다보고 있었다. "하지만 레이가 다시 제자리에 달아줬어요."

리디아가 펜 끝으로 피크닉 테이블 위를 탁탁 두드렸다. "그럼, 방 안을 꾸밀 권한이 있었으니 굳이 숨겨둘 필요조차 없었던 그 통 안에 넣을 전구들을 손에 넣은 경위는?"

"레이가 전구를 뗐을 때 불이 나간 전선이 한 줄 있었어요. 그래서 버리기 전에 거기서 전구 세 개를 떼 온 거예요." 리디아의 냉소적인 표정을 보면서 그 말을 입 밖에 뱉었을 뿐인데 스스로가 한심하게 느껴졌다.

"그럼 심지어 이 전구들은 네가 할머니와 같이 보았던, 바람에 날리는 전구들도 아니었구나." 리디아가 말했다.

"네, 아닐 거예요. 확실히는 모르지만요."

"그런데 너는 충동적으로 그 전구 세 개를 챙겨서 짐 속에 숨긴 다음 하나님의 약속으로 가져와서 코티지치즈 통 안에 접착제로 붙였다는 거지."

"네." 내가 대답했다. "제가 한 행동이 정확히 그거예요."

"나도 네가 그런 행동을 했다는 걸 알아, 캐머런. 하지만 방금 한 말은 네 행동을 단순히 시간 순서대로 설명한 것에 불과해. 우리는 *왜* 네가 그런 행동을 했는가를 이해하고자 하는 거야. 왜 네가 자꾸만 그런 행동을 하는지 말이야."

"전 알고 있어요." 내가 대답했다. 그날 난 황갈색 스웨터를 입고 있었다. 주중이라 교복을 입고 있었는데, 갑자기 너무 더웠다. 아니, 아마도 갑자기 너무 더웠다기보다는, 긴팔 셔츠에다 스웨터까지 겹쳐 있은 내가 너무 덥다는 사실을 그 순간 갑자기 자각했던 것 같다. 그래서 스웨터를 벗기 시작했는데, 밑단을 잡고 뒤집어 벗느라 턱이 목깃에 끼고 양팔의 팔꿈치가 귀에 닿은 어정쩡한 자세가 된 순간 리디아가 말했다. "당장 멈춰라."

"네?" 나는 어정쩡한 자세로 움직임을 멈췄다.

"공공장소가 탈의실도 아닌데 다른 사람 앞에서 옷을 벗어서는 안 된다." 리디아가 말했다.

"그냥 더워서 그런 거예요." 나는 스웨터를 도로 입으면서 말했다. "스웨터 안에 셔츠도 입고 있는걸요." 나는 한 손으로 스웨터를 들어 올려 안에 입은 셔츠를 보여주었다.

"안에 셔츠를 입었건 아니건 내 알 바 아니다. 옷을 벗으려면 실례한다고 말한 뒤 아무도 없는 곳으로 가서 벗어야지."

"알았어요." 나는 냉소를 최대한 억누르며 대답했는데, 이미 나의 이런 태도에 관해서도 리디아와 여러 번 이야기한 뒤였기 때문이다. "너무 더워서 스웨터를 벗고 싶은데요, 잠시 실례해도 될까요?"

리디아가 손목시계를 확인하더니 대답했다. "면담 시간이 얼마 남지 않았으니 그동안은 너도 불편을 충분히 참을 수 있을 것 같구나. 면담이 끝나면 방으로 돌아가서 아무도 없는 곳에서 벗도록 하렴."

"알았어요." 내가 대답했다.

리디아는 항상 이런 식이었다. 그러니까, 내가 모범적인 환자처럼 리디아 앞에서 솔직해질수록 그녀는 더 냉정해져서 내 입 밖으로 나오는 거의 모든 말, 그리고 내 행동 중 절반 가까이를 지적해댔다. 하지만 이상한 건, 리디아가 끝없이 나를 꾸짖을수록 나는 그녀가 점점 더 좋아졌다. 리디아가 수없이 많은 규칙과 행동강령을 자신의 삶에도 적용하고 있을 거라고 생각하면 그녀는 자신이 보여주고 싶어 하는 모습, 내가 처음에 이곳에 왔을 때처럼 강하고 전지전능한 사람이 아니라 오히려 그 반대로 나약하고 다치기 쉬워서 그런 규칙으로 끝없이 보호받아야 하는 사람으로 보였던 것 같다.

"그럼 이제 계속할 준비가 됐니?" 리디아가 물었다.

"네."

"좋아." 그녀가 말했다. "그 주제를 회피하려고 소란을 피우지 말았으면 좋겠구나."

"그런 거 아니에요." 내가 말했다.

리디아는 내 말을 무시한 뒤 자신의 의견을 이야기하기 시작했는데, 언제나처럼 마치 우리의 면담이 시작되기도 전에 미리 준비해둔 것처럼 들렸다. 리디아의 의견이 도대체 무슨 뜻인지 이해되지 않을 때도 많았지만, 내가 이해하고 말고가 과연 중요한 걸까 싶기도 했다. "흥미로운 것은," 리디아가 말했다. "이런 물질적 파편들을 훔치는 패턴이 네가 저지른 죄를 상기시키는 방식으로 전개될 때가 많다는 거야. 물론 물건을 훔치는 것은 그 자체로도 죄지만, 때로 그 물건이 네가 저지른 다양한 무모한 행위의 상징이 되기도 해. 네 죄의 트로피인 셈이지."

"전구는 아닌데요." 네가 대답했다.

그러자 리디아가 말했다. "끼어들지 말거라." 그러더니 리디아는 더 이상 한마디도 보태지 말라는 듯 잠시 침묵하다가 심호흡을 한번 하더니 입을 열었다. "방금 이야기했듯, 그 물건들이 모두 너의 죄와 직접적으로 연관되지는 않는다 해도, 대부분이 죄와 연관되거나 적어도 네가 관계를 망가뜨린 상대의 것이야. 너는 우선 그 물건들을 모은 다음에 전시하는데, 내 생각에 이 행위는 그 관계와 네 행동에 기인한 죄책감과 불편한 감정을 다스리기 위한 것 같다." 리디아는 말을 잇기 전에 공책을 살펴보며 또다시 자기 정수리 부분을 손으로 쓸었다. 마치 테이블 맞은편에 앉아 있는 사람이나 자신의 주장과 관련된 당사자가 아니라 휴대용 녹음기에 대고 말하는 것처럼 거만한 웅변조의 목소리였다. "즉 네가 저지른 수많은 죄의 경험을 궁극적으로는 받아들일 수 없었기에 그것들을 고정된 표면에 부착하는 무의미한 노력을 해서 그 경험과 나아가 네 죄책감을 통제하려 시도하는 거지. 당연히 그 시도는 너도 알다시피 실패했다. 네가 코티지치즈 통을 쉽게 발견될 장소에 숨겼다는 것이 한 가지 근거가 되겠지. 나아가 방을 꾸밀 수 있는 권한이 생겨서 더 이상 물건을 숨길 필요가 없는데도 계속해서 침대 아래에 숨겼다는 것은 명백한 구조 요청이나 다름없어. 코티지치즈 통을 숨기지 않고 책상 위에 올려두어도 아무 문제 없었을 텐데 말이다. 하지만 너는 통을 숨김으로써 그것에 의미를 부여하고자 했지. 네가 최근 면담을 통해 진전되면서 그 작업에 대한 흥미를 점점 잃었다는 사실이 놀랍지 않구나."

"그렇게는 생각해본 적 없는데요." 내가 대답했다. 실제로 그런 생각을 한 번도 해본 적이 없었기에, 나는 인형의 집에 몰두했던 만큼 코티지치즈 통에 마음을 쏟지 않았음에도 리디아의 말이 맞을까 봐 겁이 났다.

"사실은 말이다." 그러더니 리디아는 아주 오랜만에 보는 진심 어린 미소를 지었다. "그 물건들을 버릴 때가 온 것 같구나. 오늘. 지금 당장 말이다."

"그럴게요." 내가 대답했다. 그리고 나는 내 방으로 돌아오자마자 그 말대로 했다. 일단 망할 스웨터부터 벗어 던진 뒤에 말이다.

제인이 근신 처분을 받은 뒤로 우리는 압수당하지 않고 남은 대마초를 피우지 않았고, 애덤과 둘이서 달리기를 하지도 않았으며, 주변에 다른 사람들이 없을 때면 식사 시간에 셋이 같이 앉지도 않았다. 리디아는 지금까지 우리 셋 사이에 *부정적인 유대감*이 너무 오랫동안 지속되었으니 이 변화가 긍정적이라고 말했다.

우리는 주로 복도에서 스칠 때나 승합차에 탈 때처럼 잠깐 마주치는 순간에 쪽지를 주고받으며 연락을 이어갔다. 쪽지로는 탈출할 때 반드시 퀘이크 호수에 들러야 하는 이유를 설명하기가 쉽지 않았지만 평소보다 쪽지를 훨씬 많이 주고받으며 상의한 끝에 제인과 애덤도 나의 일상의 기적이 기적적으로 펼쳐질 수 있도록 해보자는 데 동의했다. 나는 보즈먼 도서관에 두 번째로 갔던 날 베서니가 준 책에 붙은 지도를 제인에게 전해주었고, '나의 개인 연구'를 위한 자료를 찾는 도중에 퀘이크 호수 인근 하이킹 코스가 나온 최신 지도도 복사해 올 수 있었다. 이 과정에서 나에게 도움을 준 건 머리를 삐죽삐죽 세우고 귓바퀴에 피어싱을 여러 개 하고 버켄스탁 클로그*를 신은, 다이크처럼 생긴 도서관 사서였다. 아마 그 사서는 내가 친구들이랑 캠핑 갈 준비를 한다고 생각했을 것이다. 어떻게 보면 그것도 맞는 말이다. 나는 부모님의 사고 기사도 찾아보았다. 간략한 신문 기사와 호수 지도만 가지고는 부모님의 차가 가드레일을 뚫고 나간 정확한 위치가 어딘지 알기는 어려웠지만 그래도 어느 정도 어림짐작할 수는 있었다.

하나님의 약속으로 돌아가는 승합차의 맨 뒷줄에 함께 앉았을 때 나는 제인에게 복사한 지도를 슬쩍 건네주었다. 우리에게는 제인이 메리웨더 루이스**였으니까. 제인은 내가 구해서 보관해야 할 물품이 적힌 쪽지를 건넸다. 예배당에서 보관하는 여분 상자에 있는 초 세 개, 부엌에 있는 낡은 깡통따개—여러 개 중 녹슨 것 하나는 사라져도 그리 열심히 찾지 않을 테니까—그리고 썩지 않는 식량 여러 종류였는데, 리디아가 실내 점검을 자주 하니 보관하기가 꽤 까다로울 것 같았다. 애덤 역시도 필요한 물품 목록을 만들어주었다. 이 물건들을 비밀리에 찾아다가 숨기자니

---

* 단단한 나무 굽이 달린 신발.
** Meriwether Lewis(1774~1809). 미국의 탐험가.

(나는『앵무새 죽이기』의 부 래들리처럼 호수로 가는 길에서 멀지 않은 나무 둥치의 뚫린 구멍에다가 물건을 최대한 숨기기로 했다) 중요하고 쓸모 있는 사람이 된 것 같아 기분이 정말 좋았다. 나무 구멍 안에 끼워놓은 비닐봉지 안에다가 물건을 하나씩 집어넣을 때마다 작은 스릴이 느껴져서 짜릿했다. 이런 사소한 행동들 덕분에 우리의 탈출이 부쩍 현실적으로 느껴졌다.

6월이 다가오고 있었다. 기말 시험 직전에 나는 할머니와 루스 이모에게 전화를 걸어도 된다는 허락을 또 한 번 받을 수 있었다. 두 분 다 마일스시티로 돌아온 뒤였다. 루스 이모는 방사선 치료가 끝났지만 피부에 화상을 입어서 하루에 두 번 환부를 씻고 붕대를 감아야 했기에 일을 그만둘 수밖에 없었다고 했다. "당분간은 말이다." 이모는 아직도 피로감을 숨기려 부러 밝은 목소리로 말했다. "그래도 쉴 수 있어서 좋구나."

"환부가 익히지 않은 척 스테이크처럼 됐단다." 전화를 바꿔 받은 할머니의 말씀이었다. "티를 안 내려고 노력하지만 고통스러울 거야." 할머니의 목소리가 평소답지 않게 낮아서 나는 할머니가 이모에게 통화 내용이 들리지 않는 곳으로 가려고 평소에는 매듭처럼 한데 뭉쳐 있는 부엌 전화기의 기다란 선을 있는 대로 늘였다는 것을 알 수 있었다. "방사선 치료가 성공적인지 아닌지도 아직은 모른단다. 의사들이 자꾸만 아직은 모른다, 경과를 봐야 한다, 그러더라고."

"루스 이모도 할머니가 같이 있어서 다행이라고 생각할 것 같아요." 내가 말했다.

"아니다. 루스의 손발 노릇을 하는 건 레이지. 나는 그냥 말동무나 하고 사탕이나 먹여주는 게 전부란다. 그건 그렇고, 네가 없는 여름방학이 상상이 안 되는구나."

"저도요." 내가 대답했다.

그다음에 할머니는 7월 4일 독립기념일에 모두가, 그러니까 할머니와 루스, 심지어 레이까지 하나님의 약속으로 나를 면회하러 오겠다는 이야기를 하셨는데, 얼마 후면 부모님의 기일이기 때문이기도 했다.

"물론 루스의 상태를 봐야겠지만 말이다." 할머니가 말했다. "루스가 영 아니다 싶으면 나 혼자서 그레이하운드 고속버스를 타고 가서 네 학교 구경이나 하련다."

거짓말로 대답할 엄두가 나지 않았기에 나는 그냥 "으음" 하고 대답했다.

그 말에 할머니가 전화기에 대고 기침을 했다. "그리고 말이다, 스펑키, 네 생각이 어떨지는 모르겠지만, 어차피 생각할 시간도 충분할 테니까 하는 말인데, 루스와 나는 우리가 다 같이 차를 타고 퀘이크 호수로 나들이나 가보는 게 어떤가 이야기했단다. 루스 말로는 네 학교에서 가까운 데다가 경치도 좋다던데."

"진짜 가깝긴 해요." 내가 대답했다.

"가고 싶은 생각이 있니? 올여름에는 너랑 같이 묘지에 못 가볼 테니까 말이다."

"그래도 할머니가 저 대신 가주실래요?" 내가 물었다. "꽃도 가져가주세요. 백합은 빼고."

"당연히 그렇게 해야지." 할머니의 대답이었다. "그러면 내가한 이야기 생각해보고 있거라. 우리가 면회 가는 날은 아직 멀었으니 그때까지 충분히 고민해보렴."

사랑한다는 말과 잘 있으라는 인사를 서로 나눈 뒤 나는 할머니가 수화기를 원래 자리에 갖다놓으려 부스럭거리는 소리에 귀를 기울였다. 할머니가 아마도 루스임직한 상대에게 뭐라고 말했는데, 정확히는 알아들을 수 없었지만, '애는 괜찮은 것 같아' 아니면 '다 괜찮은 것 같아' 아니면 '괜찮을 것 같아'라고 한 것 같았다. 할머니와의 다음번 전화 통화는 언제가 될까? 그 전화를 어디서 걸게 될까? 그리고 그때 나는 무슨 말을 하게 될까?

기말고사 주간이 오자 내용은 같고 형식만 다른 꿈을 자꾸 꾸었다. 꿈속의 나는 베서니 킴블스-에릭슨과 교실에서 단둘이 있었고 그녀는 퀘이크 호수에 대한 또 다른 책을 *기적적으로* 찾아냈다며 나에게 보여주었다. 그러더니 베서니는 내 쪽으로 몸을 기대며 책을 넘겼고, 그녀의 머리카락이 내 얼굴을 스쳤고, 우리는 얼굴을 바짝, 너무나도 바짝 붙인 채로 산이 무너져서 넘치는 물을 가둬둔 그림을 내려다보았다. 그러다 베서니가 나에게 무언가를 물으려 고개를 돌리는 순간 그녀의 얼굴이 내 뺨에 너무나 가까이 다가와서 그녀가 말할 때마다 내 뺨이 뜨겁게 달아올랐기에, 도저히 키스하지 않을 수가 없었고, 우리는 키스했고, 그다음엔 베서니가 주도권을 잡고 나를 의자에서 끌어올려 책상위에 밀어붙였고, 우리는 책 위에서 엉겨 붙었고, 책이 내 등을 아프게 쑤셨지만, 나는 아무렇지도 않았다, 우리는 아무렇지도 않았다, 우리는 멈출 수가 없었다……

매일 밤 나는 그 장면에서 잠을 깼다. 아마 잠에서 깰 수 있었던 건 순전히 의지의 힘이었을 것이다. 깜깜한 어둠 속에서 땀범벅이 되어 이불을 움켜쥔 채로 깨고 싶지 않은 꿈에서 깨어 눈을 뜨면 온몸이 흥분에 들떠 민감해진 상태였고, 나는 온 힘을 다해 그 감각과 싸웠다. 리디아의 말이 맞는지, 내가 이 죄악된 열망이 지나갈 때까지 참을 수 있는지 확인하기 위해서였다. 나는 온몸에 힘이 바짝 들어간 채로, 이불 밖으로 손을 내놓고 가만히 누워 다시 그 꿈속으로 돌아가지 않으려고, 그래서 꿈이 끝난 장면에서부터 다시 시작하지 않으려고 정신을 집중했다. 그리고 늘 성공했다. 리디아의 말이 맞았다. 다시 잠들면 다른 꿈을 꾸거나 아예 꿈을 꾸지 않았다. 그러나 아침이 되어도 나는 죄를 극복했다거나 하나님께 가까워졌다는 기분이 들지 않았다. 다만 내가 절제력을 발휘했다는 사실이 달리기나 수영을 하면서 나 자신을 극복했을 때처럼 남몰래 뿌듯할 뿐이었다. 절제나 극기는 사람들을 중독시키기도 한다. 마치 자꾸만 절제를 반복하는 것만으로도 스스로가 다른 사람보다 정결하고 *바르게* 살아가는 것 같은 기분이 들기 때문이다. 그것은 리디아가 집착하는 그 모든 규칙을 따르는 것과 본질적으로 같은 일이며, 시간이 흐르면 따라야 할 규칙을 점점 더 많이 만들게 되고 급기야는 성경 구절을 통해 이를 정당화하는 데 이르게 된다.

나는 이 꿈에 대해 리디아에게 이야기하지 않았다. 처음에 그 꿈을 꾸었을 때는 그날 밤으로 그 꿈이 끝날 거라고 생각했지만, 다음 날 밤 또다시 그 꿈을 꾸고 나니 리디아에게 이야기하기에는 너무 늦은 게 아닌가 하는 생각이 들었다. 그래서 이 꿈은 내가 알아서 처리하기로 마음먹었다. 단지 꿈일 뿐이니까 이 꿈에 연루된 감정은 리디아의 도움 없이 내 힘으로 정리할 수 있다고 말이다.

하지만 그러던 어느 날 밤 나는 꿈속 베서니의 손이 내 플란넬 스커트 아래에서 움직일 때까지 잠에서 깨어나지 못했고, 그때까지는 꿈에서 깨었을 때 무슨 일이 벌어질지 조금도 예상하지 못했다. 그러다 내 이름을 부르는 목소리가 들렸는데, 꿈이 아닌 것 같았다. 다음 순간 내 이름이 다시 한번 들렸다.

"캐머런?"

눈을 뜨자 바이킹 에린의 얼굴이 바로 눈앞에 있었다. 방 안이 어두워서 잘 보이지 않았지만 에린의 커다란 눈이 내 눈앞에 바짝 다가와 있었고 놀란 내가 꺅 소리를 지르자 그 애가 속삭였다. "쉬이이, 쉿. 미안해, 미안해. 나야."

"뭐야?" 잠에서 막 깬 뒤라 어둠 속에서 울려 퍼지는 내 목소리가 너무 크고 쩌렁쩌렁하게 느껴졌다. 에린은 내 침대 옆 바닥에 꿇어앉아 있었는데, 방금까지 베서니가 등장하는 미성년자 관람불가 세상에 있다가 깨어난지라 에린이 이렇게 가까이 있는 게 단순히 내 개인 공간을 침범한 것으로만 느껴지지 않았다. 마치 에린이 내 꿈속을 들여다보기라도 한 것 같았다.

"네가 계속 소리를 내길래." 에린은 담요 위로 내 가슴팍 윗부분을 토닥였다. "내 침대에 누워서 널 깨워보려고 했지만, 네가 깨지 않더라."

"뭐라고?" 어둠 속인데도, 그리고 아직 잠이 덜 깬 데다가 어째서 그 애가 이렇게 가까이 다가와 있는지 납득되지 않는 상황이었는데도 내 얼굴이 달아올랐다. 에린이 자기 전에 쓴 스코프 가글액 냄새가, 매일 밤 팔과 팔꿈치에 바르는 분홍색 존슨 앤드 존슨 베이비로션 냄새가 느껴졌다.

"어젯밤에도, 그전에도 네가 계속 꿈을 꾸더라. 그래서 깨우려고 했었어. 이름을 불렀었어."

"몰랐어." 나는 벽을 향해 돌아 누웠지만 에린을 완전히 등지지는 않았다. "난 이제 괜찮아." 하지만 괜찮지 않았다. 아직도 꿈이 남긴 흥분에 달아올라 있었는데 에린이 계속 말을 거는 바람에 그 흥분이 사라지지 않았던 것이다.

"무슨 꿈이었는데?" 에린은 완벽한 규칙대로 자기 침대로 돌아가는 대신 그 자리에 가만히 앉아 있었다. 심지어 토닥이던 손길을 멈춘 뒤에도 내 가슴팍 위에 손을 그대로 얹고 있었다.

"기억 안 나." 나는 벽에 붙은 빙산에 대고 말했다. "무서운 꿈이었어."

잠시 동안 에린은 말이 없었지만, 곧 낮고 단호한 목소리로 입을 열었다. "아니잖아."

"맞아." 에린이 어서 자기 침대로 돌아가 주었으면 하는 생각뿐이었다. "네가 꿈속에 나랑 같이 있기라도 했어?"

"네가 꿈꾸면서 내는 소리를 들었어." 에린이 말했다. "무서워서 내는 소리가 아니던데."

"맙소사." 나는 거칠게 돌아 누우면서 이 몸짓으로 에린에게 내 짜증이 전달되었기를 바랐다. 나는 베개에 얼굴을 묻은 채로 말했다. "네 침대로 돌아가. 네가 꿈 경찰이라도 돼?"

하지만 에린은 그 자리에서 꼼짝도 하지 않은 채로 말했다. "네가 베서니라고 말하는 것도 들었어—한 번이 아니던데."

"무슨 상관이야." 나는 여전히 베개에 고개를 묻은 채였다.

"네 목소리는 꼭—"

"상관 말라니까." 나는 에린 쪽으로 돌아 누워 그 애의 얼굴을 보면서 목소리를 높여 똑똑히 말했다. "상관하지 마. 신경 꺼. 그냥, 입 다물어."

"싫어." 에린은 그렇게 말하더니 갑자기 나에게 몸을 기울여 키스했다. 어둠 속에서 에린은 실제로 몸을 많이 움직일 필요가 없었는데도—우리의 얼굴은 이미 가까웠으니까—과감하게 큰 동작으로 다가왔는데 그 바람에 그 애의 키스는 더 서툴렀다. 에린은 내 입술을 제대로 찾지 못하고 내 아랫입술과 턱의 옴폭 들어간 곳에 입을 맞췄다. 나는 키스에 곧바로 응하지 않았다. 너무 놀라서였다. 움찔하면서 고개를 약간 돌렸다. 하지만 바이킹 에린, 그 애는 굴하지 않았다. 도톰하고 부드러운 손가락으로 내 뺨을 움켜쥐고, 분홍색 베이비로션 냄새가 아까보다 더 강하게 풍겨오는 가운데 에린이 내 고개를 다시 자기 쪽으로 돌린 다음 내 입술에 자기 입술을 맞추고 다시 한번 키스했고, 이번에는 아까보다 나았다. 내 입술을 제대로 찾았기 때문이기도 하지만, 내가 마음의 준비를 한 덕이기도 했다. 그렇게 키스가 점점 짙어지다가 마침내 에린이 일어나서 내 몸 위로 올라왔다.

에린은 콜리 테일러와 달랐다. 이전에도 여자와 키스해본 적이 있는 게 분명했다. 나는 낡은 파이어파워 티셔츠와 플란넬 잠옷 바지를 입고 있었다. 티셔츠는 남아 있던 XXL 사이즈를 가져온 것이라 마치 자루 속에 들어간 것처럼 컸지만 에린은 두어 번 잡아당기는 것만으로도 쉽사리 티셔츠를 벗겼다. 에린의 손이 내 잠옷 바지 허리끈에 닿았을 때 나도 그 애의 티셔츠 아랫단을 들어 올렸지만 그 애는 나를 살짝 밀어냈다.

나는 다시 한번 에린의 티셔츠를 등 뒤에서 반쯤 걷어 올렸지만 그 애는 이번에는 손을 뒤로 돌려 내 손을 끌어내서 그대로 붙잡고 있었다. "하지 마. 그냥 내가 할게."

그래서 나는 에린이 하는 대로 가만히 있었다. 에린의 손가락은 부드럽고 단단했으며, 나는 베서니 킴블스-에릭슨과 꿈에서 전희를 끝낸 뒤였기에 오래 걸리지 않았다.

바이킹 에린과 내가 한 방을 쓴 지도 거의 1년이 가까웠다. 우리는 서로가 옷을 벗은 모습을 이미 수없이 보았고, 나는 주근깨가 있고 분홍빛이 도는 에린의 오동통한 어깨, 굵지만 의외로 근육이 잡힌 다리, 통통하고 새하얀 배, 작은(6사이즈) 발, 젖어서 퍼트 플러스 샴푸 냄새를 풍길 때면 노끈 색깔이 되고, 마르면 흙씨로 절반쯤 변한 민들레 색깔이 되는 머리카락도 잘 알았다. 하지만 그 모든 것을 알면서도 나는 에린과 이런 일을 하리라고는 단 한 번도 상상해본 적이 없었다. 그 애는 그냥, 내 룸메이트 바이킹 에린이었으니까. 그런데 지금 어둠과 꿈이 남긴 여운 속에서 내 침대에 들어와 내 몸에 손가락을 집어넣은 에린은 어쩐지 내가 아는 사람과는 완전히 다른 사람처럼 느껴졌다.

힘이 들어갔던 근육이 다시 이완되고 가쁜 숨 역시 잦아들자 만족스러우면서도 내 몸이 꽉 채워진 기분이 들었다. 내가 에린의 몸 위로 올라가 키스하자 그 애는 가만히 있었다. 하지만 내 손이 에린의 배 아래에 닿자 그 애는 내가 손을 셔츠 안에 집어넣기도 전에 나를 막았다. "아니, 됐어. 난 괜찮아."

"하고 싶어." 나는 에린에게 붙잡힌 손을 빼내려 했지만 그 애는 손에 힘을 풀지 않았다.

"난 벌써 했어." 에린이 말했다.

"뭘?"

"네가 꿈꾸고 있는 동안에—" 그러더니 에린은 말을 멈추고 고개를 돌렸다. "얘기하고 싶지 않아. 부끄러워."

"아니야, 귀여워." 내가 대답했다.

그러자 에린이 웃었다. "아니, 안 그래."

"진짜야. 완전 귀여워." 진심이었다. 나는 눈앞에 있는 에린의 목에 키스하려 했지만 그 애는 몸을 피해버렸다.

내가 에린 위에서 작은 원을 그리면서 몸을 움직이자 그 애 역시 자기 몸을 내 몸에 세게 누르며 응답해왔지만, 얼마 지나지 않아 이렇게 말했다. "그만해. 내려가."

"진심이야?"

"난 이제 내 침대로 돌아갈래." 에린이 말했다.

"지금?"

"불시 점호를 할지도 모르잖아."

나는 움직임을 멈추지 않은 채로 다시 한번 그 애의 셔츠 아랫단에 손을 가져갔다. "요즘은 점호 안 하잖아."

"아냐, 해." 그러면서 에린이 나를 벽 쪽으로 밀어내는 바람에 나도 그냥 밀려나주었다. "리디아가 화요일 새벽 1시쯤에 와서 확인해." 에린은 이미 두 발을 침대 아래 바닥으로 내린 뒤였다. 에린이 일어서더니 마치 공이라도 던졌던 것처럼 어깨를 잡아당기며 문지르기 시작했다.

"어떻게 알아? 넌 잠 안 자?" 내가 물었다.

"너처럼은." 에린이 대답했다. 몸을 숙여 내게 다시 한번 키스하지도, 그런 식의 예의를 갖춘 몸짓으로 작별인사를 하지도 않았고, 고맙다는 말도, 방금 일어난 일에 대한 어떤 마무리 의식도 하지 않았다. 그 애가 침대에서 내려가는 순간 모든 게 어색해졌고 방금 전까지 우리가 나눈 교감은 없던 일이 되어버렸다.

"네 꿈은 별로 재미없나 보다." 내가 말했다. "잠도 안 자고 내 꿈을 간접 경험해야 할 정도니까 말이야."

그러자 에린이 웃었는데 평소에 낄낄 웃던 것과는 다른, 낯선 웃음이었다. 에린은 자기 침대로 올라갔다. 우리 사이에 묘한 기운이 감돌았고 침대 사이 고작 3미터도 안 되는 공간이 스캘런 호수의 다이빙 구역만큼이나 깊게 느껴졌다. 우리는 변덕스러운 봄 날씨처럼 타올랐다 다시 꺼지기를 반복하는 용광로의 열기 같은 묘한 기분으로 한참이나 가만히 누워 있었다.

그러다가 갑자기 에린이 입을 열었다. "아무한테도 말하면 안 돼, 캠."

"안 해." 내가 말했다.

"난 정말로 이런 거 그만하고 싶어." 에린이 말했다. 나에게 하는 말인지, 스스로에게 하는 말인지 알 수 없었다. "난 결혼해서 딸을 두 명 낳고 싶어. 남들이 그래야 한다고 해서가 아니라, 진심으로 그러고 싶어."

"알아." 내가 대답했다. "난 네 말 믿어."

"네가 내 말 믿든 말든 상관없어. 네가 날 믿는다고 진실이 되는 건 아니잖아. 내가 그렇게 느끼기 때문에 진실인 거야."

나는 아무 말도 하지 않았다.

우리는 그 뒤로도 한참 동안이나 말없이 누워 있었다. 어쩌면 에린이 잠들어버린 게 아닐까 생각했지만, 그때 에린이 다시 입을 열었다. "난 언젠가 이런 일이 일어날 줄 예상했어."

"난 못 했는데." 내가 대답했다.

"너는 날 그런 식으로 생각한 게 아니니까." 그렇게 말하는 에린의 목소리는 슬펐다. 우리가 함께한 일은 (내 생각엔) 충동적이고 섹시하고 내가 필요로 하던 바로 그것이었는데, 30분도 되지 않아 추하고 부담스럽고 골치 아픈 일이 되어버렸다.

에린을 웃게 하고 싶어서, 아니면 적어도 조금은 기분 좋게 해주고 싶어서 나는 이렇게 말했다. "궁금한 게 있어. 너 혹시 탠디 캠벨 보면 흥분돼서 그 사람 비디오 자꾸 보는 거야? 내가 볼 땐 좀 섹시하던데."

"그런 얘긴 안 하고 싶어." 에린이 말했다. "동성에게 매력을 느끼는 걸 서로 부추기면 안 되잖아."

"진심이야?" 내가 물었다. 진심인지 농담인지 정말이지 알 수 없었다.

"나 이제 아무 말도 하고 싶지 않아." 에린이 말했다. "잘래."

"이러기 있어? *자고 있던* 나를 네가 깨워놓고선."

에린은 대답하지 않았다. 나는 에린한테 내가 화났다는 걸 알리려고 한숨을 푹푹 쉬었다. 그래도 에린은 아무 말도 하지 않았다. 조금 더 기다렸지만, 에린은 여전히 말이 없었다. 결국 나는 에린이 이번엔 진짜로 잠들어버렸다고 생각했고, 나 역시 금방이라도 잠에 빠질 것 같았다.

그런데 그때 에린이 간신히 들릴 정도로 작은 목소리로 말했다. "탠디 캠벨은 애초에 내 취향도 아니야."

그 말에 나는 미소를 지었지만, 내가 그 말을 들었는지 아닌지 에린이 알 수 없도록 아무 대답도 하지 않았다.

나를 포함해 개인 연구를 마친 사람들은 다른 사도들 앞에서 연구 주제에 대해 발표하는 시간을 가졌다. 나는 발표를 위해 사진과 지도를 덕지덕지 붙인 촌스럽고 커다란 콜라주를 준비했다. 내가 준비한 자료는 철저했고, 나는 정확한 날짜를 비롯한 여러 가지 사실을 확실하게 알고 있었다. 나는 70대 과부 그레이스 밀러 씨가 지진이 일어난 뒤 배를 타고 집으로 돌아간 일화를 이야기해주었다. 왜냐하면 집이 헤브겐 호수 한가운데에 둥둥 떠 있었던 것이다. 집으로 돌아가니 '틀니는 여전히 부엌 조리대 위, 싱크대 바로 옆에 놓여 있었다'고 했다. 듣던 사람들이 낄낄 웃었다. 심지어 리디아조차도. 나는 리히터 규모 7.5의 지진이 발생해 헤브겐 호수에서 90미터에 달하는 물의 장벽이 넘쳐서 매디슨 캐니언을 휩쓸고, 물이 록 크릭 캠핑장까지 도달하는 순간 산의 절반에 달하는 8천만 톤의 바위가 시속 160킬로미터로 계곡에 쏟아져 모든 것을 뒤덮은 사고를 묘사했다. 그렇게 캠핑장이 순식간에 퀘이크 호수로 변했다. 나는 내 발표 주제에 대해서 속속들이 알고 있었다. 박수 받아 마땅했다. 그러나 나는 발표 내내 제인과 애덤에게 눈길도 주지 않았다.

이틀 뒤 우리는 생명의 문 기독교 학교에서 기말고사를 치렀다. 시험은 준비한 그대로 나왔고 뜻밖의 문제는 없었다. 시험이 끝난 뒤 우리는 퍼킨스에 가서 파이를 먹었다. 나는 휘핑크림이 올라간 생딸기 파이를 먹었다. 할머니가 생각났다. 오후 중반이라 가게 안은 한산했고 노인들이 이런 유의 식당 어디서나 볼 수 있는 볼썽사나운 갈색 머그컵을 앞에 놓고 브리지 게임을 하고 있었다. 부스석에 혼자 앉아 넥타이를 어깨 너머로 넘긴 채 수프를 먹는 회사원도 있었다. 여행 중인 듯 옷이 구겨진 가족이 왔고 그중 어머니가 그래스호퍼 파이와 체리 파이를 포장해달라고 주문했다. 나는 내 파이에도, 내 옆에 앉은 헬렌이 하는 말에도 제대로 집중할 수가 없었다. 목요일이었다. 우리는 토요일 아침 식사를 마친 뒤 떠날 예정이었다. 기말고사가 막 끝났으니 이번 주말에는 자습 시간이 없었고 식사와 청소와 일요일에 생명의 말 교회에서 보는 예배 말고는 필수 단체 활동도 없었다. 우리는 예배에 가지 않을 테지만 말이다. 갈 일이 없기를 바랐다. 아직 우리 셋 중 누구도 신분증이 든 캐비닛에 다가가진 못했지만, 상관없다—우린 떠날 테니까.

"신분증을 사용하면 추적당하기밖에 더 하겠어." 제인의 판단이었다. "당분간 비행기는 못 타겠지만, 무슨 상관이야?" 우리는 제인이 지시한 물건을 전부 준비해둔 뒤였다. 부 래들리의 나무 구멍은 꽉 찼다. 우리에겐 지도가 있다. 그뿐만 아니라 계획도 있다. 때가 온 것이다.

리디아에게 우리 세 사람의 당일치기 나들이 허락을 이미 받아놓은 뒤였다. 우리는 하이킹한 뒤 멀찍이 떨어진 이웃 농장 외곽 웨스턴 페이퍼 자작나무 숲으로 가서, 커다란 나무둥치를 돌 두 개 위에 가로놓아 '테이블'을 만들고 옆에 큰 돌 네 개를 의자 삼아 갖다놓은 곳에서 점심을 먹을 계획이었다. 릭을 따라 가본 적이 있었다. 리디아는 제인에게 대마초를 피운 것에 대한 처벌은 아직 끝나지 않았지만 기말고사가 끝났고 일대일 면담에서도 진전을 이뤘으니 축하하는 의미로 주말 외출을 허락해준다고 했다. "일단 여기서 나가기만 하면 돼." 그날 아침 생명의 문 기독교 학교로 가는 길에 제인이 나에게 속삭였다. "어차피 조금만 있으면 리디아의 규칙들도 다 끝인걸."

퍼킨스의 화장실 바깥에서 에린이 볼일을 마치고 나오기를 기다리는 동안 나는 충동적으로 공중전화 부스 안의 줄에 달린 전화번호부를 뒤졌다. 전화번호부를 뒤지면서도 모나의 이름을 찾을 수 있을 거라 기대하지 않았지만, 눈앞에 그녀의 이름이 나타났다. 모나 해리스의 주소는 윌로우 웨이 어딘가였다. 분명 기숙사에 산다고 얘기했던 것 같은데, 이사했나 보지. 나는 모나의 전화번호 페이지를 찢었다. 종이가 휴지처럼 얇은 데다 복도가 주방 입구와 연결되어 있어 종업원들이 탄수화물투성이 음식이나 더러운 접시, 다 쓴 냅킨이 담긴 쟁반을 들고 오가고 있었기에 큰 소리가 나지는 않았다. 아무도 눈치채지 못했다. 나는 찢은 페이지를 직사각형으로 작게 접어 치마 허리춤에 집어넣었다.

에린이 화장실에서 나오자 우리 둘은 어색해졌다. 에린은 내가 들어갈 수 있도록 화장실 문을 잡아주었지만 내 얼굴을 보는 대신 식당 안으로 눈길을 돌렸고, 나 역시 고개만 까닥한 뒤 화장실로 들어갔다. 우리는 우리 사이에 있었던 일에 대해서 서로 이야기를 나누지 않았다. 단 한 마디도 말이다. 지난 며칠간 우리 둘은 거의 말을 섞지 않다시피 했다. 둘 다 공부하느라 바빴고, 나는 발표 준비까지 하고 있었다. 하지만 우리의 침묵은 바쁜 일정 때문이 아니었다. 가장 쉬운 길을 위해 합의된 침묵이었다.

나는 화장실에 들어가자마자 전화번호부에서 묻은 싸구려 검은 잉크를 지우기 위해 손에 비누칠을 하고 두 번이나 헹궈냈다. 그제야 내 손이 떨리고 있다는 걸 알았는데, 놀랍지 않았다. 지난 한 주 내내 온몸에 전기라도 통한 듯 찌르르했기 때문이다.

식당 안으로 돌아오느라 다시 한번 공중전화 앞을 지나치는데 갑자기 '무거운 짐을 내려놓고' 강연 때문에 출장 중인 릭이 떠올랐다. 나는 클리블랜드 또는 애틀랜타, 아니면 탤러해시에 있을

지도 모르는 릭이 토요일 밤에 받게 될 한 통의 전화에 대해 계속 생각했다. 그 모습을 다양한 방식으로 상상했다. 릭이 교회나 대여한 회의실 안에서 정장을 차려입고, 미소 짓는 엑소더스 인터내셔널 팬들 앞에 선 모습을 상상하기도 했다. 그 상상 속 릭은 찬양의 문 교회에서 설교했을 때 입었던, 더 나이가 들어 보이기는커녕 아빠 양복을 입은 어린 소년처럼 젊어 보이는 근사한 양복을 입고 서 있다. 특유의 진심 어린 말투로 성적 죄악이라는 어둠에서 벗어나 하나님의 빛 속으로 들어온 이야기를 하고 있는 릭에게 방 한쪽에 서 있던 한 여자가 손짓을 하거나, 아니면 **뚜벅뚜벅** 소리를 내는 구두를 신은 한 남자가 다가와 귓속말하거나 쪽지를 건네고, 릭은 재빨리 쪽지를 읽더니 청중에게 양해를 구한 다음 받아야 하는 급한 전화가 있다고 말한다. 릭이 리디아 또는 경찰이나 그 밖의 누군가와 전화 통화하는 모습을 릭을 초청한 교회 관계자들이, 엑소더스의 인증을 받은 탈동성애자들이 걱정스러운 표정으로 지켜보며 서로 눈짓을 주고받고, 릭의 반응을 관찰하면서 그가 수화기를 내려놓은 뒤 하나님의 약속에서 일어났다는 문제에 대해 빠짐없이 이야기해주기를 기다리고 있다.

나는 호텔 방에 혼자 있다가 전화를 받는 릭의 모습도 상상했다. 때로는 호텔이 아니라 싸구려 범죄 영화에서 본, 트럭 정거장과 야간 식당 사이에 끼어 있는 구질구질한 모텔이었다. 마약상과 매춘부들이 머무르는 곳, 모텔이라면 없어서는 안 되는 네온사인이 릭의 방 창문의 더러운 커튼 너머에서 깜박거리고, 방 안은 우중충하고, 천장에는 물 얼룩이 있고, 욕실 세면대며 변기 둘레는 붉게 녹슬어 있고, 카펫은 맨발로는 밟고 싶지 않은 꼬락서니다. 이 상상 속에서 울리는 전화기는 베이지도 황갈색도 아닌 기분 나쁜 살색이고, 짜랑짜랑 울려 퍼지는 벨 소리는 너무 커서 못 들은 척할 수 없다. 물론 릭이 그런 방에서 묵을 리가 없다는 사실은 나도 안다. 예산이 짜지 않으니까. '무거운 짐을 내려놓고'에는 강력한 자금원이 있다. 하지만 그럼에도 나는 때때로 그런 모텔 방에 있는 릭의 모습을 상상해보았다.

내가 가장 자주 했던 상상은 공항 근처 특정 없는 호텔에 있는 릭의 모습이었다. 작은 로비, 아침 식사용 작은 식당, 공짜 신문이 있고, 체크인을 하면 간단한 간식도 주는 곳. 릭은 낮은 볼륨으로 TV를, 어쩌면 MTV나 HBO 같은 의외의 채널을 보고 있고, 협탁 위에는 뚜껑 열린 물 한 병이 놓여 있다. 어쩌면 전화가 울릴 때 이미 작은 흰색 사각팬티에 티셔츠 차림일지도 모른다. 이번 전화기는 검은색 현대적인 디자인에 메시지가 도착하면 빨간 불이 들어오는 제품으로, 벨소리는 귀에 거슬리지 않는 나직한 전자음이다. 릭은 서두르지 않고 다음 날 입을 셔츠를 다림질한 다음 옷걸이에 걸어둔 뒤 전화기로 다가가 수화기를 들고 여보세요, 할 것이다. 소식이 전달되는 동안 릭은 침대 끄트머리에 걸터앉을 것이다. 제인 폰다, 애덤 레드 이글, 그리고 캐머런 포스트가 하이킹을 떠났다가 저녁 당번을 할 시간이 될 때까지 하나님의 약속으로 돌아오지 않았다는 소식이다. 6시가 조금 지난 시간 리디아 마치와 이웃 목장 주인이 사륜구동 차량을 타고 세 사람이 점심을 먹기로 한 장소를 찾아간다. 차를 몰고 가기에는 길이 너무 가파르고 장애물이 많자 그들은 목적지에서 2킬로미터 정도 떨어진 곳에 차를 세우고 걸어간다. 세 명의 사도는 그 자리에 없고, 흔적도 보이지 않는다. 저녁 7시 30분 경찰이 신고를 받고 산림청에 연락을 취한다. 아직 찾지 못한 사도들의 가족에게도 연락한다.

나는 릭의 전화 통화가 어떻게 끝날지는 상상하지 않았고, 그가 그 소식을 듣고 어떻게 반응할지도 생각하지 않았다. 나는 릭의 잘생긴 얼굴에 떠오른 표정이 놀라움에서 공포와 근심으로 바뀌는 모습을 상상했고, 특히 호텔 방을 배경으로 한 상상에서는 이 장면을 상상할 때마다 우리의 탈출이 릭에게 미칠 영향과 의미 때문에 미안해졌다. 하지만 탈출을 포기할 정도로 미안하지는 않았다.

금요일에는 리디아와 마지막 면담을 했다. 장소는 지난 8월 처음으로 그들이 나에게 빙산에 대해 가르쳐준 릭의 사무실 옆 좁아터진 회의실이었다. 창가에서 불쾌한 향을 풍기던 치자꽃 대신 공중에 거는 맵시 없는 양치류 식물 화분이 그 자리를 차지하고 있었다. 그 밖에 회의실은 예전 모습 그대로였다.

지난번 일대일 면담에서 나온 이야기는 내가 *영화 시청에 대한 집착*이라는 형태로 *죄악된 행위를 관음하는 데 중독되어* 있다는 것이었으며, 이는 *부모님의 죽음에 대한 트라우마와 죄책감을 무시하기 위해* 만들어냈지만 실패하고 만 *대응기제*라고 했다. 우리는 거기서부터 다시 이야기를 시작했다. 지난 몇 주간 보인 모습대로 펼쳐진 책처럼 면담에 임하고 싶었지만, 나는 리디아에게 바이킹 에린과 있었던 일, 우리가 저지른 일, 에린이 나에게 한 일에 대해 말하고 싶은 이상한 충동을 느꼈다. 그럼에도 그 고백은 한쪽으로 미뤄두고 리디아가 알고 싶어 하는 것들에 대해서 이야기했다. 내가 미성년자 관람불가 영화에서 본 섹스 장면, 이미지와 사운드에 심취한 채 그 장면들을 보고 또 보았다는 이야기, 그렇게 내가 내 방에서 조용히 혼자 *변태적인 동성애 행위*를 배워 나갔다는 이야기였다. 하지만 결국은 에린과의 일에 대해 털어놓고 싶은 충동이 다시금 돌아왔다. *말해, 말해, 말해.* 나는 내가 말하지 못하리라는 것을 알고 있었다. 그 이야기를 한다면 리디아는 내가 다음 날 하이킹을 절대 가지 못하게 할 텐데, 그러면 우리의 탈출이 아주 오래 미뤄질 테고, 어쩌면 다시 탈출을 꾀하기 어려울 정도로 기약 없이 미뤄질 것이다. 하지만 결과를 알면서도 나는 그 이야기를 하고 싶은 충동을 억누를 수 없었다. "있잖아요—사실 최근에 있었던 일 중에 말씀드려야 할 것 같은 게 있어요. 제가 베서니 킴블스-에릭슨과 섹스하는 꿈을 꾸고 있는데 룸메이트인 바이킹 에린이 저를 깨우더니 제 침대로 올라와서 끝까지 해줬어요. 그거 아세요? 걔 아주 잘하더라고요. 완전 프로였어요. 타이밍도 완벽했고요."

당연히 나는 그 말을 하지 않았다. 우리는 평소처럼 면담을 진행했는데, 그러다 어느 순간—정확히 어떤 질문 끝에 나온 말인지는 모르겠다—리디아가 이렇게 말했다. "이제부터는 너의 죄악된 정체성을 형성하는 데 네 부모님이 미친 영향을 받아들이고 밝혀내기 위해 더 애써야 한다. 네가 하나님이 주신 적합한 성별과 성적 지향에 대한 혼란에 빠지는 데 두 분의 죽음이 어떤 영향을 미쳤는지를 탐구하는 데는 상당한 진전을 이루었지만, 그것만으로는 충분하지 않아. 성별에 대한 너의 문제는 그보다 더 전, 부모님이 살아 계실 때 시작됐기 때문에, 현재의 죄악된 행동에 집중하는 건 복잡한 전체 그림의 극히 일부일 뿐이다."

리디아의 말은 거기서 끝나지 않았지만 나는 대답했다. "제 선택은 저의 몫이에요, 제 부모님이 아니라."

리디아의 얼굴에 놀란 빛이 떠올랐지만 잠깐이었다. "그래, 그 사실을 네가 알고 있다니 다행이다. 하지만 네가 그 선택을 하게 만든 조건, 네가 부모님의 보살핌을 받는 아이였을 때 주어진 대우와 기대가 지금 네가 이 선택을 하는 데 유의미한 영향을 미친 거야." 리디아는 거기서 말을 잠시 멈춘 뒤 테이블 위에 손을 올리고 피라미드 모양을 만들더니 말을 이었다. "부모님이 살아 계실 때부터 너는 그 길을 걷기 시작한 거야. 그 사실을 인정하지 않고서는 더 이상 나아갈 수 없어."

"제가 알고 있는 바대로라면요," 나는 자신을 흉내 내고 있다는 사실을 리디아가 알 수 있도록 천천히 손으로 피라미드 모양을 만들었다. "저는 부모님이 돌아가시기 *전날* 아이린 클로슨에게 키스했어요. 그리고 부모님의 사고가 있었던 *그날* 온종일 그 애한테 또다시 키스하고 싶었고요. 그래서 그렇게 했어요. 그날 밤이었죠. 부모님이 돌아가시기 전에 제가 어떤 선택을 했는지

제가 모른다고 생각하세요?" 전부 이미 리디아에게 이야기한 것이었지만, 머릿속으로 생각하는 것만으로도 수치심 때문에 얼굴이 일그러지는 이런 방식으로 사건의 순서를 나열한 것은 처음이었다.

그러자 리디아가 나를 보고 미소 지었다. 웃는다기보다는 얼굴을 찌푸리는 것 같던 평소의 불만스러운 미소가 아니라 진심 어린 진짜 미소였다. 리디아가 입을 열었다. "나는 네가 네 부모님의 죽음에 대한 죄책감을 일종의 보호막으로 사용해 두 분에 관한 기억을 꽁꽁 싸매고 있다고 생각해. 너는 하나님이 네가 아이린과 저지른 죄를 벌하는 거라고 스스로를 납득시켰지. 너에게는 다른 평가 기준이 없으니까, 이제 네 부모님은 너에게 더 이상 실재하는 사람이 아니니까, 하나님이 너에게 교훈을 주려는 위대한 계획을 이루려고 너를 조종하는 말들에 불과하니까." 리디아는 거기서 말을 멈추더니 내가 자신의 각진 얼굴과 매서운 눈썹 아래 눈을 바라보고 있는지 확인했다. 리디아는 내가 자신의 얼굴을 볼 때까지 기다린 뒤에야 말을 이었다. "스스로를 그렇게 중요한 사람이라고 생각하지 마라, 캐머런 포스트. 너는 죄를 지었고, 계속 죄를 짓고 있고, 너의 가슴속에는 죄가 깃들어 있다. 하나님의 자녀 모두가 그렇듯 말이다. 너는 다른 사람보다 우월하지도, 열등하지도 않아. 네 부모님은 네 죄 때문에 돌아가신 게 아니야. 그럴 필요가 없으니까. 예수님이 이미 너의 죄를 죽음으로 대속하셨다. 만약 네가 이 사실을 받아들이고 부모님을 네가 만들어낸 모습대로가 아니라 진정한 모습 그대로 기억하지 않는다면 너는 영영 치유되지 못할 거야."

"노력하고 있어요." 내가 말했다.

"알아, 하지만 더 열심히 노력해야겠다. 이제는 더 열심히 노력해야 하는 순간이 왔어." 리디아는 손목시계를 확인했다. "오늘은 여기까지다. 기분이 어떠니?"

"나아갈 준비가 된 것 같아요." 내가 말했다. 진심이었다.

리디아는 더 구체적으로 이야기하라고 말하지 않았다. 그저 이렇게 말했을 뿐이었다. "좋아. 기대가 되는구나. 너의 행동도 나에게 그만 한 확신을 줄 수 있길 바란다."

그날 밤 애덤, 제인, 그리고 나는 공식적으로 허가받은 다음 날의 '하이킹'에 가져갈 점심 도시락을 쌌다. 지금까지의 진행 상황도, 앞으로 할 일도 이미 알고 있었기에 서로 할 말은 별로 없었다. 더욱이 우리는 부엌에 있었고 언제 누가 들어올지 몰랐다. 실제로 스티브가 미니 당근 한 봉지를 가지러 한 번, 땅콩버터를 가지러 한 번 들어오기도 했다.

"나도 내일 너희들이랑 같이 하이킹 가는 건 어떨까 생각해봤어." 스티브가 당근에 땅콩버터를 찍어 베어 물면서 말했다. "그 바위가 어디 있는데?"

"멀어." 제인은 샌드위치를 싼 봉지를 플라스틱 클립으로 여미면서 아무렇지도 않다는 듯 대답했다. "오전 내내 걸릴 거야. 엄청 일찍 출발할 건데."

나도 제인처럼 침착하게 굴고 싶었지만 언제나 그렇듯 얼굴이 달아오르기 시작했다. 스티브를 등지고 있던 애덤은 나와 제인을 향해 눈을 크게 뜨고 충격받은 표정을 지었다.

"그렇군, 잘 모르겠네." 스티브가 말했다. "오후에 리디아가 우리를 보즈먼으로 데려가 줄지도 모른다던데. 그 전에 돌아올 수 있을 것 같아?"

"절대 안 될걸." 애덤이 말했다. "훨씬 늦을 거야."

"알았어." 스티브가 땅콩 버터 병의 뚜껑을 돌려 닫았다. "그래도 올 여름 안에 또 하이킹 갈 거지?"

"당연하지." 제인이 말했다. "릭도 틈만 나면 사람들을 거기로 데려가는걸."

"그러면 기다렸다가 그때 가야겠다." 그러더니 스티브는 내가 씻고 있던 포도송이에서 포도 알을 한 줌 떼어 부엌을 나섰다.

스티브가 복도 멀리 떠나간 게 확실해질 때까지 누구도 입을 열지 않았다.

"갑자기 마음을 바꿀지도 몰라." 애덤이 말했다. "내일 떠날 준비를 마치고 바깥에서 기다리고 있으면 어떡해?"

"안 그럴 거야." 제인이 말했다.

"그럴 수도 있잖아." 애덤이 말했다. "그건 모르는 일이야. 만에 하나 걔가 온다면 우린 망하는 거고."

나는 고개를 저은 뒤 말했다. "만약 걔가 온다면 그냥 아무 말도 하지 않고 계획대로 하면 돼. 걘 그 바위가 어디 있는지도 모르잖아. 우리가 다른 길로 가도 어차피 모를 거야."

애덤이 눈을 굴렸다. "가도 가도 테이블 모양의 바위가 안 나오면야 알게 되겠지."

하지만 제인은 웃는 얼굴이었다. "그렇겠지. 하지만 그땐 이미 꽤나 멀리 간 뒤일걸. 우리가 사실대로 털어놓았을 때 스티브가 돌아가고 싶다고 하면 걔는 혼자 돌아가는 거고, 우린 반대 방향으로 가는 거지."

"숲속에 서서 '놀랐지! 우린 탈출할 거야' 할 수는 없잖아?"

"그때 가서 봐야지." 제인이 말했다. "어차피 걘 안 올 거야."

"올 수도 있지." 애덤이 말했다.

그러자 제인은 두 손을 들었다. "무슨 일이든 *일어날 수 있어.* 스티브가 올 수도 있고, 갑자기 리디아가 하이킹을 가지 말라고 *할 수도 있고,* 문을 나서다가 네 다리가 *부러질 수도 있지.*"

"그래도 애덤은 굴하지 않을걸." 내 말에 애덤도, 제인도 웃음을 터뜨렸다.

"계획을 잘 짜놨잖아." 제인이 말했다. "이제 그 계획을 실행하기만 하면 돼."

그 대화를 끝으로 우리는 각자의 방으로 돌아갔다. 잘 자라고 인사했다. 평소대로 행동하려 애썼다. 에린이 책을 읽고 있기에 나도 책을 읽는 척했다. 에린에게 쪽지를 남겨야 할지 몇 번 생각했지만, 남기지 않기로 했다. 우리는 탈출했다는 사실을 알리는 그 무엇도 남기지 않기로 결정했던 것이다. 마침내 에린이 자기 쪽 불을 껐기에, 나도 불을 껐다. 사실, 나는 잘 잤다. 잠이 들기까지 오래 걸리지도 않았다. 그게 무슨 의미였는지는 모르겠다.

다음 날 스티브는 우리가 아침을 먹을 때까지 식당에 나타나지도 않았다. 우리는 달걀을 먹고 설거지를 했다. 도시락과 배낭을 챙겼다. 서늘하지만 햇볕이 따뜻하고 환한, 하이킹하기 딱 좋은 날씨였다. 한 발짝 내디딜 때마다 카메라의 필름이 감기듯 계획이 찰칵찰칵 펼쳐졌다. *찰칵, 찰칵, 찰칵, 찰칵, 찰칵.* 그렇게 우리는 길 위에 올라 떠나기 시작했다.

21

퀘이크 호수의 길이는 10킬로미터에 달한다. 노출된 암반과 숲을 끼고 물굽이를 이루는 이 호수에는 푸른 물결이 파도치는 널찍한 부분도 있지만 나머지 부분은 그늘에 가려 깜깜하고 폭이 좁다. 큰길인 US287 도로는 호숫가를 따라가다가 숲으로 접어든 뒤, 호수가 내려다보이고 경사가 가팔라지는 언덕 위에는 굽잇길이 좁아지는 데마다 추락 방지 가드레일이 설치되어 있었다. 그 길을 따라 걷지는 않았지만 울창한 숲을 뚫고 호숫가로 다가가는 우리 눈에도 큰길과 가드레일이 보였다. 협곡 건너편은 잘 보이지 않았다. 건너편까지의 거리가 꽤 먼 데다가 그 사이에 호수의 물이 흐르고 있었는데 우리의 위치와 태양빛의 각도가 맞을 때마다 반사 도료를 칠한 가드레일 기둥이 전구가 켜지듯 번쩍 하고 드러났다.

"그 장소가 이 근처일까?" 등 뒤에서 제인이 물었다. 제인은 숨을 헐떡이고 있었다. 지난 3킬로미터를 걷는 동안(우리는 여태 총 23킬로미터를 걸었다) 제인은 다리 보조 장치 때문에 힘들어하면서도 불평하지 않고 터덜터덜 걸었고 멈춰서 쉬자는 말도 거의 하지 않았다.

"잘 모르겠어." 내가 대답했다. "지도를 확인하면 근처인 것 같아. 아직 많이 남았는지도 모르지만, 지금까지 이렇게 가까이 와본 건 처음이야."

"하지만 여태 이렇게 오래 기다렸잖아." 제인이 말했다. "여기가 맞을 거야."

"멈춰서 지도를 확인해보는 게 좋을까?" 제인 뒤에서 걷던 애덤이 말했다.

"아니—맞을 거야." 제인과 애덤만큼이나 나 자신을 안심시키려 한 말이기도 했다.

비탈길을 걷다 보면 가파른 내리막이 나타나기도 했고, 흙은 소나무 비늘잎이 두껍게 쌓여 미끌미끌했지만, 우리는 계속 걸었다. 몇 번은 발을 잘못 내딛는 바람에 비늘잎 위로 미끄러져 바위나 고사리에 부딪히거나 나무줄기를 손으로 붙잡고 겨우 몸을 가누기도 했다. 협곡 지대에 들어선 이후 우리는 제인의 다리 상태와 지형을 고려해 때로 돌아가더라도 장애물을 최대한 피해 지그재그 경로로 걸었다. 드디어 호수의 물이 보이자 나는 그곳에 빨리 가닿고 싶은 생각밖에 없었고 그러려면 호수를 보기보다는 땅을 내려다보며 신중하게 발을 딛어야 했다.

그런데 어느 지점에선가 애덤이 이렇게 물었다. "혹시, 저 나무들이 진짜 물속에서 솟아오른 거야, 아니면 착시현상이야?"

우리 세 사람은 걸음을 멈추고 함께 호수를 바라보았다. 대개는 나무등치인, 그나마도 꼭대기에 굵은 가지 몇 개가 달렸을 뿐인 나무 두어 그루가 수면 위로 솟아올라 있었다. 지진과 홍수를 겪고도 살아남은 몇 안 되는 나무였다.

"나무의 유령이라고 봐야지." 제인이 말했다.

"해골 나무야." 내가 말했다. "나무의 유해지."

"으시시한걸." 애덤이 말했다.

제인이 고개를 끄덕이더니 말했다. "맞아."

"부모님의 사고 기사가 실린 신문 속 사진에서 본 것 같아." 내가 말했다. 내 머릿속에 떠오른 사진은 차가 뚫고 나가 가드레일의 철근이 휘어지고 부서진 모습을 찍은 것이었지만, 그 배경에 호수 일부가 나왔고 물속에 막대기 같은 이상한 나무들이 있었던 기억이 났다.

"그럼 여기인가 보다." 제인이 말했다.

"확실한 건 아니야." 내가 말했다. "옛날엔 호수 전체가 숲이었으니까 이런 나무들이 여기만 있는 게 아닐지도 모르고."

"여기인 것 같은걸." 애덤이 말했다. "내 생각엔 여기가 맞아."

협곡 깊숙이 들어오니 이미 밤이 되었다. 적어도 우리가 느끼기에는 그랬다. 지는 태양은 높은 협곡에 가려졌고 하늘 높은 곳만 간신히 밝을 뿐 우리가 서 있는 땅 위는 점점 어두워졌다. 바람이 불어 나무들이 약간만 흔들려도 따분한 공포 영화에 나오는 유령이 조금도 따분하지 않은 말을 속삭이는 것으로 오해하기 딱 좋은 어둠이었다.

해골 나무들은 가까이 다가갈수록 더 기괴해 보였다. 호수 한가운데에 있는 나무들을 제외하면 나무들 대다수는 꼬부라지고 휘어 하얗게 바래고 시들어 있었다. 지진 이후 물이 계속 들어와 그대로 고이는 바람에 더 이상 자랄 수 없도록 뿌리까지 물에 젖어버렸는데도 나무들은 아직도 쓰러지지 않고 서 있었다. 거인이 두고 간 옹이투성이 지팡이처럼 아직도 물 위로 불쑥 솟아 있었다. 아니, 어쩌면 더 커다란 거인이 뽑아버린 거인의 뼈라고 해야 할지도 모르겠다.

"그 보이지 않는 거인 이름이 뭐라고 했지?" 나는 어깨 너머로 물었다. 목적지가 얼마 남지 않아 초조해졌기에 침묵을 깨고 싶었다.

"BFG?"* 제인이 대답했다. "보이지 않는 거인은 아닌데."

"아니, 애덤한테 물은 거야." 나는 그렇게 말한 뒤 뒤돌아 애덤을 보았다. "그 라코타 부족 전설에 나오는 거인 말이야. 아주 오래전부터 인간에게는 보이지 않았지만, 지금은 그렇지 않은, 바다로 둘러싸인 산속에 사는 거인."

"야타." 애덤이 대답했다.

앞을 제대로 보고 있지 않던 나는 발을 헛디뎌 앞으로 넘어질 뻔했지만 다행히 뒤에 있던 제인이 내 배낭을 잡아 나를 붙들어

---

* 로알드 달의 소설 『내 친구 꼬마 거인(Big Friendly Giant)』의 약자.

주었다. 내가 균형을 잡느라 우리는 또 한 번 걸음을 멈췄다.

"나한테 바비 인형 다리라고 하더니?" 제인이 미소를 지으며 말했다.

"고양이 같은 유연성으로 날 붙잡아줘서 고마워." 나는 배낭을 고쳐 메느라 제인이 붙들었던 배낭끈을 풀었다.

애덤이 다시 물었다. "그런데 야타 얘기는 왜 한 거야?"

나는 고갯짓으로 호수를 가리켰다. "저 나무들이 꼭 거인의 지팡이 같아서."

"멋진데." 제인이 그렇게 말하더니 폴라로이드 카메라로 나무들의 사진을 찍었다. 사실 나는 제인이 카메라를 가져온 게 다행이라는 생각을 하고 있었다. 언제나처럼 제인이 카메라를 들고 있는 모습을 보니 안심이 되었다. 우리는 다시 걸음을 옮겼다.

퀘이크 호수에는 호숫가라고 할 만한 부분이 별로 없었다. 적어도 우리가 가 닿은 지점은 그랬다. 호수가 뭍과 만나는 부분에는 굴러온 돌과 매끈하게 닳은 회백색 자갈로 아주 얕은 경계가 생겨 있을 뿐이었다. 나는 물에서 몇 발짝 떨어진 자리에 걸음을 멈추고 말없이 가만히 서 있었다. 제인과 애덤이 내 옆으로 다가오더니 나를 바라보다가, 눈길을 돌렸다가, 다시 나를 바라보았다. 어쩌면 내가 배낭 속에서 부모님의 기억을 담은 물건이라도 꺼내기를, 그래서 내가 계획했음직한 장례식 비슷한 의식을 시작해주기를 기다렸는지도 모르겠다. 나는 가만히 호수 물만 바라보았다. 친구들도 가만히 나를 바라보았다.

"예쁘기는 하지만……" 제인이 입을 열었지만 말을 끝맺지는 않았다.

"좀 소름 끼치지?" 내가 물었다.

"조금." 그렇게 대답한 뒤 제인이 내 손을 잡았다. "저 나무들 때문인 것 같아."

"꼭 나무 때문만은 아닐걸." 애덤이 말했다. "이곳엔 강렬한 에너지가 넘실거리고 있어. 불안정한 상태가 느껴져."

"마치 마무리되지 않은 일이 있는 것처럼 말이야." 제인이 주먹을 쥐며 말했다.

나는 해골 나무들을 바라보며 오랜 세월 꼿꼿이 서 있으려면 나무의 뿌리가 얼마나 깊이 힘주어 뻗어 있어야 했을지 생각했다. 모두가 내 다음 행동을 기다리는 게 느껴졌다. 나 역시 그랬다. "아직 어떻게 해야 할지 생각 중이야." 내가 말했다. "잠시만 시간을 줘."

"이제 우리 셋한테 시간은 끝도 없이 많이 남아 있는걸. 마음껏 쓰도록 해."

애덤은 눈썹을 추켜올렸지만 놀란 표정을 억눌렀는데 나를 위해서인 것 같았다. "사람들이 우릴 찾기 시작했겠지?" 애덤이 제인에게 낮은 목소리로 물었다.

제인은 고개를 저었다. "아니, 난 그렇게 생각 안 해. 게다가 만약 우릴 찾아 나선다 해도 곧장 여기로 오지는 않을 거 아냐? 일단 우리가 소풍을 가기로 한 갤러틴 국립 산림에서부터 찾아 나서기 시작할 텐데 여긴 그곳에서 48킬로미터는 떨어져 있는걸." 제인은 찰칵 하고 폴라로이드 사진을 찍더니 얼룩덜룩한 은색 자국이 남은 크고 시커먼 바위 위에 앉아 의족을 고정한 끈을 풀었다.

애덤은 바닥에 쭈그리고 앉아 매끈한 돌을 찾고 있었는데, 돌을 집어 들어 신중히 감정하는 걸 보니 물수제비를 뜰 생각이라는 것을 알 수 있었다. 애덤은 손바닥 크기의 납작한 돌들을 골라서 손에 가득 쥔 뒤 매끈한 수면 위로 돌을 날려 보낼 기세로 팔을 뒤로 뻗다가 갑자기 그 자세 그대로 멈췄다.

애덤이 나를 쳐다보았다. "물수제비떠도 괜찮아? 혹시 이 상황을 내가 너무 가볍게 만드는 거 아니야?"

"아냐, 괜찮아." 나는 그렇게 말한 뒤에야 애덤의 손에 들린 돌을 바라보며 혹시 안 된다고 했어야 하나 생각했고, 거의 겁에 질린 채로 돌이 수면에 부딪치는 소리가 들리기를 기다렸다.

애덤은 다시금 한 팔을 치켜들었지만 잠시 그대로 가만히 있더니 바닥에 돌을 전부 떨어뜨려버렸다. 돌이 와르르 쏟아졌다.

"나중에 할래." 애덤의 말이었다. "지금은 그럴 때가 아닌 것 같아." 애덤은 제인 옆에 앉았고, 그렇게 두 사람은 내가 이곳에 온 목적을 실천하기를 기다리면서 딱히 무슨 행동을 기다리고 있지 않은 척 딴청을 부렸다.

내가 호수 속에 들어가야겠다고 마음먹은 것은 그 순간이었다. 그전까지는 확신이 없었다. 여길 찾아오는 걸 생각하고 상상할 때마다 상상 속 나는 항상 물가에 서 있었다. 이곳에 오는 것 자체가 주요 목적이었기에 상상 속 호안선은 연기로 가득한 꿈속에서처럼 흐릿했고, 이곳에서 내가 무엇을 할지는 분명했지만 이곳에 도착한다는 사실 자체만큼 중요하지는 않았다. 그러나 두 사람이 내 곁에서 지켜보는 동안 물결이 내가 선 운동화 발끝까지 다가와 찰박이는 지금은 이 물속 깊은 곳으로 반드시 들어가야겠다는 생각이 들었다.

"물에 들어갈 거야." 나는 그렇게 말한 뒤 배낭을 벗어 제인 옆에 떨구어놓고 스웨트 셔츠의 지퍼도 내려 바닥에 던진 뒤 긴소매 티셔츠도 머리 위로 벗어 던져버렸다. 내가 진지하다는 사실을, 되돌릴 수 없는 결정이라는 것을 모두에게 확인시키기 위해서였다. 브래지어에 바지만 입고 서 있자니 살갗에 닿는 찬바람이 기분 좋게 느껴졌다.

"너무 차가울 거야." 제인이 그렇게 말하더니 자기 배낭 속을 뒤졌다. "그래도 예방 조치로 타월을 가져왔어." 제인이 비치타월을 꺼내 내게 내밀었다. "수영복 입을 거야?"

"두고 왔어." 내가 말했다. "왜 그랬는지 모르겠어. 둘 다 챙겨도 됐을 텐데."

우리는 수상해 보이고 싶지 않았기 때문에 하이킹을 떠날 때 각자의 소지품과 필요한 물건을 넣은 학교 책가방 크기의 배낭 하나만 가지고 출발했다. 또, 당장은 아닐지 몰라도 방을 수색하기라도 하면 모든 것이 그 자리에 있는 게 나을 거라 생각하기도 했다. 하지만 내 수영복이 없어졌다고 한들 누가 알겠는가? 아니면 두 벌 중 한 벌만 들고 올 수도 있었을 텐데 말이다. 나는 금요일에 일대일 면담이 끝난 뒤 바이킹 에린이 복음특무를 하러 가느라 방에 없는 틈을 타 짐을 싸면서 수영복을 챙길까 생각했었다. 둘 다 옷 서랍 맨 위 칸 오른쪽 구석에 있었다. 나는 수영팀 시절에 입던 수영복, 그리고 수상안전요원용 빨간 수영복을 오랫동안 쳐다보다가 그냥 두고 왔다. 그리고 제인 앞에 수영복 없이 서 있는 지금 그 결정이 어리석기 짝이 없었다고 느꼈다. 둘다 가벼운 데다 작게 뭉칠 수도 있고 분명 수영복이 필요한 순간들이 생길 수 있었다. 바로 지금처럼 말이다. 나는 중요한 일에 바보 같은 결정을 내렸다는 것을 깨닫는 순간마다 속이 뒤틀리곤 했는데 지금도 그랬다. 이 중요한 일에 대해 내린 수많은 바보 같은 결정들 중 이게 첫 번째에 불과한 건 아닐까? 어쩌면 이 모든 바보 같은 결정들이 누적된 무게 때문에 모든 것이 무너져 내리고 말 거라는 첫 번째 단서에 불과한 것은 아닐까? "바보 같아." 내가 말했다.

제인이 내 배낭을 향해 손을 뻗었다. "수영복은 필요 없어." 제인이 내 배낭에서 자기가 챙겨 오라고 했던 초를 꺼냈다. "잊어버려." 그러더니 의족 속 공간을 뒤져 라이터를 찾았다.

"고마워." 바람이 차가워서 목소리가 덜덜 떨렸다. "날 여기 데려와줘서."

"불을 피울게." 애덤이 말했다. "네가 물에서 나올 때를 대비해서." 애덤은 잠시 내 맨어깨에 한 손을 올렸다가, 나를 지나쳐 숲으로 땔감을 찾으러 갔다. 제인은 우리가 조금씩 빼돌려둔 음식들을 꺼내 차리기 시작했다. 둘 다 사소한 일들로 손이 바빠졌다.

"나 그냥 다 벗을래." 나는 한 발로 다른 발 운동화 발꿈치를 밟아 신발을 벗으면서 말했다. 루스 이모가 신발만 *망가질 뿐*이라며 하지 말라고 귀에 못이 박이게 잔소리했던 행동이었다.

제인이 내가 신은, 한때는 흰색이었지만 지금은 때가 탄 면양말을 향해 고갯짓했다. 나는 계속 옷을 벗었다. 단추를 끄르고 바지를 내린 다음 한 발씩 빠져나오면서, 눈앞에 놓인 숙제 덕에 평소의 자의식에서 자유로워진 것 같다고 생각했다.

제인은 라이터를 켜서 초에 불을 붙였다. "좋은 생각이야. 어차피 물에 들어갔다 나오면 속옷이 젖어서 말려야 하잖아. 몸을 따뜻하게 하려고 피부가 찰과상을 입을 때까지 비비고 싶지는 않을 거 아냐." 제인은 초를 비틀면서 돌바닥에 꽂아 넣더니 초가 똑바로 서자 다음 초에도 불을 붙였다. "뭐, 찰과상이라는 단어는 근사하지만 말이야."

"그거 하나 가져가도 돼?" 나는 고갯짓으로 촛불을 가리키면서 오렌지색 불꽃이 움찔거리고 흔들리면서도 꺼지지 않는 모습을 바라보았다. 「가라데 키드Karate Kid」 시리즈의 한 장면이 떠올랐다. 아마도 2편이었던 것 같은데, 미야기 씨가 다니엘 상을 고향 오키나와로 데려갔을 때 동네 사람들은 부둣가에서 물에 등을 띄워 보내는 성스러운 의식을 선보인다. 까딱까딱 움직이는 자그마한 불빛이 수면에 반사된다. 심지어 배경음악으로 피터 세터라*의 음악이 흐르는데도 그 장면은 너무나 아름다웠다.

"가지고 들어가게? 나한테 손전등도 있는데." 제인이 배낭 앞주머니를 뒤지며 말했다.

---

* Peter Cetera(1944~). 미국의 싱어송라이터. 밴드 시카고의 주요 구성원이었다.

"아니, 나는 촛불이 좋아." 내가 대답했다. "물론 꺼져버리겠지만 말이야."

"그렇겠지." 그렇게 대답하면서도 제인은 세 번째 촛불에 불을 붙여 나에게 내밀었다.

나는 촛불을 받기 전에 팬티부터 벗었다. 부드러운 초를 움켜쥐는 순간에도 추워서 온몸에 소름이 돋았다. 크리스마스이브의 합창단 소녀처럼 가슴 앞에 촛불을 들었다. 불꽃이 작았지만 조그마한 온기를 피워 올렸기에 나는 내 살갗 가까이에 촛불을 대고 있고 싶었다.

제인은 골짜기의 어둠 속에서 새하얗게 발가벗고 덜덜 떨면서 턱 아래에서 빛을 뿜는 촛불이 흔들릴 때마다 따라서 일렁이는 얼굴로 지금까지의 내 삶에서 수없이 그래왔던 것처럼 일을 망쳐버릴지도 모른다고 두려워하는 내 모습을 못 본 척하지 않았다. 제인은 내 눈을 마주 보며 말했다. "할 수 있어. 우린 여기서 기다리고 있을게."

"뭘 해야 하는 거지?"

"이미 너도 알고 있잖아." 제인이 말했다. "모른다고 생각하겠지만, 넌 알아. 그래서 여기까지 온 거잖아."

나는 고개를 끄덕였지만 제인 같은 확신은 없었다.

그러나 나는 지금은 차가운 물속에 발끝을 담그고, 그다음에는 발을 담그면서 천천히, 아주 천천히 조금씩 수온에 적응할 필요가 없다는 것을 잘 알고 있었다. 한밤중 호수의 수온에는 적응할 수 없다. 그저 견디는 것이 최선이다. 나는 한 발씩 물속으로 들어간 뒤 그대로 계속 걸었다. 호수 바닥은 어떤 곳은 울퉁불퉁하고 어떤 곳은 미끄러우며 어떤 곳은 질척거렸다. 차가운 물속을 걷는 게 꼭 불붙은 석탄 위를 걷는 것 같기도 했지만, 한 발 한 발 나아갈수록 석탄과 재는 더 높이 쌓이면서 다리를 태워갔다. 열 걸음 들어서자 물이 허리까지 찼고 너무 차가워서 숨이 잘 쉬어지지 않았다. 나는 촛불의 불꽃에 정신을 집중한 뒤 하나, 둘, 셋까지 센 다음 숨을 들이쉬었고, 다시 하나, 둘, 셋을 센 다음에 내쉬었다. 그렇게 반복하고, 또 반복했다. 피가 몰린 귓가에서 맥박이 뛰었고 아이스크림을 먹었을 때처럼 관자놀이가 지끈거렸다. 해골 나무들이 있는 곳까지 가려면 헤엄을 쳐야 했다.

나는 오른손에 촛불을 쥐고 수면에 닿지 않도록 팔을 치켜들었다. 그다음에는 무릎을 구부린 뒤 필요 이상으로 물이 튀지 않도록 힘을 빼고 뒤로 누웠다. 긴장을 풀고 타는 듯한 물에 등을 내맡기자 얼굴은 하늘을 보고 발은 제인과 애덤이 불을 피우고 있는 둔치 쪽을 향한 채로 물 위에 떴다. 손에 높이 든 촛불은 여전히 꺼지지 않은 채였다. 촛불 든 손을 가까이 끌어오자 밀랍이 엄지손가락과 손목을 타고 흘러내렸다. 촛농은 순식간에 굳었다. 나는 촛불의 밑 부분을 내 배꼽 위에 세운 다음 두 손으로 단단한 지지대처럼, 돛대처럼, 깃대처럼 꽉 붙잡았다. 심장이 배까지 내려가서 쿵쿵 뛰었고 몸을 떨 때마다, 억지로 참은 숨이 새어나올 때마다 촛불이 움직였지만 용케 꺼지지는 않았다.

몸이 자꾸만 긴장하려고 했다. 내 몸이 나를 살리기 위해 물이 너무 차갑다고, 당장 나가라고, 적응해선 안 된다고 알려주는 것이었다. 목 근육이 피아노나 트랙터 같은 무거운 것을 끌어올리는 케이블처럼 뻣뻣이 굳었다. 꽉 다문 턱에서 도무지 힘이 빠지지 않았다. 발꿈치만 물에 잠긴 발은 파이어파워 사람들과 양로원에 캐럴을 부르러 갔을 때 본 어마어마하게 늙은 사람의 발처럼 이상하게 뒤틀려 있었다. 나는 촛불의 불꽃에 집중한 채 긴장을 풀고 이 순간 물에 오롯이 내 몸을 맡기려 애썼다.

호흡을 통제할 수 있게 되자 나는 촛불을 쥔 오른손을 뻗어 노처럼 물을 저으면서 내 뒤틀린 발이 가리키는 뒤틀린 나무들과 아치를 그리는 절벽과 부모님의 차가 추락한 도로를 향해 몸을 움직여 갔다. 해골 나무들이 있는 곳까지 가는 데는 1분 30초 정도밖에 걸리지 않았지만 도착했을 때쯤에는 팔과 어깨가 아파왔다. 나는 두 손으로 다시 초를 꽉 쥔 뒤 다시금 호흡에 집중했다. 협곡 너머 어딘가에서, 멀찍이 솟은 울퉁불퉁한 산 뒤에서 바람이 불어왔고 나는 목을 들어 바람이 소나무 숲을 통과해 언덕을 내려와 물을 건너 나에게 다가오는 모습을 지켜보았다. 바람이 불자 해골 나무에서 거슬리는 딱딱 소리가 났다. 바람은 촛불까지 꺼뜨렸다. 아니, 그런 것 같았다. 불꽃이 완전히 사라지고 검은 심지만 남는가 싶더니, 다음 순간 심지는 다시금 불꽃을 덧입었다. 그리고 불꽃은 다시는 꺼지지 않았다.

두통 때문에 온몸이, 심지어 이까지 아파왔다. 나는 눈을 뜬 뒤 몸을 움직이고 엉덩이를 아래로 빼면서 누워 있던 자세를 흐트러뜨린 다음 다리와 몸통을 물속에 집어넣었고, 그다음에는 얼굴을 피부에 얇게 물이 한 겹 덮일 만큼 수면 바로 아래에 담갔다. 촛불을 꽉 쥔 두 손만 물에 닿지 않게 머리 위로 들었다. 아직도 나무가 내는 딱딱 소리가 들렸지만 물속에 있으니 방음재를 덮은 것처럼 소음이 잦아들었다. 나는 부모님을 떠올렸다. 먼저 엄마, 그다음에 아빠의 모습을, 함께 있는 모습이 아니라 따로따로, 두 분의 얼굴을, 몸을, 두 분이 방으로 걸어 들어오는 모습을, 신문을 집어드는 모습을, 커피 잔을 젓는 모습을 떠올렸다. 힘든 일이었지만 최선을 다했고, 때때로 필요한 순간 고개를 들어 입을 쭉 내밀고 공기를 들이쉰 뒤 다시 수면 아래로, 부모님에게로 돌아왔다. 엄마가 박물관에 무언가를 진열하는 문제를 놓고 고심하던 모습. 아빠가 뒷주머니에 꽂아둔 파란 손수건을 꺼내 이마의 땀을 훔치는 모습. 엄마가 나에게 과일 칼로 야채 써는 법을 알려주던 모습. 아빠가 습관대로 한 손을 핸들 위에서 굴리듯이 움직이며 운전하던 모습.

내가 모든 걸 망치고 있다는 기분이 들었다. 오랫동안 기다렸던 그 순간이 마침내 다가와 이곳에 닿았는데, 무엇을 해야 할지, 어떻게 해야 할지, 어떤 기분을 느껴야 할지 알 수 없었다. 여태 써온 방법은 하나도 통하지 않을 것 같았다. 영화 대사를 인용할 수도, 농담을 할 수도 없었다. 지금이어야 했다. 지금이기를 바랐다. 나는 물 밖으로 고개를 들었다.

"엄마, 아빠." 그렇게 말하는 목소리는 내가 아니라 호수의 목소리이기라도 한 것처럼 귀에 설었다. 아니면 목소리가 아니라 그 목소리에 담긴 말이 귀에 설었는지도 모르겠다. 이렇게 엄마와 아빠를 불러본 것이 너무나 오랜만이었다. 혼자 있는데도, 내 말을 들을 수 있는 게 두 분밖에 없는데도 나는 창피해졌지만, 창피한들 상관없었다. 어쩌면 창피한 게 옳은 일처럼 느껴지기도 했기에, 말을 이었다. "난 영화 같은 데서 본 온갖 바보 같은 건 다 기억하면서, 엄마 아빠에 대해서 기억하고 있어야 할 건 다 잊어버렸어요."

나는 잠시 생각하다가 다시 입을 열었다. "여기 오면, 미안하다는 이야기를 하고 싶었어요." 나는 숨을 한번 들이쉰 다음 그냥 머릿속에 있는 말을 뱉었다. "아이린과 키스한 게 미안한 게 아니라, 엄마 아빠가 돌아가셨으니까 그 사실을 모를 거라고, 들키지 않을 거라고 안심했던 게 미안해요. 돌아가시고 나면 어차피 모든 걸 다 알게 될 텐데 바보 같은 생각이었죠. 그래도 미안했어요."

눈앞에 보이는 산비탈에 갑자기 노란 직사각형 네 개가 나타났다. 지금까지 숲에 가려 보이지 않았던 어느 산장의 유리창에 불이 켜진 것이다. 나는 창가에 서서 창밖 호수를 내려다보며 내가 켜놓은 촛불 하나를 보고 저게 뭘까 궁금해하고 있을 사람들을 상상했다―어쩌면 촛불이 호수에 비친 상이 멀리서도 선명하게 보여 촛불이 두 개인 줄 알까? 이유는 모르지만 나는 창가에 사람들이 꼭 서 있으면 좋겠다고 생각했다.

나는 말을 계속했다. "나 때문에 사고가 일어났다고 생각하지 않아요. 이젠 안 그래요. 그러니까 내가 여기를 찾아온 건 그것 때문이 아니에요. 지금 하고 싶은 말은, 엄마 아빠가 돌아가시기 전에 다만 내 부모님이었을 뿐 아니라 인간이었다는 걸 이제는 이해한다는 거예요. 리디아의 말대로 내가 이런 사람인 걸 부모님 탓으로 돌리기 위해서가 아니라, 진짜로 이해하게 됐어요. 하지만 부모님을 인간으로서 이해하고 싶었음에도 나는 그러지 않았어요. 그리고 엄마 아빠도 날 몰랐던 것 같아요. 내가 두 분의 딸이라는 것 외에는. 아마 두 분이 살아계실 때 난 아직 내가 되기 전이었던 것 같아요. 어쩌면 지금도 완전히 나 자신이 되지 못했을지도 몰라요. 내가 마침내 내가 된다면, 그땐 그 사실을 알 수 있는 건가요?" 촛불을 아주 살짝 기울이자 심지 주변에 고여 있던 촛농이 손마디를 타고 흘러내렸다. 촛농 줄기는 처음에는 투명했지만 금세 살갗 위에서 새하얗게 굳어갔다. 손을 타고 내려간 촛농들이 호수에 떨어지자 마치 마술처럼, 펀치로 종이를 뚫으면 남는 동그란 조각을 촛농으로 빚어놓은 것 같은 작은 동그라미들이 호수 위에 동동 떴다.

나는 촛불빛 속에서 동그라미 하나가 가라앉는 모습을 지켜본 뒤에 말을 이었다. "두 분이었다면 나를 하나님의 약속 같은 곳에 보내셨을지, 아니면 실제로 보내진 않더라도 보내고 싶어 하셨을지 잘 모르겠어요. 하지만 엄마 아빠는 내 곁에 없었고, 대신 루스 이모가 있었죠. 이모가 두 분이었다면 나를 그곳에 보내고 싶었을 거라고 말했을 때 믿을 수 없었어요. 그게 사실이라 하더라도, 아마 그 말을 믿으려면 평생이 걸릴 것 같아요. 말이 되나요? 엄마 아빠가 지금의 날 알았더라면 정말 그랬을지도 모르지만, 어차피 두 분이 저를 알 기회가 없었던 이상, 그런 가능성은 아예 지워버려도 되는 거겠죠? 이런 생각이 말이 되는 거면 좋겠어요. 중요한 건, 두 분이 돌아가시고 난 뒤에 일어난 그 모든 일을 겪으면서, 두 분이 내 엄마 아빠라는 게 행운이었다고 생각하게 됐다는 거예요. 고작 12년 동안이었지만, 그리고 만약 두 분이 살아 계셨더라면 아직도 몰랐을 테지만요. 여기 온 건 그냥 이제는 그 사실을 안다고, 그리고 너무 늦었고 충분하지 않겠지만, 사랑한다고 말하고 싶어서예요. 그래도 그동안 확실히 알게된 게 하나 있어요." 나는 한 손으로 물을 저으면서 물속에서 너무 빠르지도 느리지도 않은 움직임으로 원을 그리며 돌았다. "뭍에 닿았을 때 무슨 일이 일어날지 난 몰라요." 내가 말했다. "아마 엄마 아빠는 아시겠죠. 두 분이 계시는 곳이 어떤 곳인지, 뭐가 보이는지 저는 몰라요. 하지만 엄마 아빠가 모든 것을 다 보고 있을 거라고, 앞으로 다가올 어떤 일도 저를 넘어뜨릴 수 없을 거라 생각하고 싶어요. 적어도 그리 심하게 넘어뜨리진 못할 거라고요." 나는 말을 멈췄다. 더 이상 할 말이, 말로 표현할 수 있는 것이 남아 있지 않았다. 그럼에도 나는 빙글빙글 도는 것을 멈추지 않았다. 드디어 지금까지 내 인생의 모든 것, 심지어 그래서는 안 되는 것까지도 묶여 있는 것처럼 느껴졌던 그 장소에 도착했다. 이곳에 흠뻑 잠기고 싶었다. 그래서 그렇게 했다. 어지러울 때까지 빙빙 돌았다. 어쩌면 어지러운 이유는 그뿐만이 아니었는지도 모르겠다. 얼어붙을 듯 추웠다. 그렇게 모든 것이 끝이 났다.

어떻게 끝내야 할지, 어떻게 하면 끝났다는 기분이 들지 알 수 없어서 나는 영화에 종종 나오는 수법을 쓰기로 하고 촛불을 불어서 껐다. 시시하고, 어떻게 생각하면 뻔하기도 했지만, 그래도 기분이 좋았고, 정말로 무언가를 끝낸 것 같았다. 나는 뭍을 향해 헤엄쳤다. 지금까지 내 몸이 할 수 있다고 상상해본 적도 없을 만큼 온 힘을 다해 빠르게 헤엄치자니 근육이 경직되어 말을 듣지 않았지만, 그래도 굴하지 않고 헤엄쳤다. 나는 오른손에 초를 들고 있었다. 팔을 움직일 때마다 초가 물에 잠겼지만 초를 놓지도, 속도를 늦추지도 않았다. 뭍에 최대한 가까이 다가가며 헤엄치다가 무릎이 호수 바닥에 닿고 나서야 멈췄다.

애덤이 자기 신발을 적시며 물에 뛰어들어서 내 팔을 잡고 마치 수없이 많이 해본 듯 빠르고 완벽하게 나를 끌어올렸다. 그 뒤에는 제인이 밝은색 줄무늬 비치타월을 활짝 펼친 채로 따라왔다. 제인이 내 몸을 타월로 감쌌다. 그다음에 두 사람은 나를 가운데에 두고 함께 물가 쪽으로 걸었다. 물가는 깜깜하고 끝이 없어 보였지만 모닥불이 우리를 기다리고 있었다. 담요 위에는 소박한 음식이 차려져 있었다. 그리고 호안선 너머, 숲 너머, 울퉁불퉁한 산 너머, 그 너머, 그 너머, 수면 아래가 아닌 너머에서 온 세상이 우리를 기다리고 있었다.

1980년대 후반부터 1990년대 초반까지, 웅장한 로키산맥이 자리하고 있고 봄이면 로데오 축제가 열리는 미국 서부의 몬태나주에서 10대 소녀 캐머런은 서로 사랑하는 여성들이 등장하는 비디오테이프를 끝도 없이 돌려 보고, 대도시에 사는 친구가 보내준 믹스테이프를 들으면서 서서히 '다이크'로 자라난다. 이런 캐머런을 둘러싼 어른들은 악의를 가진 사람들이 아니다. 돌아가신 캐머런의 어머니를 대신해 캐머런의 보호자가 되고자 하는 루스 이모, 누구보다 사랑하는 캐머런이 '나아지기만을' 바라는 할머니, 탈동성애 후 성적지향을 전환한 데에 자부심을 느끼고 하나님의 자녀들이 자신과 똑같이 주위의 도움으로 길을 찾기만을 바라는 릭 목사. 『사라지지 않는 여름』에 등장하는 어른은 모두 적개심이나 미움은커녕 한 아이가 행복한 삶을 살아가기를, '그릇된' 욕망이나 부서지기 쉬운 미래라는 위험에서 가능한 한 벗어날 수 있기만을 간절히 바라면서, 동시에 자기 역시 타인의 삶에 대해 유별난 권한이 없는 불완전한 어른에 불과하다는 사실을 알아차리지도 인정하지도 못하는 이들이다. 『사라지지 않는 여름』은 캐머런이라는 소녀가 이런 선의와 사랑으로 가득한 어른들의 손에 의해 동성애자 교정 시설에 보내지는 이야기이자, 스스로에게서 틀린 점을 끊임없이 찾아내게 만들어 한 사람의 존재와 기억을 끊임없이 지워내고자 하는 곳에서 그럼에도 불구하고 솔직하고 유일한 존재로서 계속 살아내고자 하는 이야기다.

『사라지지 않는 여름』은 미국에서 2012년 출간된 이후 큰 사랑을 받았으나, 한편으로는 미국 내 일부 중고등학교의 도서 목록에서 삭제되며 '금서' 취급을 당했다는 사실을 기록해두고 싶다. 아마 도서관에 비치할, 읽을 만한 책을 선정한 어른들 역시 이 책 속의 어른들과 마찬가지로 그 나름대로 최선을 다해 10대 학생들이 안전하고 행복해지기를, '잘못된 교육'에 시달리지 않기를 바랐을 것이다. 원제인 '캐머런 포스트의 잘못된 교육The Miseducation of Cameron Post'에 담긴 의미가 다시금 흥미롭게 느껴지는 지점이기도 하다. 적절한 성별 규범, 온건한 읽을거리, 보호자와 하나님의 무한한 사랑으로 빚어지는 빈틈없는 안전이라는 감각에 대해 캐머런과 마찬가지로 의구심과 깊은 불편을 느끼는 우리 같은 사람들이 있다. 아마 우리는 안전에 대한 새로운 감각을 가지기 위해서, 타인의 손으로 빚어진 교정의 가능성에 끝없이 문제를 제기하기 위해서 책을 읽는 게 아닐까.

『사라지지 않는 여름』을 독자로서 먼저 만났다. 나아가 역자로서 이 책을 한국의 다른 독자들에게 소개할 기회가 생겨서 무척이나 기쁘다. 오늘날 한국의 독자들에게 이 책이 몬태나주 작은 마을의 2층 방에서 혼자 인형의 집을 만들던 캐머런이 여러 번 보던 비디오처럼, 린지의 소포 속에 들어 있던 책처럼 읽혔으면 좋겠다. 적어도 역자인 나에게는 그런 책이었다.

어떤 사람에게는 스스로를 있는 그대로 받아들이는 일에, 또 다른 사람에게는 타인을 제약 없이 이해하고 그가 필요로 하는 우애와 사랑을 선사할 만한 감수성을 얻는 일에 도움이 되는 책이기를 바란다. 우리가 캐머런처럼 한밤중 작은 촛불에 의지해 차가운 호수 물에 풍덩 뛰어들 수 있는 용기를 가진 동시에, 물가에서 얼어붙은 몸을 녹일 모닥불을 피워두고 말없이 기다려주는 친구가 될 수 있기를 바란다. 우리를 있는 그대로 받아들여줄 사람이 반드시 있을 거라 믿으면서 탈출을 감행하고, 길이 없는 숲속으로 걸어나갈 수 있기를 바란다. 그런 사람들을 위해서 이 책을 소개하고 싶었다.

이 책이 미국의 새 학기가 시작하기 직전의 아쉬운 여운, 건초 다락의 달큰한 풀 냄새, 몬태나주의 뜨거운 햇볕과 묵직하고 미지근한 호수 물의 감각까지 담아낸 '사라지지 않는 여름'이라는 제목을 단 한국어판으로 완성될 수 있도록 함께 책을 읽고 고민하고 애써주신 편집부 분들께 감사드린다.

2020년 1월
송섬별

옮긴이 송섬별

이화여자대학교 학부와 대학원에서 영문학을 공부했다. 더 잘 읽고 쓰기 위해 번역을 시작했고, 출판 번역을 시작한 이래 주로 여성, 성소수자, 노인과 청소년을 다루는 책에 관심을 가졌다. 앞으로 소수 자의 삶을 이해할 수 있는 글을 더 많이 소개하고 싶다. 고양이 물루와 올리버와 함께 많은 시간을 보 내며, 매달 쓴 글을《파워북》이라는 지면으로 묶어 내고 있다. 번역을 하지 않을 때는 수영을 하는 짬 짬이 밀린 책읽기를 한다. 옮긴 책으로는『세 형제의 숲』『페이지보이』『당신 엄마 맞아?』『애너벨』 『다크 챕터』『너를 비밀로』『뜻밖의 스파이 폴리팩스 부인』등이 있다.

사라지지 않는 여름 2

초판 1쇄 발행 2020년 1월 20일
초판 2쇄 발행 2024년 2월 1일

지은이 에밀리 M. 댄포스
옮긴이 송섬별
펴낸이 김선식

부사장 김은영

기획편집 이상화
콘텐츠사업본부장 임보윤
콘텐츠사업2팀장 김보람 **콘텐츠사업2팀** 박하빈, 이상화, 채윤지, 윤신혜
마케팅본부장 권장규 **마케팅2팀** 이고은, 배한진, 양지환
미디어홍보본부장 정명찬
뉴미디어팀 김민정, 이지은, 홍수경, 서가을, 문윤정, 이예주 **브랜드관리팀** 안지혜, 오수미, 김은지, 이소영
크리에이티브팀 임유나, 박지수, 변승주, 김화정, 장세진, 박장미, 박주현
지식교양팀 이수인, 염아라, 석찬미, 김혜원, 백지은
편집관리팀 조세현, 김호주, 백설희 **저작권팀** 한승빈, 이슬, 윤제희
재무관리팀 하미선, 윤이경, 김재경, 이보람, 임혜정
인사총무팀 강미숙, 지석배, 김혜진, 황종원
제작관리팀 이소현, 김소영, 김진경, 최완규, 이지우, 박예찬
물류관리팀 김형기, 김선민, 주정훈, 김선진, 한유현, 전태연, 양문현, 이민운

펴낸곳 다산북스 **출판등록** 2005년 12월 23일 제313-2005-00277호
주소 경기도 파주시 회동길 357 2, 3층
대표전화 02-704-1724 **팩스** 02-703-2219 **이메일** dasanbooks@dasanbooks.com
홈페이지 www.dasanbooks.com **블로그** blog.naver.com/dasan_books
종이·인쇄·제본·후가공 북토리

ISBN 979-11-306-2810-3 (04840)
ISBN 979-11-306-2808-0 (세트)